EN LETTRES D'ANCRE

MARIO DESIATI

LES IRRÉSOLUS

roman

Traduit de l'italien
par ROMANE LAFORE

BERNARD GRASSET
PARIS

L'édition originale de cet ouvrage a été publiée
par Einaudi en 2021 sous le titre :

SPATRIATI

Ce livre a été traduit grâce à une aide du Centro per il libro e la lettura
du ministère de la Culture italien

CENTRO
PER IL LIBRO
E LA LETTURA

Jaquette : Jocelyn Collages/Neutral Grey/Saif images

ISBN 978-2-246-83219-5

… jamais content, jamais dans mon centre…

Giacomo Leopardi

PREMIÈRE PARTIE

Crestiene

(subst. masc. Individu quelconque, homme. Comme dans d'autres dialectes du Sud : « "Nous ne sommes pas des chrétiens, disent-ils ; le Christ s'est arrêté à Éboli." Chrétien veut dire, dans leur langage, homme ». (Carlo Levi). Également : personne professant la religion chrétienne.)

Lorsqu'un front d'air froid rencontre au sol une masse d'air chaud, celle-ci monte vers le ciel. Ainsi naissent les orages. Pluie et foudre, eau et feu. Je n'ai jamais compris qui de nous deux était le chaud et qui le froid, mais je m'estime chanceux d'avoir rencontré mon front opposé en la personne de Claudia Fanelli, la *spatriata*, « l'irrésolue », comme on appelle ici les instables, les irréguliers, les inclassables, les idiots ou les orphelins parfois, et même les célibataires, les vieilles filles, les nomades et les vagabonds, ou peut-être encore, dans le cas présent, les êtres libres.

Je la remarquai pour la première fois dans la cour de l'école et désirai ses cheveux roux, sa peau lunaire, son nez prononcé. Elle avait l'air d'avoir atterri ici depuis un autre monde, plus évolué et plus lumineux.

Je m'appelle Francesco Veleno, je suis le fils unique d'Elisa Fortuna et Vincenzo Veleno, deux ex-athlètes dilettantes tombés amoureux pendant une édition de *Jeux sans frontières* et, toute mon enfance, j'ai été élevé dans l'idée qu'un jour je les rachèterais de cet incident mystérieux que fut ma conception. J'étais encore loin de savoir que beaucoup de relations ne se poursuivent, comme aurait dit Claudia, que pour des « raisons d'État ». Et de comprendre, toujours grâce à elle, que la seule raison suffisamment impérieuse pour obliger trois personnes si différentes à vivre sous le même toit ne peut être que le besoin d'expier une faute. La cour de justice qui avait condamné Elisa et Vincenzo à rester ensemble malgré leur désamour manifeste appliquait une loi cruelle : celle de la paix des ménages, cet âpre code humain qui requiert dans les endroits les plus exigus une fermeté et une rigueur à toute épreuve.

Avant Claudia, la réalité était celle qu'on me racontait plutôt que celle que je voyais. Je faisais partie des gens qui se laissent entraîner par les autres, par les événements, les prescriptions et les préjugés. Les époux Veleno me poussaient vers une vie sans glissement de terrain, tranquille, vers le minimum nécessaire pour ne pas souffrir. Au fond, cela leur avait réussi.

Lui, professeur d'éducation physique – il avait même brièvement pratiqué l'escrime avec ma mère –, costaud, sans gêne, se promenant avec un Beretta M9 dont il ne se séparait jamais, en dépit des plaintes régulières dont il faisait l'objet. Je ne voyais pas encore dans le goût des vieux mâles blancs pour les armes à feu leurs gloires sexuelles perdues.

Ma mère était infirmière à l'hôpital de Martina Franca. Pendant une courte période de mon enfance, elle m'avait appelé *uva nera*, raisin noir, parce qu'on cultive à Martina un raisin blanc tardif, aigre, le *verdeca*, dont est extrait un vin sec qui rend joyeux en deux gorgées. Et elle, elle avait fait un enfant à la peau olivâtre, aussi brune que celle des paysans à la fin de l'été ou des Sarrasins dans les livres d'histoire. Le raisin noir donne le primitivo ou le negroamaro. Des vins puissants qui obscurcissent la raison. Garder cela à l'esprit dans les moments de prise de décisions impulsives allait m'être utile.

Personne dans ma famille ne me ressemblait. Personne n'avait le teint si foncé, personne n'avait une implantation de cheveux aussi haute, le front dégagé et cette paresse accablante qui me clouait sur le canapé, plongé dans des revues futiles. J'étais souvent seul l'après-midi : ma mère passait littéralement sa vie à l'hôpital, disparaissant parfois deux ou trois jours d'affilée. Après ses heures de cours, mon père se perdait dans les bars de la ville pour chanter à qui voulait les entendre ses aventures et ses exploits sportifs passés, puis il revenait à la maison avec les vêtements froissés, la mine pleine de sous-entendus de qui vient d'accomplir un haut fait et meurt d'envie de le raconter. Sauf qu'il ne le racontait jamais. Peut-être parce que j'avais peur de demander, peut-être parce qu'il ne me croyait pas capable de comprendre.

Ma mère et mon père étaient différents, et ils l'étaient notamment dans les temps verbaux qu'ils employaient pour s'adresser à leur fils. Elisa était une femme du présent, le plus souvent conjugué à la première personne du pluriel : « Sortons. » Mon père ne connaissait que le passé et quelquefois le futur quand il parlait de moi. Cramponné à ses souvenirs, à une liste d'anecdotes, glorieuses pour lui et ennuyeuses pour tous les autres.

Un seul sujet permettait à Vincenzo Veleno et Elisa Fortuna une miraculeuse convergence : ni l'un ni l'autre n'avait fréquenté le lycée classique[1] mais ils éprouvaient à l'endroit des Lettres et des humanités le respect qu'on porte à une entité hors d'atteinte. Cette filière avait formé l'esprit de leurs supérieurs, chefs de service, proviseurs, inspecteurs – tous des cerveaux issus du lycée de Martina Franca. Ils disaient que le latin m'ouvrirait des portes, et que, sur les bancs d'un établissement aussi prestigieux, je rencontrerais la progéniture des familles qui comptaient. Ils considéraient ce parcours comme le seul convenable. Ces deux êtres qui connaissaient parfaitement la vérité des autres mais ignoraient tout de la leur.

---

1. Filière la plus prestigieuse, axée sur les Lettres classiques, considérée comme le meilleur moyen d'accéder aux études supérieures. Toutes les notes sont de la traductrice.

Pour Claudia, dans les premiers temps, je n'existais pas. Elle était la plus grande de l'école, ses cheveux roux étincelaient sur son cou – aussi roux que les cerises *marasche* récoltées chaque été par mes grands-parents pour remplir des pots et des pots d'une confiture oscillant entre le grenat et l'amarante. Les yeux de deux couleurs différentes, l'un marron clair, l'autre vert azur, de ceux qu'on appelle ici « yeux des bois ». Elle avait des os saillants, des pommettes pointues, le visage maigre et allongé.

Pendant la récréation, tous les élèves s'agglutinaient contre le mur d'enceinte pour s'abreuver d'ombre. La seule à rester au soleil, c'était elle. Si quelqu'un avait pu observer la cour depuis le ciel, il aurait vu un carré d'asphalte désert avec un petit point rouge au milieu. Claudia était affublée de certains de mes vices antisociaux : comme moi, elle se touchait le nez et enroulait une mèche de cheveux autour de son index. Parmi ses manuels scolaires se détachaient les couvertures colorées des mangas de Rumiko Takahashi ; elle arrivait en cours avec ses écouteurs, hermétique au monde extérieur. Pendant l'interclasse, pour rester à proximité d'elle, j'allais tailler mes crayons en discutant avec d'insipides camarades au visage fermé et à l'haleine de Philip Morris. Un jour, j'entendis le sordide interrogatoire auquel la soumettait la petite escouade qui osait usurper son attention : « Pourquoi tu restes toute seule ? », « Pourquoi tu ne fais pas comme les autres ? » ; alors que ce qu'ils voulaient dire, c'était : « Pourquoi tu es comme tu es et pas comme nous ? » Ils insistaient avec leur ton mielleux, la pressaient tant et si bien que Claudia finit par répondre : « C'est déjà assez difficile d'être moi-même, alors si en plus je devais être comme les autres… »

Quel meilleur refuge que l'amour non partagé, pour un adolescent solitaire, manquant de confiance en lui, qui ne sait pas encore qui il est – or de moi, je ne savais presque rien ; tout ce que j'avais été jusqu'alors, je le gardais secret, terrorisé à l'idée qu'on me range parmi les inadaptés. J'avais vécu une enfance d'aumôneries rurales et de mauvaises équipes de foot peuplées d'entraîneurs aux mains baladeuses et de curés à la jambe de bois qui se faisaient frictionner le membre amputé dans la sacristie, tandis qu'au milieu de l'église déserte les plus voyous jouaient au ballon, utilisant l'autel comme cage de but.

Les Veleno ne semblaient pas inquiets des éraflures sur mes jambes, ils se fichaient de savoir si je priais ou si je péchais, même quand je rentrais de la campagne empli de terre, d'humiliation et d'une odeur de fumier.

L'année scolaire venait de s'achever, l'été s'offrait à moi, immense, coquelicots et champs de blé à perte de vue.

Un jour, j'arrivai chez moi et n'y trouvai personne. Je m'abandonnai au silence, puis au crépuscule qui assombrit les pièces et à la mélancolie. Je dînai seul d'une tartine de pain mouillé à la tomate et au sel – mon repas habituel lorsque ma mère était de garde et que mon père disparaissait pour mener à bien ses douteuses missions. Je m'endormis sur le canapé. Au matin, la maison était silencieuse, dépourvue du vacarme caractéristique qui me réveillait d'ordinaire quand ma mère rentrait de l'hôpital ou que mon père remplissait le lavabo pour se faire la barbe en parlant à son reflet dans la glace. Toujours personne. Les yeux encore empoissés et la gorge asséchée, j'errai dans l'appartement, jusqu'au moment où je tombai sur une enveloppe blanche, « À mon *uva nera* », posée sur le pupitre d'écolier en formica que mon père avait subtilisé dans le lycée technique où il enseignait pour m'en faire un bureau. J'eus la sensation que ma mère avait écrit ce message davantage pour elle-même que pour moi.

J'ai dû partir et tu n'étais pas là. Il faut que je te parle des semaines à venir. Viens à l'hôpital.

L'emploi de l'impératif ne me rassurait pas.

Pour la première fois de ma vie, je mis les pieds à l'hôpital. Mes narines furent assaillies par une odeur aussi astringente que celle de l'essence. Les couloirs semi-déserts faisaient résonner chacun de mes pas sur le carrelage, les baies vitrées donnaient sur la vallée et, dans les chambres aux portes entrouvertes, des ombres immobiles veillaient des corps enveloppés de blanc. Ma mère apparut en blouse et collants chair, les épaules droites, une paire de sabots aux pieds. Le visage lumineux, les yeux enflammés et brillants, les cheveux ramassés en un poing blond sur le haut du crâne. Elle m'étreignit plus étroitement que d'habitude, sa caresse dans mon dos ressemblait à un massage énergique, la transmission d'un code entre elle et moi, animaux de la même espèce qui nous reconnaissions. Elle sentait bon le dimanche matin et me tira par la main jusqu'à la salle des médecins où nous pourrions parler tranquille. Elle sifflotait l'air de « Vacanze romane » de Matia Bazar. Elle avait l'air heureuse alors que j'avais un mal fou à me détendre : que pouvait-il y avoir de joyeux dans cet endroit ? Elle dit des choses que mon cerveau rejeta instantanément après les avoir entendues, le sourire avec lequel elle m'avait accueilli se transformant peu à peu en une expression de circonstance, sévère.

« Nous allons être séparés, mais pas longtemps, nous avons besoin d'espace. »

Elle en vint au fait : elle avait quitté mon père.

« Plus tard, tu comprendras », conclut-elle.

Je rentrai à la maison épuisé, concentré sur le seul bruit de mes semelles en caoutchouc sur l'asphalte.

« Elle reviendra, tu verras, elles reviennent toujours », proclama mon ascendant direct, bravache, en m'apercevant sur le seuil les yeux remplis de larmes retenues et la gorge nouée sur un hurlement muet.

La routine de nos journées se modifia. Il rapportait des plats de pâtes préparés par ma grand-mère et emballés dans un torchon tiède, ou bien réchauffait des briques de potage en les faisant brûler avec une régularité de métronome, insultant copieusement les casseroles, la flamme de la gazinière, les producteurs de soupes industrielles. Ce n'était jamais sa faute, toujours celle de quelqu'un d'autre, mais je n'étais pas capable, encore, d'y déceler la stratégie du bouc émissaire, je ne savais pas comment réagir. Au fond de moi, sous la cendre et sous mon air placide, couvait une rage ardente : non parce que mes parents s'étaient séparés, mais parce que je n'avais pas été capable de le comprendre plus tôt.

S'ensuivirent des temps incertains. J'essayais d'être le moins possible à la maison ; les fenêtres n'étaient jamais ouvertes et les assiettes sales s'amoncelaient dans la cuisine. J'allais réviser à la bibliothèque ou chez des camarades de classe, mais bientôt ces derniers commencèrent à me tenir à distance, parce qu'un *uva nera* contient toujours un ou deux grains pourris : je ne soutenais aucune équipe de foot, je ne jouais pas à *Street Fighter*, si on me donnait une gifle, je ne cherchais pas à la rendre, et je traînais avec les prêtres. On me regardait avec le soupçon qu'on réserve aux êtres différents, j'habitais à la frontière exacte entre la prudence et la confiance, entre les meilleurs et les pires.

Un jour, une élève de la classe de Claudia m'arrêta à la sortie des cours. Giada, multiredoublante, une vraie femme en miniature : les sourcils tombants, comme la commissure des lèvres.

« Ne t'approche pas de Claudia, elle te déteste. »

Giada n'avait pas l'air sincère mais, au lieu d'aller demander des explications à Claudia, je me renfermai encore plus sur moi-même. Septembre et octobre passèrent, leurs après-midi chauds, puis venteux. J'arpentais pendant des heures la vieille ville noircie par les conduits de cheminée ou marchais dans la campagne, guidé par le sillage net des faucheuses. Je regardais ma ville à travers la fumée des cigarettes brunes et des pipes en os sur lesquelles tiraient les vieux amassés aux devantures des barbiers. La façon dont le barbier trempait les poils de blaireau, de porc ou de sanglier, et faisait monter la mousse en l'appliquant par mouvements circulaires sur le menton des anciens tandis que ces derniers, paupières mi-closes, ouvraient grand leurs lèvres blanchies par le savon et laissaient apparaître un bout de leur palais rouge vif – ce spectacle me fascinait. Jeunes, ils avaient dû ressembler à mes copains de l'aumônerie, des garçons robustes, secs, nerveux, brûlés par le soleil. Le barbier disait toujours que le blaireau valait mieux que le cochon, qu'il fallait le chasser à l'automne et le mettre à macérer dans du vin vieux. J'observais dans la glace mon duvet qui poussait lentement, mes cheveux longs : on aurait dit un petit Jésus noir.

Je participai à la procession de la Madonna del Rosario revêtu d'une aube et tenant entre les mains une croix de fer aussi grande que moi surmontée d'un Christ en bois. Don Bastone priait dans un mégaphone, agrippé à deux enfants de chœur qui le traînaient comme un sac-poubelle, pendant qu'une douzaine d'adolescents turbulents agitaient les encensoirs. Moi, je priais en serrant fort le crucifix, le froid glacial du fer se transférant à mes phalanges. Les garnements finirent par arracher leurs aubes et se donner des coups d'encensoir, au grand dam de Don Bastone qui roulait sans que personne se soucie de lui ; ils me prirent des mains la croix de fer pour s'en servir comme d'une arme. J'avais envie de rire, j'avais envie de prier, je me contentai d'assister à la rébellion en pensant que personne dans l'univers n'aurait été aussi heureux que le Christ de voir ses anges se taper dessus dans le seul but de finir plus vite la procession et de pouvoir retourner jouer.

Mais je ne retournai pas jouer : au milieu de la côte qui ramenait au centre-ville, entre un bâtiment en ruine et une petite église creusée dans la roche, je l'aperçus.

J'avais relevé de nombreux changements dans sa personne, ces dernières semaines : elle avait les cheveux courts, portait des habits d'homme, chemise blanche et cravate noire. Ce jour-là, elle endossait un chapeau de feutre et une cravate bleue à pois rouges, l'air sévère. À la voir d'en bas, tandis que je remontais la pente, encore tout empêtré dans mon aube blanche, j'eus l'impression qu'elle m'attendait. Les gars du lycée professionnel la courtisaient, parce qu'elle était grande, parce qu'elle avait la peau claire, et parce que cette crinière rouge sur sa tête, c'était comme voir ses pensées s'enflammer. Mais moi, j'aimais son grand nez et sa large bouche.

« Salut, Francesco. »

Sa voix réveilla le frisson qui précède la chair de poule. Pendant les quelques secondes qui s'écoulèrent entre son salut et ma réponse, alors que j'avais encore les mains rougies par le crucifix, je crus à un miracle : elle s'était aperçue de mon amour et de la cour silencieuse que je lui faisais depuis des mois.

« Claudia », fis-je timidement. J'éprouvai un plaisir inédit à remplir ma bouche de son prénom.

« Il faut qu'on parle, tous les deux.

— Je suis bien d'accord. »

Je m'apprêtais à lui demander : « Tu me détestes vraiment ? », mais elle dégaina la première.

« Comment ils sont, les seins de ta mère ?

— Je ne comprends pas.

— Tu as très bien compris. Dis-moi comment sont les seins de ta mère. »

Ma vue se brouilla.

« Tu ne veux pas me répondre ?

— Je ne sais pas. »

Cet aveu, « je ne sais pas », me fut très douloureux : quelque part en moi, je sentais que j'étais déjà en train de décevoir Claudia.

Mais elle avait prévu ma réticence et n'eut aucune peine à reprendre le fil de son interrogatoire, ce scénario écrit d'avance pour parvenir au cœur d'une vérité que je tardais à entrevoir.

« Et sinon, comment il va, ton père ? Elle enleva son chapeau et secoua la tête.

— Pourquoi tu me demandes ça ?

— Parce que ma mère ne va pas bien, elle. »

Un tableau nouveau apparut soudain devant mes yeux, dans lequel mes parents étaient représentés sous une forme que je ne leur avais jamais connue. Des créatures de chair, de sexe, d'humanité. Claudia aussi révéla une autre facette : elle était la fille de deux personnes, comme moi, et j'ignorais tout de ses parents.

« Veleno, tu sais qui est mon père ? »

Ce brusque passage au nom de famille m'incita à une réserve prudente.

« Non.

— Mon père est chirurgien dans l'hôpital où travaille ta mère et ils sont partis vivre ensemble. »

Dans les familles, il n'y a pas de secrets, juste des pactes douloureux, tantôt méprisables, tantôt indispensables, des non-dits. Et résident au cœur de ces non-dits toutes les vérités profondes, les crises, la lutte entre le bien et le mal, l'origine des relations et de tous les traumatismes. Avec le temps, j'allais comprendre que Claudia venait de partager avec moi quelque chose qui ressemblait à un ticket de Loto gagnant. Le non-dit était là, exposé à notre innocence. J'en fus si bouleversé que Claudia changea radicalement d'attitude : la rage nerveuse avec laquelle elle avait à peine confessé le secret de nos familles se mua en une gentillesse inattendue.

« Veleno, ça va ?

— Oui ! mentis-je – sauf qu'elle n'était pas dupe.

— Tu ne le savais pas ?

— Je ne savais rien, balbutiai-je au moment où mes yeux se mettaient à gonfler, comme dotés de leur volonté propre.

— Alors j'ai bien fait. »

« Non, tu as mal fait, pensai-je. Maintenant nous allons devenir demi-frères alors que je voulais t'aimer. »

Les lèvres de Claudia avaient disparu à l'intérieur de sa bouche, elle prit une inspiration et, ce faisant, ses cheveux semblèrent s'épanouir en une auréole de lumière, des étincelles d'agate et de cornaline tracèrent la ligne qui nous séparait et nous réunissait en même temps.

« Tu veux bien me raccompagner chez moi pour qu'on en discute ? »

La ville était balayée par un vent désagréable qui faisait grincer les panneaux de signalisation. Nous nous faufilâmes dans les rues remplies de badauds, des gens qui avaient abandonné la procession après la rixe et nous dévisageaient : une fille habillée en homme et un garçon dans une longue aube qui traînait au sol.

« Hé, les jeunes, c'est fini, le carnaval ! hurla l'un d'eux tandis que d'autres nous jetaient des regards torves.

— On ne passe pas inaperçus, dis-je.

— Qu'est-ce que tu en as à foutre, Veleno.

— Rien.

— Si, tu en as quelque chose à foutre.

— C'est pas vrai.

— Mais tu y crois, toi ? demanda-t-elle à brûle-pourpoint.

— À quoi ?

— À Dieu.

— Oui, fis-je d'une voix aiguë. » J'aurais voulu avoir l'air fier, au lieu de quoi j'avais laissé échapper un petit couinement funeste.

« Et tu crois aussi à ces trucs-là : la procession, la messe ?

— Tu ne vois pas comment je suis habillé ?

— Les apparences peuvent être trompeuses.

— Et toi, habillée comme ça, fis-je en montrant la cravate qu'elle avait nouée autour de son cou, est-ce que tu es un homme ?

— Ce sont les vêtements de papa. »

Elle desserra le nœud, dit que grâce à son père elle avait appris à lire des mangas, à écouter du rock ainsi que Fabrizio De André, fit un exposé bref et vibrant dont l'intensité me marqua durablement.

« Moi aussi j'aime ma mère, objectai-je. Ce n'est pas pour ça que je m'habille en femme.

— Dommage, ça t'irait bien. »

À présent, Claudia souriait, et son sourire m'était destiné.

Je feignis de ne pas comprendre.

Nous marchâmes en silence en suivant le chemin le plus long, longeâmes l'ancienne route d'enceinte jalonnée d'oliviers, de vignes et de *trulli*[1].

L'antipathie à quinze, seize ans dresse un mur aussi haut et solide que la haine.

« J'étais venue pour t'engueuler.

— Pourquoi tu ne l'as pas fait ?

— En parlant avec toi j'ai compris qu'il valait mieux être alliés. » Puis elle ajouta, ses yeux enflammés plongés dans les miens : « On doit tout se dire. »

1. Les *trulli* (*trullo*, au singulier) désignent de petites habitations rurales typiques de la région des Pouilles et reconnaissables à leurs murs peints à la chaux et à leurs toits coniques.

Le temps de cette promenade, je vidai mon sac. Je lui dis que mon père avait rencontré ma mère le jour où l'émission *Jeux sans frontières* avait été tournée à Martina Franca. Lui racontai qu'ils étaient montés ensemble sur une perche pendant les entraînements au gymnase et étaient tombés amoureux.

« Comment tu le sais ?

— Je ne sais pas, mais c'est comme ça que j'aime m'imaginer l'histoire », confessai-je aussitôt. Il n'y avait vraiment pas grand-chose dans ce sac que je m'évertuais à secouer devant elle.

Quand nous arrivâmes à sa porte, je m'aperçus que ses yeux ne brillaient plus et qu'une ombre traversait son visage. Elle scruta la fenêtre qui donnait sur le jardin, un malaise s'installa. Puis elle dit, la voix presque blanche :

« Ma mère est peut-être rentrée, tu devrais partir. »

La porte s'ouvrit sur ces mots, comme si sa mère était en train de nous épier. En un geste, elle ordonna à sa fille de s'essuyer les pieds sur le paillasson, puis la porte les engloutit toutes les deux. À travers la fenêtre, je vis la silhouette d'Etta, sa mère, se tordre dans ma direction alors que j'étais toujours planté là, incrédule.

C'est seulement quand je me retrouvai seul que je pris la mesure de cette réalité : ma mère avait quitté le domicile familial comme des millions de parents dans le monde qui tombent amoureux de la bonne personne après avoir épousé la mauvaise. Moi, j'étais le fils de la mauvaise.

Claudia avait grandi dans la candeur. Habits blancs, chemisettes amidonnées et boutonnées jusqu'au cou. Après une séance de galipettes dans le salon sous le regard attentif de son père, sa transpiration était épongée par des bouffées de talc parfumé. Toute son enfance avait le goût du talc, cette poudre blanche au magnésium et au beurre d'iris.

Avec elle, j'appris une nouvelle façon de parler de mes parents, figures jusqu'alors intouchables ou évanescentes. Claudia était critique et affectueuse, elle aimait ses parents et, une seconde plus tard, semblait les mépriser. Sa mère, Etta Bianchi épouse Fanelli, me fut présentée comme une maniaque de l'ordre, une femme aux principes démodés et aux névroses très modernes, deuxième fille de la noble lignée des Bianchi Caracciolese, propriétaires terriens ayant perdu leur pouvoir avec le temps, ainsi que leur argent et l'un de leurs deux patronymes. Etta avait fréquenté une école de campagne et, sur ses photos de jeune fille, elle apparaissait toujours vêtue de mousseline et affublée de collerettes semblables à des napperons brodés. *Control freak*, elle nettoyait la chambre de Claudia comme si elle cherchait dans la saleté une vérité cachée. S'ajoutaient à ce scrupule certains usages que sa fille trouvait de mauvais goût : elle lisait son journal intime et lui avait offert une bague le jour de ses premières règles, accompagnée d'un surnom, Goutte de rosée.

Après les cours, nous nous promenions autour de la vieille ville. Le poignet contre la taille, je m'enhardissais parfois à écarter le coude dans l'espoir qu'elle vienne y glisser son bras. Nous rejoignions le toit d'un cloître abandonné et nous remplissions les yeux de la vallée d'Itria et des cratères blancs d'Ostuni et de Locorotondo.

Ma mère était plus expansive depuis qu'elle était partie, je n'osais pas l'admettre mais ma relation avec elle était la première à en bénéficier.

Claudia me parlait de détails minuscules avec l'enthousiasme qu'on mettrait à partager des secrets essentiels. Comment elle aimait la pochette de papier roussi qui enveloppait les 33-tours et, par-dessus tout, le moment exact où le diamant commençait à griffer le socle noir du disque. Le bonheur, pour elle, résidait dans ces quelques instants de bourdonnement avant le début de la musique. Son père l'accompagnait au magasin de disques. Il savait y faire, il l'amenait aussi voir les chars de carnaval exposés dans des hangars en périphérie de la ville, parmi les blocs de pierre épars, les orties et les ordures. Il la laissait goûter la colle faite d'eau et de farine avec laquelle les artisans paraient de bandes en papier mâché l'âme de ces géants de fer. Tous ces récits reposaient sur un sous-entendu : son père était génial, l'homme qu'il fallait à toute femme dotée de grandes aspirations.

Plus notre amitié se fortifiait, plus nous nous éloignions des autres. Claudia s'exprimait mieux que tout le monde, elle lisait Osamu Tezuka et Banana Yoshimoto mais n'était pas la meilleure de la classe ; elle était tape-à-l'œil dans ses habits d'homme mais ne cherchait la complicité d'aucune des camarades qui tour à tour l'admiraient et la détestaient ; elle allait à la messe mais pas au catéchisme ; elle était sensible mais les boutades sur son nez d'homme ou sur sa poitrine plate la laissaient de marbre ; elle participait aux assemblées dans son coin, assumant des positions minoritaires ou extrémistes. Un jour elle était contre la grève. La semaine suivante, elle proposait l'occupation. On l'appelait Coquelicot et elle en riait ; au printemps, les coquelicots coloraient les verdoyantes pelouses s'étirant vers le sud, ils étaient la fin de l'école, l'été, notre jeunesse.

Elle avait la lumière quand les autres, en comparaison, me semblaient tous éteints, identiques les uns aux autres, même coupe de cheveux, mêmes lunettes de soleil. Pendant la récréation, ils grimpaient sur le toit du lycée et s'asseyaient en tournant le dos à l'horizon majestueux ponctué de clochers et de campaniles, et du vert des oliviers et de l'orange des chênes de Troie. Ils s'appelaient Giuseppe, Luigi, Salvatore, Romina, Ilaria, Valentina, mais entre eux, ils étaient tous « ma poule » et « mon poulet », ils se mettaient ensemble quinze jours puis se séparaient et se remettaient ensemble, ils jouaient aux adultes.

Nous, personne ne nous aurait appelés ma poule ou mon poulet, et nous ne l'aurions de toute façon jamais laissé faire.

Même mon christianisme d'aumônerie se transforma ; Claudia s'élevait par la religion et je la suivais quand elle entonnait l'*hosanna* à la messe. Les fleurs sur l'autel, les lueurs tremblotantes des bougies électriques, le signe de croix et le « Allez dans la paix du Christ ». Pendant l'Exode, Dieu se présente à Moïse et dit : « Je suis celui qui est. » Claudia répétait ces mots comme un mantra, s'en gorgeant la poitrine. La musique de l'orgue électronique, le chœur des jeunes de l'Action catholique, les Saintes Écritures qui parlaient de justice, d'amour et de foi, les guirlandes de papier, et encore les notes de l'*hosanna* qui résonnaient entre les murs de l'église. Nous assistions aux bénédictions entourés de pétales de roses blanches en nous demandant si le royaume des cieux ne devait pas ressembler à ça : une assemblée remplie de prières, de chants et de parfums. À la sortie de la messe, nous regardions les oliviers derrière les grilles en fer de la dernière église avant la campagne.

Dans cette perspective temporelle dilatée propre à la jeunesse, où chaque instant semble un atermoiement de l'avenir, je rêvais de rejoindre l'été à pas prestes, d'enfourcher un scooter pour dévaler les routes grises qui descendent jusqu'à la mer en slalomant entre les pins d'Alep, d'explorer les secrets que renferme le sable jaune ou certaines ruines abandonnées dans les criques azur, utilisées autrefois par les femmes pour se déshabiller avant la baignade ; de prier au coucher du soleil, sous les nuages d'argent qui traversent l'étroitesse du ciel au-dessus du golfe de Tarente.

L'adultère de nos parents commençait à m'apparaître comme une bénédiction. J'étais tenté de confesser à Claudia cette petite graine d'enthousiasme : au fond, ma mère était parfaite pour son père.

Nos parents volages rentrèrent au bercail pour le réveillon, après leur fugue dans une *masseria* en pierre blanche. Noël extirpa leur passion adultère avant de les réincorporer, tous les deux, au sein de la Sainte Famille nucléaire. Se conformer au monde des bienheureuses tribus, des familles parfaites qui déballent leurs cadeaux sous le sapin et transhument bras dessus bras dessous vers la messe de minuit s'apparenta à une pure, irrésistible inertie.

Etta accueillit Enrico comme un héros revenu du front, elle le serra contre elle et le rinça de larmes. Prise d'un délire mystique, devant la poignée de parents qui s'apprêtaient à consommer leur déjeuner de Noël au milieu des bougies allumées, des serviettes de table rouges et de deux centres de table garnis de houx, elle se mit debout en brandissant un livret amarante, résolue à exécuter la vengeance qu'elle avait couvée pendant des jours et préparée dans ses moindres détails.

« Voilà tant d'années que je te sers, sans avoir jamais transgressé un seul de tes ordres... » Enrico comprit tout de suite de quoi il retournait. « Etta, Etta, Etta », fit-il en secouant la tête, mais elle continua à réciter : « Et puis ton fils que voici revient-il, après avoir dévoré ton bien avec des prostituées, tu fais tuer pour lui le veau gras ! [...] Mais il fallait bien festoyer et se réjouir, puisque ton frère que voici était mort et il est revenu à la vie ; il était perdu et il est retrouvé ! »

Claudia se leva de table et courut dans sa chambre, chercha ses écouteurs et lança « Come As You Are » à plein volume, les coups de basse de Krist Novoselic résonnant dans ses tempes et le hurlement de Kurt Cobain la submergeant des pieds à la tête. Son père apparut et resta planté sur le seuil, sans rien dire. Il la regardait dans les yeux avec l'expression d'une personne convaincue de son innocence. « Ce n'est pas ma faute si je suis heureux avec Elisa », aurait-il probablement voulu lui dire. Quand nous nous parlâmes au téléphone, ce soir-là, Claudia m'avoua d'une voix mélancolique et pâteuse qu'elle n'avait jamais eu aussi honte de toute sa vie.

Le retour de ma mère au domicile familial eut des conséquences moins théâtrales. Mon père semblait presque choqué, il avait organisé un crépitant réveillon du Nouvel An dans une douteuse villa en périphérie de la ville, avec des figures non moins douteuses de la vie nocturne locale et il était déjà en train de me tenir des discours sur la nécessité de passer plus de temps avec mes grands-parents mal en point. Sa déception augmenta d'un cran encore quand il déballa le cadeau de ma mère (il n'avait pas l'intention de lui en faire) : une montre avec un bracelet en acier et un chronomètre, un objet que Vincenzo Veleno n'aurait jamais mis à son poignet. Nous comprîmes aussitôt que ce n'était pas elle qui l'avait choisi.

Ce Noël ressembla à tous les autres, nous mangeâmes avec le gang des Veleno et des Fortuna au grand complet, mon père sarcastique et nerveux, ma mère feignant un terne intérêt pour les anecdotes des uns et des autres, ses lèvres frappées d'un sourire qui ressemblait à la gentille moue avec laquelle on repousse une proposition. Il était évident qu'elle n'avait qu'une hâte : retourner à l'hôpital où elle s'était fait mettre de garde pour l'après-midi du 25.

Elisa et Enrico n'avaient pas renoncé à s'aimer. Ils se retrouvaient dans une *masseria* composée d'un ensemble de petites maisons blanches entourées d'un champ noir semé d'avoine, un sentier de cyprès pour toute entrée. Ils quittaient l'hôpital par deux sorties différentes et se retrouvaient dans sa voiture à lui. Parcouraient les rues tortueuses du Paretone en écoutant le dernier album d'Iggy Pop ou un rare *bootleg* de Charlie Parker, que ma mère, avec une modestie coquette, disait ne pas comprendre mais qui l'envoûtait. Ils dépassaient les vignes et les champs d'oliviers en s'époumonant toutes vitres ouvertes sur « Sentimiento nuevo » de Franco Battiato, puis ils s'engouffraient dans le sentier de cyprès qui les dévorait et les recrachait à la tombée de la nuit, enlacés et vaincus par leur amour.

Elisa se peignait les lèvres en cerise et traçait une ligne bleue autour de ses yeux, elle sortait très tôt et rentrait à point d'heure, je l'avais surprise plus d'une fois riant seule. Enrico avait le même nez et les mêmes arêtes que

Claudia, lissées par un voile de fine barbe, et la tête rase : il disait toujours à sa fille qu'il avait perdu ses cheveux quand ses idées s'étaient mises à pousser. En les imaginant de loin tous les deux, ils m'apparaissaient multicolores et bigarrés, aux antipodes des grises routines des parents des autres. À Vincenzo et Etta incombait le lien avec la terre, les enfants, les choses pratiques ; aux adultères, un bonheur qui me semblait inexplicable, d'un autre monde. Ce bonheur que j'allais chercher toute ma vie.

Je me sentais lésé par ce nouvel équilibre pourtant censé me protéger. Condamné à des déjeuners et des dîners avec un père distrait et irascible, concentré sur lui-même, et une mère pécheresse qui devait racheter sa faute. La victime/bourreau et le bourreau/victime. Ils étaient insupportables.

Un jour, tandis que j'observais ma mère démêlant la masse claire de ses cheveux, je songeai que les mains d'Enrico auraient su bien mieux y faire que les grosses pattes de mon père. En se retournant, elle me dit : « Je sais que tu es ami avec Claudia… » Je me sentis mis à nu, bafoué. « Ce n'est pas sain, Francesco », ajouta-t-elle. Puis elle vint vers moi et posa une main sur mon épaule en me fixant droit dans les yeux. « Mais je ne peux pas te l'interdire », clarifia-t-elle, comme si c'était quelque chose qu'elle voulait me dire depuis longtemps.

Tel était le sens de tout ce qui allait advenir : personne ne pouvait m'empêcher d'être celui que je voulais être.

Claudia changea. L'apparente routine qui régnait au domicile familial semblait l'avoir muselée, elle s'habillait de manière moins créative et avait toujours l'air dans la lune, peut-être pour échapper à cet hypocrite statu quo. Je lus ces changements sur ses mains, ses doigts noueux comme des branches, constamment accrochés à un stylo et griffonnant dans un cahier. J'étais convaincu d'être l'un des protagonistes de ces annotations mais quand je lus son Journal en cachette, un jour où elle l'avait laissé sans surveillance, ce fut le drame : je n'étais jamais cité. Hors de moi, je lui demandai des comptes. « Tu parles aux arbres, toi ? », répliqua-t-elle. Je la regardai bouche bée, et elle ajouta :

« Ce qui compte dans ma vie, je le dis aux arbres, je ne l'écris pas dans mon Journal. Malheureusement, les arbres ont dit qu'il y avait un problème entre nous.

— Lequel ? demandai-je, toujours aussi interdit.

— Tu n'es pas un arbre. »

La période surréaliste de Claudia dura le temps de ma vengeance. Je lui parlai d'une mystérieuse jeune femme que j'aimais mais que je n'arrivais pas à conquérir. Je la voyais tous les jours à la paroisse, lui racontai-je, elle venait de la campagne elle aussi ; nous passions beaucoup de temps ensemble, nous buvions des cafés et elle m'avait même offert une cigarette. Claudia n'eut pas l'air jalouse quand je lui demandai des conseils de séduction. Elle haussa les épaules, puis déclara que les choses se faisaient à deux. Si je plaisais véritablement à cette femme, elle m'aurait lancé un signal un peu plus explicite que ceux que je décrivais. Un de ces samedis après-midi d'hiver, quand l'obscurité tombe tôt et que le ciel de Martina se pare d'un violet métallique, nous nous réfugiâmes dans la chapelle du Santissimo Sacramento di San Martino, un giron de marbres polychromes, de bronzes et de bois – l'une de nos tanières. À l'abri du crépuscule et des commérages, je lui parlai de la fille mystérieuse dont j'étais en train de tomber amoureux. Je ne devais pas être très convaincant. Claudia marchait devant moi, elle dépassa l'autel pour regarder de près *La Dernière Cène* de Domenico Carella et indiqua le plateau soutenant une langue de feu qui descendait sur la tête de Jésus et des apôtres : pour moi, c'était un simple moyen d'apporter à la scène un peu de chaleur ; pour Claudia, une soucoupe volante. Deux façons de voir le monde. Je n'y tins plus.

« Claudia, il n'y a pas d'autre fille, j'ai tout inventé. Cette fille, c'est toi.

— Je l'ai toujours su. »

Elle plissa les paupières. En une simple réponse, elle était passée de surréaliste à réaliste.

« On sort ensemble ? », écrivis-je sur un petit morceau de papier que je m'arrangeai pour faire parvenir jusqu'à sa place, en plein milieu d'un cours de maths assuré par un remplaçant. Elle se leva, traversa le rayon de soleil qui éblouissait les élèves du premier rang. Debout, le dos tourné au tableau, elle me recouvrit de la fraîche colonne de son ombre.

« Tu ne crois pas que les Veleno et les Fanelli ont déjà fait assez de dégâts sur cette planète ?

— Ça ne me suffit pas, notre amitié, dis-je avec une petite voix mortifiée, me préparant déjà à son objection.

— Je te ferai une branlette.

— Tu es sérieuse ?

— Mais non, je rigole, évidemment. »

Le professeur nous exclut de la classe en hurlant, il ne pouvait pas croire ce qu'il venait d'entendre, il allait en référer au proviseur. Claudia traversa la tempête sans drame, nous poursuivîmes notre conversation dans les couloirs déserts du lycée. Les voix amorties des enseignants nous parvenaient de l'autre côté des portes closes, comme l'odeur de la craie.

« Francesco, on ne peut pas sortir ensemble.

— Tu ne parles qu'à moi. Il y a des choses que je suis le seul à pouvoir comprendre. »

Et voilà, le chantage affectif, l'homme blessé qui brandit la complicité comme preuve d'amour.

« Je n'aime pas ma vie ici, mais le monde est beaucoup plus grand que nous deux. » Ses yeux bousculaient mon âme ; on aurait dit que ce qu'elle s'apprêtait à me dire lui coûtait plus que de devoir repousser ma proposition.

« Je ne peux pas rester ici, continua-t-elle.

— Dans ce lycée ?

— Non, en Italie. »

L'horizon s'assombrit et la lumière affluant par les fenêtres se transforma en éclairs intolérables, les flashes précédant une violente migraine.

« Tu veux quitter l'Italie ? balbutiai-je comme si je n'avais pas compris.

— Oui. »

Elle allait partir pour Londres. Je pensai qu'il ne s'agissait que de vacances, or elle avait décidé de passer son année de première à l'étranger, avant de revenir, peut-être, faire sa terminale ici. Peut-être.

« Partir maintenant ? Tu es folle ou quoi ? » J'étais amer.

« C'est toi qui es fou, ou endormi, plutôt. Je n'arrive pas à respirer, ici. Je veux être là où les choses se passent, et ici rien ne se passe, je n'apprends rien.

— Mais il y a tes parents ! » Je voulais lui dire qu'il y avait moi.

« Justement ! Il y a mes parents. Et c'est la raison pour laquelle on devrait tous partir de là où on est nés. » Pour la première fois, j'étais d'accord avec elle. Nous nous saluâmes alors que la cloche sonnait, elle quitta l'école en laissant dans la classe son manteau et son sac à dos : babioles, déchets, objets dont elle pouvait se passer.

Je pratiquai l'art du refoulement, technique qui s'expérimente enfant face aux traumas et autres drames de l'existence et qui se perfectionne à l'adolescence. Mais les jours de mai filaient sans se laisser attraper et nous nous dîmes au revoir en juin, sanglotant tandis que la pluie martelait les vitres et que le migjorn sifflait dans les cheminées.

« Ne fais pas trop de bêtises quand je serai loin.

— Je ne ferai rien d'autre que t'attendre, promis-je avec un épouvantable accent de dévotion.

— Ne sois pas si pathétique, il n'y a pas mort d'homme.

— Si tu sors avec quelqu'un, tu m'appelleras ? lui demandai-je, le visage fou.

— Tu recevras beaucoup d'appels de Londres », fit-elle en riant.

Je souris à mon tour, même si je sentais mon cœur aussi fragile qu'un chiffon de soie.

Sa chaise vide était un puits que je fixais tous les jours. Au lieu de m'appeler, elle m'écrivit quelques lettres dans lesquelles elle me parlait de sa famille d'accueil, composée d'un joueur de hautbois et d'une vendeuse de machines à coudre qui s'adressaient à leur chien comme s'il était humain et ne lui réservaient, à elle, que de rares confidences dans un anglais incompréhensible, lui donnant l'impression de se trouver au centre d'un complot permanent.

Ma solitude s'accrut au point que même mon père s'en inquiéta ; un jour, il me proposa de m'emmener à la chasse, mais quand je le surpris dans sa chambre à coucher, nettoyant minutieusement le canon de son fusil en se parlant à lui-même, accoutré comme s'il s'était enroulé dans du papier rocher de crèche (« Je tire sur tout ce qui bouge, moi, même sur les papillons », menaçait-il), je feignis un malaise. Je restai à la maison à contempler les petits mots que m'avait écrits Claudia, sombrant dans cette lancinante nostalgie dont l'arrière-goût, à cet âge, est encore apaisant.

Je suppliai le Seigneur pendant des mois, donc Jésus, donc l'Esprit-Saint, de se révéler par un petit miracle. Je demandai qu'elle arrive par surprise de l'autre côté de la Manche après avoir soudainement mis fin à son expérience londonienne. Un jour, ma mère apparut sur le seuil de ma chambre, la voix émue et le regard complice.

« C'est elle.

— Où ça ? »

Mon cœur entra en fibrillation.

« Au téléphone. »

Pétrifié, je parcourus les quelques mètres qui me séparaient du récepteur. Elle avait donc une première aventure à me raconter. Le désespoir me coupait le souffle.

« Is that you, my best friend ? », entendis-je à l'autre bout du fil, par-dessus un léger bourdonnement. Ma mère disparut en affichant un sourire allusif qui voulait sûrement dire : « Il n'y a que nous qui sachions comme l'amour est grandiose, pour les Fanelli. »

J'allai droit au but.

« Avec qui ça s'est passé ? » Je n'avais pas de temps à perdre, je devais connaître la vérité tout de suite afin d'enclencher le plus vite possible les techniques de refoulement.

« Je suis tombée amoureuse, répondit-elle.

— Je suis content pour toi. » J'étais mort.

« Je suis tombée amoureuse de la techno.

— De qui ?

— De la techno. »

Ainsi se mit-elle à raconter avec ferveur. Oui, elle était amoureuse, et cet amour était inconditionnel. Amoureuse de la musique électronique. Le coup de foudre avait eu lieu un dimanche après-midi ; le lendemain, elle avait cours sur un campus à l'architecture néo-classique et aux grandes pelouses vertes que personne n'osait fouler. Elle avait suivi deux amies, une Indienne et une Chilienne – elle les aurait raccompagnées jusqu'à leurs pays d'origine tant l'idée de partager une aventure avec des personnes appartenant à des mondes si différents l'électrisait. Elle s'était retrouvée dans l'extrême périphérie de Londres, à Northwood, sous un hangar ; elle n'avait jamais vu un endroit pareil, une centaine de jeunes gens vêtus d'habits sombres, arborant queues-de-cheval, tempes rasées et rouflaquettes teintes ; des objets absurdes étaient disséminés un peu partout, vaisseaux spatiaux, capsules de fer et d'aluminium, engrenages rouillés et vieilles automobiles compressées comme des boîtes de conserve ; les rares voitures aux alentours étaient englouties par la boue, et ses jambes, malgré de lourdes bottes en caoutchouc, recouvertes de la même vase argileuse. Et pourtant, le son qui sortait du mur de basses au loin, au milieu d'une distillerie désaffectée, avait la même harmonie que le chant des sirènes, le pouvoir de fascination amniotique qu'exerce la contemplation des spirales. Et elle avait suivi ce son, s'était fait traîner jusqu'à une grinçante estrade de bois vermoulu. L'une de ses amies dansait, les cheveux sur le visage, en buvant au goulot la bière d'un « ami » à peine plus vieux, rencontré une heure plus tôt. Ce n'était pas de la musique habituelle. Elle semblait atteindre directement une partie du cerveau que Claudia ne pensait même pas posséder. Aucune mélodie, juste le rythme et les basses qui secouaient sa poitrine – ces basses, s'aperçut-elle, l'atteignaient encore davantage avec de l'alcool. Les gens autour d'elle avaient l'air perdu et inoffensif, aucun garçon ne posait les mains sur elle ou ne la bousculait, comme dans la discothèque de son patelin. Éméchée, le visage brûlant, les pensées raréfiées, elle avait l'impression que se distillait dans son sang une dose de bonheur pur. Refaisaient surface des odeurs qu'elle n'avait plus sentis depuis des années, la touffe enterrée à la racine d'un champignon, les branches d'arbousier, la petite joie des dimanches matin, quand son père l'amenait aux concerts de l'Avent et que sa langue s'humectait de l'allégresse pétillante d'un bitter sans alcool. Le temps semblait se dilater. La musique, donc l'art, rendait la nature complète. C'était comme plonger dans un temps qui précédait tous les autres, un temps où les hommes dessinaient sur les murs des cavernes en écoutant des bouts de bois prendre feu ; le rythme, elle n'avait besoin que de ça pour être en paix.

À l'issue de cette interminable conversation téléphonique scandée de cliquettements, j'avais les yeux remplis de larmes de joie. Je me fichais de savoir si elle était sortie ou non avec quelqu'un, j'étais heureux parce que pour la première fois, j'avais perçu l'existence d'une autre vie, plus riche, colorée, abyssale même, et cette vie-là était à portée de main : la personne la plus chère à mon cœur était en train de la vivre.

« Ce coup de fil va me coûter cent mille lires.

— Je t'aime, dis-je, frémissant.

— Moi aussi, Little Frank.

— Je vais passer mon permis, annonçai-je d'un air triomphal.

— Comme ça tu viens me chercher quand je rentre ?

— Donc tu vas rentrer ?

— N'embrasse pas trop de filles entre-temps, répondit-elle.

— Tu es sérieuse ? »

J'étais à la fois heureux et stupéfait de cet éclair de jalousie ironique.

« Je rigole, évidemment. » La liaison s'interrompit.

Au lieu de s'estomper, ma solitude s'aggrava. Bien que désormais trop grand pour jouer avec les jeunes de la paroisse, j'allais trouver refuge à l'aumônerie. À dix-sept ans, on ne pouvait déjà presque plus être chrétien. Mais une fièvre montait en moi, mon *horror vacui* ne se remplissant qu'avec la prière et la fréquentation des paravents cartonnés derrière lesquels se changeait Don Bastone. J'allais dans la sacristie et enfilais une soutane aux longues manches, serrée à la taille et évasée aux chevilles, garnie d'une longue boutonnière sur le devant. J'avais dérobé un rochet de cardinal, un mantelet couleur pourpre et une étole violette utilisée pendant l'Avent. Je défilais dans les pièces vides pendant que Don Bastone s'accordait un petit somme post-prandial ; à l'extérieur, tout le village était livré à la torpeur de l'heure creuse, en été les cigales et en hiver le ronron du train au kérosène. Je me regardais dans le miroir en me gonflant comme une grenouille. Mais l'uniforme du Seigneur pesait autant qu'une armure, la collerette me faisait souffrir, les boutons étaient glacés sur ma poitrine nue.

Un jour, tandis que je jouais à dire la messe dans la sacristie, j'entendis par la fenêtre les cris d'une bande de garçons de treize ou quatorze ans tout au plus. Je m'approchai de la vitre pour les observer avec un paternalisme débonnaire, tel un prêtre contrôlant d'en haut l'écoulement ordonné du monde. Ils étaient là, leurs tee-shirts déchiquetés, leurs torses nus, courant, sautant dans la tourbe avec une fébrile vitalité, soulevant des nuages de terre comme des bêtes libérées après une longue détention. Ils étaient comme moi quelques années plus tôt. Quand ils me virent à la fenêtre, ils hurlèrent à mon intention : « Père Veleno, suce-nous la tige ! », conduisant de leurs mains ouvertes une tête invisible vers leurs parties exécrables. J'ouvris la fenêtre et leur donnai la bénédiction en traçant une croix dans l'air.

Une ombre surgit tandis que j'incarnais le souverain pontife, vêtue d'une soutane elle aussi, et annonçant d'une voix puissante et menaçante que les « coings » allaient pleuvoir s'ils ne la fermaient pas ; dans notre jargon, les coings étaient les poings avec lesquels les curés de campagne remettaient les choses en ordre. Don Bastone, livide et boiteux, ne me vit pas, et les garnements se dispersèrent dans l'instant.

J'essayai de me déshabiller pour prendre la fuite mais un seau et une serpillière étaient entreposés dans l'entrée, dégageant une très forte odeur de camphre.

« Ne passe pas par là, jeune homme, c'est mouillé », me lança quelqu'un, vêtu d'une tunique flottante. L'odeur de camphre était si forte qu'elle me brûla les narines et me fit venir la nausée. Ce n'était pas Don Bastone mais Domenico, l'un des servants de messe. Il devait avoir vingt ans, les pommettes hautes. Il portait l'habit même s'il n'allait jamais devenir prêtre.

« Toi aussi, tu joues à ce jeu ? lui demandai-je naïvement.

— Je me sens plus adulte. »

Sa voix était douce.

« Ça te va bien, Domenico, lui dis-je en souvenir de ce que m'avait dit Claudia, la première fois.

— Merci, Francesco. Toi aussi, ça te va bien. On devrait servir la messe habillés comme ça. »

Domenico était grand, il s'approcha de moi, l'air rassurant, il sentait la menthe. Je n'avais peur de rien, même si le dénouement de cette affaire était déjà très clair.

« Non, dis-je.

— Non ! », dit-il.

Nous nous prîmes dans les bras. Ce fut une étreinte régénératrice, épaules nerveuses et bras bandés ne s'opposaient pas.

« On n'est pas pédés, assura-t-il.

— Je ne crois pas, répondis-je, mais mon manque d'assurance le raidit encore plus. C'est juste une accolade, juste une accolade », dis-je pour nous calmer tous les deux.

Nous nous embrassâmes à côté des lèvres en les gardant scellées. Le sang pulsait à mes tempes brûlantes.

Troublé, j'arrêtai d'aller à l'église. J'entrepris de lire les Saintes Écritures par moi-même, étudiais l'Évangile dès mes devoirs finis. C'était supposément le livre le plus accessible, mais il me plongeait dans l'angoisse. Je cessai de faire de petits vœux, recommençai à viser haut, me remis à prier pour la vie éternelle. J'appliquais chaque phrase de l'Évangile à ma vie quotidienne en gardant à l'esprit cette question tacite : mon comportement est-il le bon ?

Combien de temps perdu dans ma jeunesse, combien de temps perdu à chercher une réponse à cette question quand il aurait mieux valu ne pas y répondre du tout.

Claudia rentra de Londres en juin. Je perçus aussitôt son arrivée, Martina sentait bon le blé et les figuiers et, comme tous les étés, la campagne et la mer s'étaient rapprochées de la ville.

Je tins ma promesse, allai la chercher avec la Fiat 600 de ma mère, me garai devant le portail de sa villa. Depuis la route, on voyait les citrons briller aux branches. Apparut alors un personnage tout droit sorti d'un film muet, salopette noire et chapeau melon, lunettes rondes bleu ciel et mèche verte dans le cou. Elle prit place dans l'habitacle et lança, sans un bonjour :

« Tu es fou ou quoi ? Pourquoi tu t'es garé devant la maison ?

— C'est quoi, le problème ?

— Si ma mère nous voit, elle fait un infarctus.

— Je ne t'aurais pas reconnue, si je n'avais pas su qu'on avait rendez-vous.

— Tu n'as encore rien vu. »

Elle tourna la tête en me montrant sa nuque, tatouée d'un soleil-lune.

« Comment tu le trouves ?

— C'est un tatouage définitif ?

— Il n'y a rien de définitif, dans la vie. »

Elle attendit en vain ma réaction.

« Je te charrie, Francesco. J'ai voulu ramener un souvenir de cette ville dingue.

— Donc, il est indélébile.

— C'est pas possible, tu es comme ma mère.

— Je ne suis pas comme ta mère, protestai-je en marmonnant.

— Tu sais qu'elle a arrêté de m'adresser la parole parce que j'ai un tatouage et un piercing ? »

Et elle posa un doigt sur l'anneau fin qui brillait à son sourcil droit.

« Un piercing ? m'écriai-je, aussitôt assailli par la honte.

— Je t'ai ramené un cadeau », me coupa-t-elle.

Il s'agissait de l'édition anglaise d'*Oliver Twist*, dédicacée comme suit : « *Les amis sont comme le bon whisky, ils se bonifient en vieillissant, sauf que le whisky me fait horreur et pas toi.* »

Nous passâmes l'après-midi à tourner dans les quelques rues que je me sentais capable d'affronter au volant, puis Claudia m'implora d'aller à la mer. Une vingtaine de kilomètres nous séparaient des plages les plus proches, le crépuscule menaçait et l'air fraîchissait. J'essayai de lui dire que je n'avais encore jamais conduit à l'extérieur de la ville, que je n'étais pas assez maître de moi-même, que j'avais peur, mais elle l'ordonna avec cette douce fermeté qui avait toujours, dans nos dialogues, introduit des révolutions.

« Nous allons faire ensemble une chose que tu n'as jamais faite. »

La peur recula parce qu'elle était à côté de moi, elle me caressait la main tandis que je passais les vitesses et murmurait comme si elle était en train de me confier un secret : « Tu te débrouilles comme un chef. »

Les vignes et les églises rupestres, les vergers de Cisternino, puis les monts piqués de chênes et enfin les oliveraies s'interposant devant l'horizon fait de deux azurs qui s'embrassaient.

« Il fera nuit quand on reviendra, dis-je en frémissant.

— On est ensemble, rien ne peut nous arriver.

— Tu as changé.

— Je suis encore plus garce et j'ai découvert que je déteste la bière. » Puis elle ajouta en riant : « J'ai aussi appris plein de gros mots en anglais et je sais chanter « Starman » de David Bowie. »

Toutes vitres baissées, je mangeais l'air de juin. Devant les falaises de Savelletri, elle enleva son chapeau melon et le lança sur le tableau de bord, secoua la tête en libérant ses cheveux roux et sa mèche verte.

« Hier soir, je suis sortie avec un mec.

— Tu as vu quelqu'un avant moi ? fis-je, déçu.

— C'était un type que je voyais déjà l'année dernière. »

Je soupirai.

Elle soupira.

« Il m'a forcée à l'embrasser sinon il allait dire à toute la ville que j'étais une traînée et que j'avais couché avec ses potes…

— Pourquoi tu me racontes ça ?

— Parce qu'il n'y a que des hommes comme ça, ici. Je n'étais plus habituée.

— Tu veux dire qu'à Londres… tu es sortie avec quelqu'un ?

— C'est la vie, Francesco.

— Pourquoi tu ne me l'as pas dit au téléphone ?

— Parce qu'ils n'étaient pas importants.

— Tu es amoureuse ?

— Non. Personne ne me plaît.

— Je ne suis pas comme eux, moi.

— Je sais. »

Nous rentrâmes chez nous épuisés, j'éprouvais un vague agacement, nous parlâmes de nos parents. L'année londonienne de leur fille avait changé la relation entre Etta et Enrico, les plaçant face à l'ineptie de leur comédie. Etta avait lancé la procédure de divorce, passant des après-midi entiers à écouter les avocats du coin lui promettre monts et merveilles tandis qu'Enrico, prêtant le flanc à la fiction, restait au domicile conjugal en se contentant de dormir dans une autre chambre.

Nous arrivâmes devant chez Claudia. Dans l'obscurité, les citrons paraissaient d'or, et les lumières de la villa autant d'yeux enflammés. Elle tourna la manivelle de la portière.

« Pourquoi tu ouvres la vitre alors que tu es en train de sortir ?!

— J'ai pété.

— Mais pourquoi tu me le dis ?

— Parce qu'on n'a pas de secrets l'un pour l'autre. On est frère et sœur.

— Moi je ne veux pas être ton frère.

— Ça ne dépend pas de nous.

— Ça m'énerve.

— Tu es lourd, Veleno. D'ailleurs j'ai encore pété.

— Arrête, tais-toi.

— Tu verras, ça va te plaire.

— Tes pets ?

— Non, Londres, l'Europe, le monde, la vie hors de Martina. »

De retour chez moi, j'ouvris l'Évangile relié de cuir posé sur ma table de chevet. Je me laissais souvent porter par une phrase piochée au hasard le soir avant de me glisser entre mes draps froids. Ce soir-là, le destin me fit ouvrir Matthieu, au chapitre 7, verset 13 : « … *large* [en effet, et] *spacieux est le chemin qui mène à la perdition, et il y en a beaucoup qui entrent par là.* »

Durant notre dernière année de lycée, notre relation devint encore plus intime et désespéré. Je lui rapportais le nombre de branlettes que je m'étais faites dans la semaine, à quelle fréquence je m'étais frotté contre le canapé pendant que mes parents regardaient la télévision. Quant à elle, après m'avoir considéré d'un air grave en secouant théâtralement la tête, elle s'en tirait avec un « Moi aussi ». Je lui disais beaucoup mais pas tout ; je ne lui avais pas avoué le baiser manqué avec Domenico, qui m'avait remué au point de m'inspirer certains fantasmes thématiques : le jeune prêtre qui hurle des fragments de la Passion dans un mégaphone, le fils de l'encadreur et un agent de stationnement dans la peau des deux larrons pendus à leurs croix en bois verni sur la place du Cinema Nuovo, les cuisses des centurions, le thorax du Christ en croix, incarné par le fils d'un officier de l'armée de l'air, l'épaule demi-nue de Ponce Pilate, la cheville de Judas. Je passais sous silence les hommes qui sortaient avec des rameaux d'olivier pendant la Passion (ce n'est pas un hasard si on appelle ça la Passion, pensais-je), torches et flèches pointues – qui se palpaient, se poussaient et se trahissaient d'un baiser. Sensations furibondes qui affleuraient, semblables à une caresse de mon inconscient. Je tenais Claudia à distance de tout cela, et moi aussi.

Nous détestions la mode et les goûts musicaux des autres, nous nous habillions avec des survêtements en acétate et des colliers fantaisie, nous lisions des lettres de la féministe Sibilla Aleramo et du poète Dino Campana. Mais je dus une fois de plus quitter la piste : Michele Duranti venait d'entrer en scène.

Ils s'étaient rencontrés en discothèque et leur relation me fut annoncée par le biais d'une question en apparence inoffensive.

« Tu le prends pas mal si je sors sans toi, ce soir ?

— Pourquoi tu me poses la question ?

— Il n'y a qu'avec toi que je suis bien. »

Pour moi, c'était de l'amour, et je faisais en sorte de m'en satisfaire, mais elle ajouta :

« Il s'appelle Michele, on va voir comment ça se passe.

— C'est qui ? m'enquis-je en cherchant à me contenir.

— Un musicien, il a trente ans.

— Un peu vieux, non ? commentai-je avec une pointe d'agacement.

— J'en ai embrassé des plus âgés, à Londres », rétorqua-t-elle, pleine d'orgueil.

Ce n'était peut-être même pas vrai.

« Sauf qu'on est à Martina, là.

— Ne t'inquiète pas pour moi. »

Michele Duranti ne roulait pas des mécaniques mais c'était un type solide et expérimenté. Il portait toujours un sweat à capuche et quand il jouait dans les pubs avec son groupe de paumés, il exhibait un tee-shirt recouvert de l'inscription « J'AI LA TÊTE VIDE », surprenante et sincère reconnaissance de son identité.

Claudia me forçait à assister avec elle à ces concerts dans des salles à l'humidité funeste et à l'acoustique indigne – caves, garages, bars au bord du dépôt de bilan. Michele toussotait dans un micro en répétant « un deux un deux », puis il dégainait sa guitare électrique pour accompagner les strophes rageuses et asyntaxiques du chanteur. Claudia était subjuguée, elle l'aidait à transbahuter les instruments, s'habillait comme lui d'un sweat à capuche et enfonçait ses mains dans les poches de son jean déchiré tandis qu'il brandissait sa guitare. Le samedi soir, elle l'attendait toute seule sur un mur en pierre sèche en se roulant un joint. Une seule chose était plus triste que les concerts du groupe de Michele Duranti : la fin des concerts du groupe de Michele Duranti, ce moment où ne restaient plus que le brouhaha des musiciens qui démontaient les enceintes et le remue-ménage des étuis traînés jusqu'aux voitures déglinguées, abandonnées sur la terre battue d'un parking.

Quand les gens apprirent que Claudia sortait avec lui, Michele devint l'objet du désir de toutes les filles. L'amour est un caprice, aussi volatile et contagieux qu'un virus.

Claudia teignit ses cheveux roux en un austère acajou, se les attacha, noua une écharpe noire autour de son cou pour recouvrir son tatouage, ôta son piercing. Elle ne parlait plus aux garçons hors du lycée et quand elle m'adressait la parole, la peur d'être vue faisait trembler sa voix. Sa liberté résidait entièrement dans les livres qu'elle trimbalait dans son sac de toile ; il y avait *Caro Michele*, de Natalia Ginzburg, parce qu'elle cherchait peut-être, dans ce titre, une vérité qui puisse s'appliquer à sa situation.

Michele Duranti était le seul adulte à la traiter comme une adulte. Il la laissait conduire sa voiture, la tolérait aux répétitions de son groupe, lui permettait de travailler au noir dans son magasin de vêtements tous les week-ends. Il voulait qu'elle soit avec lui quand il rencontrait les fournisseurs ou parlait de l'organisation d'un concert. Claudia s'appuyait sur lui comme si elle cherchait à s'abriter de sa propre adolescence.

Les personnes qui nous plaisent, hélas, peuvent se révéler très différentes de nos attentes. Michele Duranti, élevé dans son bouillon patriarcal, était possessif, boulimique d'attentions, narcissique et despotique. Il la poussait sans cesse à choisir entre lui et le théâtre, lui et le voyage de classe, lui et la fête du lycée. Entre lui et moi. Même si cela n'avait pas encore eu lieu, je sentais ce moment approcher à grands pas.

Un samedi soir, dans le jardin public, j'entendis les cris surexcités qui accompagnent le spectacle d'une bagarre.

Entre les palmiers et un *trullo* en ruine entouré de gerberas, deux ombres s'épuisaient en une lutte si serrée qu'elles finirent par se confondre en une seule forme. L'une cherchait à mettre l'autre à terre. Je n'avais jamais été attiré par les bagarres mais celle-ci me concernait.

L'un des combattants était Michele Duranti, qui prit bientôt le dessus sur l'autre. À genoux, deux amies tentant de la soutenir, Claudia pleurait, secouait la tête et implorait la pitié pour le malheureux garçon auquel Michele hurlait de ne jamais recommencer.

Le récit de cette scène sanglante parvint aux oreilles d'Etta et Enrico. Ils se rapprochèrent dans l'espoir de séparer leur fille de Duranti. Ils ne se doutaient pas que cela aurait l'effet inverse : Claudia fut plus déterminée que jamais à s'abandonner à Michele. Nous étions trop jeunes pour savoir qu'aucune clairvoyance ne résiste à la passion, qu'il n'y a pas de modération qui tienne lorsqu'on voudrait incendier tout ce qu'on déteste chez soi. Claudia aspirait à mettre le feu à l'hypocrisie dans laquelle elle avait été élevée, à sa honte et à son sentiment de culpabilité. J'étais incapable de comprendre son conflit, je remarquais simplement qu'elle était en danger, parce que j'étais un lâche et un homme (l'homme amoureux endosse souvent l'armure du sauveur pour camoufler sa nature de prédateur).

« Qui t'a fait ça ? » lui demandai-je un après-midi en apercevant la marque noire qu'elle avait essayé de cacher derrière ses lunettes de soleil.

Je connaissais déjà la réponse.

« Laissez-moi tranquille », répondit-elle. Dans ce pluriel résidait sa vérité.

Je me remis à supplier la Trinité, j'allais dans toutes les églises de la ville prier pour qu'ils se séparent. À San

Domenico, je récitais l'*Atto di dolore*, à la Madonna del Carmine, le *Salve Regina*, à Sant'Antonio, le *Padre Nostro*, à Cristo Re, le *Gloria al Padre*, à l'église Baita, enfin – là où les Fanelli allaient laver leurs péchés tous les dimanches –, je me frappais la poitrine avec l'*Ave Maria*.

Mes prières furent exaucées.

Comme tous les grands revirements claudiens, il arriva sans prévenir. Ils étaient à la mer, seuls à des kilomètres à la ronde, quand il lui tira les cheveux sans raison. Ce fut un geste gratuit et arrogant. Elle réagit en lui donnant une gifle ; à ce moment-là, ses yeux à lui s'éclairèrent d'une lueur néfaste, il la poussa dans le sable, porta les mains à son cou et serra. Claudia commençait à manquer d'air. Le ciel maussade, une couverture noire. Elle revit sa mère quand, petite, elle l'aidait à cueillir des cyclamens sur le bord de la route. Toutes ces fleurs arrivaient de très loin pour composer une gamme de roses, du vif au pâle, quand une autre image surgit : son père la hissait sur ses épaules afin qu'elle puisse toucher la grande tête d'un pantin en papier mâché, et il était rose, lui aussi, du rose, du rose partout, mais de plus en plus clair, et son père et sa mère, de plus en plus lointains, et ce rose libéra une force : Claudia saisit les mains qui pressaient sa gorge, appuya sur les veines et les os, se dégagea de l'emprise et s'enfuit.

Elle confia que c'était *Caro Michele* qui l'avait sauvée, quand Natalia Ginzburg écrit que l'important dans la vie c'est de marcher et de s'éloigner des choses qui font pleurer.

Les jours suivants, après la fin de son histoire avec Michele Duranti, Claudia erra dans la ville avec la solennité martiale d'un revenant cherchant à se réapproprier ses muscles, ses tendons, ses nerfs.

« Comment ça se fait qu'il ne te plaise plus ? »

C'était une journée lumineuse et chaude de juin, nous attendions les épreuves du bac, conscients qu'une lame s'apprêtait à couper le temps en deux.

« Bah, il se droguait trop, il avait d'horribles goûts en musique et il ne comprenait pas ce qu'il lisait », me dit-elle, les yeux humides, avant de se mettre à effleurer des doigts les barres métalliques de la grille, comme pour les compter, jusqu'au portail de sa villa. Je la suivis, comme toujours.

« En tout cas, ajouta-t-elle, j'ai appris plein de choses. » Elle exhiba une grimace qui voulait être un sourire, sans y parvenir.

Une poignée de jours avant la fin des cours, Claudia muta encore. Elle se colora une mèche de cheveux en bleu et coupa le reste très court. Elle avait arrêté d'étudier ce que nous imposaient les professeurs – Pascoli et D'Annunzio – et se mit à lire Elsa Morante et Dario Bellezza. Elle se contorsionnait au-dessus de minuscules volumes de poésie contemporaine achetés au kiosque à journaux et commentait avec moi les vers qui l'émouvaient. Avec de telles prémices, le bac ne pouvait être qu'un fiasco. La version de grec – Zeus décrit par Homère comme un libertin oisif – semblait dissimuler une signification menaçante, presque une allusion à notre avenir. Claudia m'avait passé, roulée en boule, la traduction accompagnée d'une note (« Lucien de Samosate l'un des nôtres ») que je recopiai, la prenant fort malheureusement pour une phrase de la version. Cela éveilla les soupçons.

Les examinateurs me demandèrent des comptes pendant l'épreuve orale, puis ils nous annoncèrent à tous les deux que nous avions rendu une version parfaite, mais que la note serait divisée par deux ; je baissai la tête, sonné, quand Claudia affrontait le regard sévère du professeur. La vie était énorme et attendait d'être dévorée à peine cette ennuyeuse corvée accomplie. Les notes n'intéressaient qu'Etta et ses indolents après-midi chez le coiffeur, dans la mesure où elles lui permettaient de participer à cette impitoyable compétition qui voyait les familles de la ville aligner les vies de leurs enfants comme pour un départ à l'hippodrome. Finalement, les examinateurs donnèrent à Claudia la même note qu'à moi, 12/20 – cette note que le dicton napolitain désigne comme « l'âme du purgatoire ».

Nous hésitâmes entre ramener aussitôt chez nous ce peu glorieux trophée ou boire pour célébrer la fin d'une vie d'obligations. La délibération ne dura pas longtemps. Claudia interrompit tout débat inutile en me regardant dans les yeux avec un sourire narquois : elle me demanda pourquoi je ne lui avais pas encore raconté la grande nouvelle qu'on lui avait rapportée.

« Je ne sais pas de quoi tu parles.

— Tu n'as pas à avoir honte, je suis très heureuse pour toi.

— De quoi ?

— Tout le monde raconte que tu es sorti avec Domenico, le gars qui sert à la messe de ta paroisse.

— Mais qu'est-ce que tu racontes ? » Je songeai que de telles rumeurs, dans une petite ville comme la nôtre, équivalaient à une condamnation à mort. Je n'allais plus pouvoir mettre les pieds à l'église sans que quelqu'un me bouscule en me touchant l'oreille droite et en hurlant « pédé ! ».

« Ce n'est pas ce que tu crois, fis-je d'une voix rauque.

— Tu n'as pas besoin de me mentir, à moi. »

Elle me caressa avec le dos de sa main. « N'aie pas honte, chacun ses pulsions. Moi aussi, petite, je suis tombée amoureuse d'une fille de ma classe. » L'aveu était aussi réconfortant qu'un briquet tiède dans une nuit glaciale.

« On est beaucoup de choses pendant l'enfance », répliquai-je, amer. Puis, à voix basse, la bouche sèche, je lançai : « En septembre, j'entre au séminaire. »

Je vis ses lèvres bouger, ses joues se gonfler légèrement, comme si elle reprenait son souffle.

« Je vais me faire prêtre !

— Tu es sérieux ? s'alarma-t-elle.

— Je rigole, évidemment. »

La brume emplissait l'horizon de mes ambitions futures. Aussi tendis-je les lèvres et l'embrassai-je.

DEUXIÈME PARTIE

Spatrièta

(adj. Errant, sans but, interrompu. Dit du sommeil interrompu : *u sunnə spatrièta*. Également maladroit, irrésolu, éloigné, éparpillé, dispersé, incertain. Exemple tiré du dictionnaire martinais-italien de Gaetano Marangi : *lassə' apirtə u jaddənèrə e lə jaddịnə sə spatrajĕrənə int'a vəgnə*, « il a laissé ouvert le poulailler et les poules se sont dispersées dans la vigne »).

Sauf spectaculaire étourderie, Martina Franca est une bourgade assez grande pour vous préserver des situations fâcheuses. Un matin, dans les environs de la paroisse, je tombai pourtant sur Michele Duranti, bardé de colliers, les bras grouillant de serpents tatoués. M'accommodant de ces journées de juin battues par un vent de sable et de blé, j'allais souvent jusqu'à l'église admirer les visages de l'aumônerie ou m'émerveiller du son des *Mater intemerata* de Don Bastone. Une partie de moi avait conscience de ce qu'elle venait y chercher mais une autre enfouissait cette réalité sous la peur et la culpabilité, je me sentais informe, ignorant qu'on pouvait désirer plusieurs personnes de manière très différente, n'envisageant pas la possibilité d'aimer Claudia en même temps que je me consumais pour le baiser d'un petit prêtre en soutane.

À attendre qu'il se passe quelque chose, on s'expose au pire. Michele Duranti croyait que j'étais le nouveau petit ami de Claudia Fanelli.

« C'est Veleno, ton nom de famille ? », demanda-t-il en claquant la langue, menaçant.

Je répondis « oui » sans le regarder, fidèle à la règle selon laquelle on ne contredit pas un plus puissant ni un plus désespéré que soi. Je fixais les têtes de serpents sur ses biceps et ruminais le fiel dont cette injustice sur le point de s'abattre me remplissait déjà.

« Tu sais ce que tu es, Veleno ? poursuivit-il avec l'air d'être mieux informé que moi sur mon propre destin.

— Je... non.

— Une tête de bite. »

Je gardai le silence, il avait mauvaise haleine.

« Alors ? insista-t-il. Tu n'as rien à dire, tête de bite ?

— *N'dd* », dis-je – ce qui, dans mon dialecte, signifie « rien ». Répondre par ce mot si guttural, animal, me donna le temps et la force de m'éloigner. Le dialecte avait fait perdre à Duranti l'instant qui sépare la décision du doute. Je marchai lentement dans la direction opposée, comme Claudia l'avait fait quand elle l'avait quitté en donnant raison à un roman. Il cracha des phrases indécentes mais resta où il était. Ses paroles ne pesaient pas autant que les miennes.

« Tu n'as pas été lâche, juste sage », me consola Claudia, accoudée à la balustrade qui donnait sur le plateau des Murges. C'était le plus long été de notre vie, le dernier avant la fac, une période de grandes attentes concernant le nouveau millénaire. Nous nous échangions des idées sur la poésie et la musique (Bowie et Iggy Pop avaient-ils quelque chose à voir avec Rimbaud et Verlaine ?). Nous avions de vagues notions sur tout et des idéaux en pagaille et nous regardions l'avenir avec peur et indécision (moi), espoir et détermination (elle). Nos vies n'avaient pas changé après ce premier baiser, qui fut aussi le dernier ; nous avions essayé de le rendre appréciable, chaud et sec, superficiel, à fleur de lèvres. Nous nous aimions d'une façon différente, mais nous nous aimions.

À la tombée de la nuit, nous nous séparions pour retourner à nos comédies domestiques. Etta travaillait sur la culpabilité, la femme dévote et son mari volage qui allait tôt ou tard payer pour avoir trahi le serment conjugal. À mes yeux, c'était un couple aussi improbable que celui formé par mes parents. Ils étaient tombés amoureux dans un train pour Martina Franca alors qu'ils étaient encore étudiants. Enrico appartenait à une famille de denteleurs et de brodeuses. Dans le train, il avait remarqué Etta avec ses collerettes et ses manches ouvragées, nettoyant son siège comme si sa vie en dépendait.

« À ton avis, c'est possible de tomber amoureux d'une personne par tendresse et non pas par passion ? me demanda Claudia.

— Non.

— Voilà, je suis née de deux personnes qui éprouvaient de la tendresse l'une pour l'autre mais qui ne se sont jamais vraiment aimées. »

J'imaginai son père, un mouchoir de soie blanche à la main et la crinière encore fauve, aller à la rencontre de sa mère et lui dire : « Je m'appelle Enrico et tu as perdu ça. — Je ne le trouvais plus, esquivait-elle. — Oui, tu l'as perdu il y a longtemps, je l'ai ramassé par terre et je l'ai donné à laver. » Nous nous les représentions ainsi, au cours de cet inépuisable jeu consistant à réinventer la vie de nos parents avant qu'ils ne connaissent l'amour qui les avait rendus fous et clandestins.

Après un orage estival, de ceux qui marquent la frontière ambiguë à partir de laquelle les journées commencent à rétrécir, nous nous réfugiâmes chez moi. Une bombe au milieu de notre routine faite de promenades et de confidences en plein air. La maison était déserte, Claudia la parcourut des yeux, le nez pointé vers ma chambre où nous allions nous changer, regards furtifs sur les cadres-photos et les étagères. « Ma maison est décevante », pensai-je. Il n'y avait pas de livres mais des bibelots entassés sur les rayonnages. Claudia, elle, cherchait des traces de la femme qu'aimait son père. Transis de froid, nous nous déshabillâmes sans gêne, le nez empli de l'odeur de la pluie, des pieds nus et des cheveux mouillés. Puis elle empoigna le sèche-cheveux comme si c'était une arme, pointa le jet chaud sur moi et rit de me voir ébouriffé, pris au dépourvu par ce vent bouillant qui soufflait sur ma tête. L'espace d'un instant, je ressentis une forme de plénitude.

Elle me confia que son père lui avait ouvert un compte courant crédité d'un million de lires. Un million ! Le chiffre me parut démesuré, je n'arrivais même pas à me le figurer, je lui conseillai de les cacher dans un mur. Elle éteignit le sèche-cheveux et un silence pesant tomba sur nos épaules.

« Je ferai un voyage avec », dit Claudia.

Je tentai de l'en dissuader en faisant valoir de lâches scrupules.

« À quoi ça sert d'être le plus riche du cimetière ?

— On a plein de temps devant nous, insistai-je.

— Non, Frank, on n'a pas le temps. »

Claudia alluma la radio mais elle n'arrêtait pas de se heurter à des flashes info : la perpétuité avait été requise contre Giulio Andreotti, le souverain pontife était tombé amoureux des lunettes de Bono, quelqu'un avait voté *oui* au sexe entre détenus. Elle baissa le volume : « Je préfère les grillons. » Le ciel s'était rasséréné. Nous sortîmes en laissant la maison à son chaos.

« On n'a pas le temps » continuait à bourdonner dans ma tête.

Le bac passé, les dîners en famille relevaient de la torture, du festival des conseils non sollicités. J'avais systématiquement droit à un discours édifiant de Veleno père : un soir, il réussit même à me servir la fable selon laquelle il avait investi du temps et de l'argent dans mes études. « Le moment est venu de faire les comptes et d'honorer ta dette par un choix universitaire exemplaire. » Et sur le visage de l'as de la gâchette de Martina, Texas, une solennité à toute épreuve, une expression aussi imprenable qu'une citadelle.

J'avais toujours envié son apparence active, pleine de vitalité, naturellement pratique. Cette disposition d'esprit entraînait souvent des réactions expéditives. Je ne cherchais pas à les combattre, les subissant avec ce mélange de passivité et de résignation propre aux fils uniques, tourmentés par des pères compétitifs sans cesse désireux de voir confirmée leur suprématie génétique.

Repu et joyeux, il changea de sujet. Mes choix d'orientation lui importaient finalement assez peu, et il préféra se délecter de l'un de ses récents exploits professionnels (un lézard en caoutchouc dans le casier de la surveillante). Ma mère, à l'autre bout de la table, gardait le silence, sans que sa fourchette se soit à aucun moment approchée de ses lèvres. Sur son assiette blanche, la pastèque verte dans un coin, le rouge des tomates dans un autre, et, au milieu, les oignons et les câpres.

« À propos d'investissement, dis-je pour le provoquer, le père de Claudia lui a ouvert un compte courant. » Les yeux de céramique de mon père croisèrent les miens, chargés de défiance. « Il lui a mis un million.

— Encore heureux, ils sont pleins de pognon », trancha-t-il, fanfaronnant comme un enfant qui aurait osé montrer du doigt l'éléphant dans la pièce. Il but une gorgée de vin, se donna un coup sur la poitrine, retint sa respiration, riant tout seul d'avoir déjoué un rot. L'enfant n'était pas un enfant ; nous n'avions besoin de personne pour voir l'éléphant dans la pièce.

Je regardai ma mère. Tu n'es pas Claudia, ton père n'est pas Enrico. Voilà ce qui était écrit sur son visage.

« Tu peux t'ouvrir un compte courant, toi aussi, dit-elle. Mais dès demain, il faut que tu te mettes à travailler. »

Elle était remontée contre moi.

« Oui. Je vais travailler, dis-je sans y croire.

— Travailler ? Francesco ? », réagit mon père, faussement scandalisé. Une musique légère nous parvint de la fenêtre, diffusée par le haut-parleur d'un camion à glaces. « Gessyca Gelati, Gessyca par-ci, Gessyca par-là, Glaces et Bonbons, Bonbons et Glaces, deux boules, trois boules ! » Une mélodie joyeuse et entraînante, un appel irrésistible. Mon père se leva et improvisa l'un de ces spectacles dont, disait-il, ses élèves étaient friands. Il se déhancha au rythme de la rengaine, secouant son bassin à chaque mesure, jusqu'à ce que la musique se dilue dans le ronflement des voitures alentour. Alors il tendit le bras vers moi, comme s'il me passait un objet :

« Va faire le danseur.

— Espérons qu'il danse mieux que toi, lui dit ma mère.

— Je ne sais peut-être pas danser mais je n'ai jamais mangé dans l'assiette des autres.

— L'assiette ? ricana amèrement ma mère. Ça fait quoi, d'être marié depuis vingt ans avec une assiette ? Tu n'aurais pas mieux fait d'épouser, je ne sais pas, moi… un tapis oriental ou… une petite cuillère ? Tu te vois, marié à une petite cuillère ?

— Tu exagères toujours, Eli. »

Quand il l'appelait Eli, la capitulation était feinte. Mon père ne la prenait pas au sérieux.

« Je suis une assiette pleine de fissures. » Ma mère prononça cette phrase en regardant au loin, par-delà son mari et son fils. Devant elle, la salade décomposée en quatre ingrédients acquit une signification nouvelle.

« Ne nous disputons pas, Eli. » Mon père voulait rester calme mais son souffle s'accéléra.

« Votre docteur, ce grand seigneur, offre un million à une gamine et ça y est, c'est votre idole, le père de l'année 1999.

— Enzo. »

La rondeur avec laquelle ma mère prononça son nom était le prélude à une intervention musclée.

« Je suis à deux doigts d'être désagréable, poursuivit-elle.

— Voyons voir.

— Un père devrait parler concrètement…

— … concrètement…

— … de l'avenir, parler de cursus universitaires.

— Tu n'as qu'à le faire, toi, quand tu n'es pas trop occupée à l'hôpital.

— C'est toi le professeur, moi je suis infirmière, dit-elle avec une humilité déconcertante.

— Professeur de couillonnerie, tu veux dire. »

Ça suffit ! aurais-je voulu hurler, mais la camionnette de Gessyca Gelati fit de nouveau irruption. BonbonsGlacesBonbonsGlaces.

Mon père n'attendait que ça. Il se dirigea vers le salon en quelques pas de danse. Il vivait sous le regard permanent d'invisibles spectateurs, voilà pourquoi il était impossible de lui en vouloir.

« Jeune, il était drôle. » Elle était immobile, presque pétrifiée, dans sa robe bleue qui révélait son long cou. « Maintenant, il est devenu tragique. »

Les yeux d'Elisa Fortuna épouse Veleno étaient deux jacinthes qui s'ouvraient à la lumière. Cette lumière avait très brièvement été mon père. À présent, c'était Enrico. Ces jacinthes avaient vu les gens de ma ville tomber malades, guérir et parfois mourir, elles avaient soigné et accueilli leur douleur. Ma mère portait ce monde comme une seconde peau et ce monde lui avait fait pousser un cal. Elisa Fortuna s'était endurcie par habitude et par discipline. Le cal résulte d'un épaississement de la peau, une tentative de défense mise en place par les cellules pour contrer cette pression désignée en médecine par le terme de « agression mécanique ». Nous étions beaucoup d'*agressions mécaniques* autour de ma mère.

« Tu sors avec elle ? demanda-t-elle.

— Je ne comprends pas. »

Mais j'avais très bien compris.

« Vous avez une histoire, Claudia et toi ? »

Cela lui pesait de prononcer le nom de la fille de son amant.

« Non », répondis-je en baissant la tête tout en continuant à épier ses réactions du coin de l'œil. « Mais j'aimerais, ajoutai-je.

— Je m'en doutais.

— Je l'aime plus que moi-même. »

Sur son visage, je lus la sereine et lucide expression du soulagement.

Sur le petit mot qu'elle me laissa avec les clés de sa voiture, elle écrivit simplement : « À Francesco. »

Elle ne m'appelait plus « *uva nera* », et même si j'étais un adulte, maintenant, cela me rendait un peu triste. Je rêvais qu'elle me regarde avec la curiosité qu'elle aurait réservée à un étranger intrigant, un inconnu, qu'elle me prenne par la main comme quand nous entrions ensemble dans la mer. Mais elle avait mûri une nouvelle forme d'amour : la complicité.

Nous partîmes à l'aventure avec la permission spéciale des parents adultères mais contre l'avis des parents trompés. L'air tiède d'un après-midi de fin d'été, le ronflement d'*Artificial Intelligence* dans l'autoradio déglingué. Notre direction : une fête clandestine à un jet de pierre de Tarente, l'une de ces fêtes inspirées par la Spiral Tribe, enceintes de deux mètres de haut et boue aux chevilles trois jours de suite.

Nous traversâmes la plaine lunaire de l'Orimini, chênes trapus disséminés parmi d'énormes blocs de pierre blanche, plate étendue rocheuse interrompue par de rares buissons de myrte sauvage, débris de fermes abandonnées, et puis, enfin, le bosquet de chênes géants qui allaient voir danser des jours durant des groupes de fous furieux arrivés de toute la région. Le ciel était strié de rouille, l'aciérie s'invitant dans l'air avec son habituelle odeur d'œuf pourri. Nous rejoignîmes la file de voitures sur le bord de la route signalée par les irrégulières demi-lunes que formaient les murs à sec. Claudia avait été taciturne pendant tout le voyage. J'avais caressé son genou nu avec tendresse ; elle portait un short de foot et une paire de bottes en caoutchouc, un tee-shirt sans manche, les cheveux détachés.

« Ma mère m'a offert une place dans le caveau familial. » Elle adorait interrompre les moments de silence par ce genre d'annonces tonitruantes.

« Tu veux dire qu'elle t'a offert une tombe ? » Je garai la voiture, puis cherchai son regard afin de déterminer quelle était la part de vérité dans ce qu'elle venait de dire.

« Une tombe, oui. Mon nom a déjà été gravé en lettres dorées. »

Elle tira ses cheveux en arrière pour les discipliner dans un élastique blanc, puis elle bondit hors de la voiture.

« Tu es malade ? demandai-je avec la terreur que cette information soit le préambule à une terrible révélation.

— Non.

— Alors c'est ta mère qui est malade. »

Claudia secoua la tête en signe d'impuissance.

« Chacun offre ce qu'il veut.

— Ton père, qu'est-ce qu'il en dit ? »

Elle soupira.

« Il m'a donné cet argent pour s'en laver les mains. » Nous nous assîmes sur le capot tiède, la musique de la rave nous parvenant comme éraflée par le chant d'une armée de cigales.

« Qu'est-ce que tu attendais de lui ?

— Un voyage.

— Tu as passé un an à Londres.

— Un voyage avec lui.

— Il ne peut pas ?

— Il n'a pas le temps. Tout son temps libre, il le donne à ta mère. »

Son expression se fit amère et j'éprouvai honte et embarras de l'avoir contrainte à me répéter ce que je savais déjà.

Nous marchâmes jusqu'au bois, traversâmes un pont au-dessus d'un torrent à sec tandis que la musique commençait à recouvrir le chant des cigales. Les arbres nous enlacèrent de leur ombre. Je remarquai une quarantaine de corps à moitié nus qui se tortillaient en se frottant contre les enceintes noires, comme si c'était de là que provenait l'oxygène indispensable à leur survie. Une jeune fille avec un énorme coquelicot rouge imprimé sur son tee-shirt vint à notre rencontre, semblable à une apparition, cheveux verts, poignets fins. « Liberté ! », cria-t-elle, hors d'haleine, le genre de cri qu'on pousse quand on n'a plus de force et qu'on puise dans ses dernières réserves.

Claudia obéit à sa façon : elle ôta son tee-shirt, se retrouva en soutien-gorge. « Tu as entendu ce qu'elle vient de dire ? Liberté ! », répéta-t-elle.

Au loin, une bande de jeunes couraient, trempés, serrant entre leurs mains des galets noirs et blancs.

« Ils sont tous fous, laissai-je échapper.

— Ils sont libres », me corrigea Claudia.

La fille au coquelicot sur le tee-shirt se déshabilla, décrocha son soutien-gorge, ses seins blancs brillèrent sous les rayons du soleil qui filtrait. Puis elle tira de son sac un petit sifflet en plastique jaune et nous le tendit comme s'il s'agissait d'un objet clandestin. « Soufflez dedans, participez, vous aussi, à notre bruit, le bruit est à tout le monde. » Ses yeux contemplaient un ailleurs, un ailleurs bon, un avenir où le bruit ouvrait la voie à l'extase.

Je passai la première heure à regarder autour de moi pour essayer de comprendre ce que j'étais en train d'écouter. Les sifflets accompagnaient sauvagement le rythme tribal des enceintes, timbres saturés, cadence répétitive. La musique techno déformait le temps en le réduisant à un présent perpétuel, c'était le rythme des hommes de la préhistoire, des guerriers et des chasseurs d'un monde primitif, des feux qu'on allume au silex. Je compris pourquoi les révoltes se faisaient au roulement du tambour.

Nous étions une centaine, nous étions agités des mêmes soubresauts que nos grand-mères, lesquelles, pour avoir l'autorisation de danser seules, se feignaient mordues par la tarentule et condamnées à mort.

« N'accepte que des boissons scellées », me mit en garde Claudia ; je protestai, mais appréciai au fond de moi cette attention.

Elle se déshabilla mille fois et se rhabilla avec les bouts de tissu qui lui passaient sous la main, parce qu'elle avait voulu sentir son corps sans barrière exposé à la brise du sirocco, au souffle des gens comme elle. Je me retrouvai moi aussi avec le tee-shirt moulant d'un garçon beaucoup plus petit, Claudia avec une chemise hawaïenne. Je regardais son cou, ses mains, l'ourlet rose de son bronzage.

Puis je la perdis de vue. Tachycardie, langue sèche, poids invisible sur la poitrine et les genoux mous : une sorte de crise de panique qui m'empêchait d'appeler à l'aide. Plus tard, j'apprendrais que la panique est une forme de libido réprimée, et les névroses, une réaction du corps face au danger. Elle allait donc ressembler à ça, ma vie sans Claudia ? Une solitude effrayante dont rien, pas même l'ascèse, ne pourrait me délivrer ?

Je courus dans le bois un bon bout de temps, me fiant à mon instinct de survie, et c'est quand je m'apprêtais à interrompre mes recherches que je la trouvai, plus près que je l'avais pensé, cachée dans une petite fosse, les mains croisées, allongée sur le dos.

« Qu'est-ce que tu fais ? lui criai-je.

— Je teste ma nouvelle tombe.

— Arrête tes conneries. »

J'étais fatigué, fâché.

« Viens ici, mon petit Veleno chéri. Viens sous terre avec moi. Voyons un peu comment ça serait, d'être morts ensemble. »

Je l'aurais suivie au fond des abysses, et en un clin d'œil je me retrouvai à regarder le ciel depuis le ventre de la terre, entouré par les feuilles pointues des chênes et l'humidité des racines.

« Ils creusent ces trous pour que les camarades qui dansent puissent se reposer. On peut danser pendant des jours.

— Pendant des jours… » Je m'attendais à tout, maintenant. La musique entrait en nous de la même façon que la terre absorbe la pluie.

« Tu ne crois pas que faire semblant de mourir est un moyen de ne pas avoir peur de la mort ? »

Je ne répondis pas. Seuls les jeunes peuvent parler de la mort avec autant de sérieux et de légèreté à la fois.

« Je vais aller faire mes études à Milan.

— Pourquoi Milan ?

— Parce que c'est loin, même si ça ne l'est pas assez pour moi. J'ai décidé d'essayer l'économie à la Bocconi[1].

— Pourquoi tu m'annonces ça maintenant ? »

Claudia avait passé toutes ces heures avec moi sans me dire la seule chose vraiment importante.

1. Très prestigieuse université privée italienne spécialisée dans les sciences économiques, la finance et les sciences politiques. De nombreux dirigeants du pays en sont issus.

« Je me suis posé des questions à Londres, quand j'essayais de gérer le peu d'argent que j'avais pour vivre… »

Dans ses cheveux ébouriffés miroitaient des petits bouts de paille dorés.

« C'est ton père qui t'a poussée ? demandai-je alors qu'elle restait allongée, les mains jointes sur le nombril et les yeux perdus dans la contemplation des branches de chêne qui couvraient le ciel.

— Non, ils sont encore convaincus, avec ma mère, que je vais faire Lettres ou Médecine.

— Moi aussi j'étais convaincu que c'était la littérature qui t'intéressait, lui dis-je avec une pointe de déception.

— Ça ne me suffit pas.

— Mais qu'est-ce que quelqu'un comme toi va bien pouvoir faire en économie ?

— Mon père m'a donné de l'argent, il m'a ouvert un compte courant, il m'a accompagnée à la banque. Je veux lui montrer que je prends son cadeau au sérieux. »

J'étais perdu. La musique dans mes oreilles s'était transformée en un pénible tumulte.

« Je veux comprendre pourquoi il y a des très riches et des très pauvres. La philosophie ne me suffit pas.

— Une marxiste à la Bocconi ! Un grain de sable dans le moteur de la classe dirigeante ! »

Je l'entendis rire avec le nez, comme si elle se retenait.

« Si ça t'amuse de voir les choses comme ça, je ne vais pas essayer de te faire changer d'avis. Pour moi, c'est une question de *self defense*. J'étudierai l'économie comme je ferais du judo.

— Du judo ?

— Pour me défendre des personnes malintentionnées. Je ne veux laisser personne gérer ma vie à ma place. »

Elle s'enfuyait dans la direction opposée de ses parents. La fugue peut durer le temps d'un arc-en-ciel ou toute la vie. Étudier l'économie dans une ville perçue par nous autres sudistes comme la Mecque du bien-être et du cosmopolitisme. Elle s'inscrivait à une université prestigieuse et compétitive pour se prouver à elle-même et aux autres que son destin avait un patron, et que ce patron, c'était elle.

Les sirènes de la police retentirent avant le soir, sous un ciel fuchsia. Les générateurs électriques qui fournissaient l'énergie nécessaire à la musique furent arrêtés mais les sifflets continuèrent à s'époumoner pendant une bonne heure, tandis que la foule se dispersait, bousculée par les policiers – à peine une dizaine même s'ils paraissaient le double. « Nous ne faisons de mal à personne », hurla Claudia. Moi aussi j'aurais voulu demander en hurlant ce qu'il y avait de mal à laisser cent jeunes danser dans un bois à moitié nus, mais, une fois de plus, Claudia était arrivée avant moi. Je regardai les faces graves des policiers en train d'identifier les fêtards. D'un côté, les visages effilés et pâles des danseurs, de l'autre les rides des porteurs d'uniforme, des hommes de plus de quarante ans chargés de réprimer cette masse de tire-au-flanc. La seule femme policière avait des cheveux blond cendré attachés, une expression sévère, les yeux ennuyés de celle qui doit réciter son texte.

Claudia et moi nous laissâmes identifier avec indifférence : être fichés à dix-neuf ans était une sorte de baptême du feu, un événement à raconter de retour dans notre patelin.

Sauf que notre voiture avait disparu.

Tout le monde était parti et quelqu'un était rentré chez lui avec la Fiat de ma mère.

« Ça arrive. Allons à Tarente, on appellera pour qu'on vienne nous chercher et puis j'irai porter plainte. En général, ce genre de voitures, ils les retrouvent », dit Claudia avec la même sérénité que lorsqu'elle s'était enterrée vive. « Il nous faudra quelques heures mais on sera là-bas à temps pour le dernier train. » Elle voulait me rassurer alors qu'il était évident que les choses n'allaient pas se passer ainsi. À l'horizon, la silhouette clignotante des cheminées des usines commençait à s'interposer entre la colline et la mer obscure tandis que l'air était soudainement purifié par un mistral naissant. Elle sortit une lampe de poche et je remarquai son bras pâle et nerveux. Nous nous mîmes en chemin.

« Je n'ai jamais été sur une route de campagne la nuit, dis-je, un brin apeuré.

— Ce n'est pas la campagne, ici.

— Ce n'est pas la ville non plus, protestai-je en désignant le néant noir autour de nous.

— On s'est peut-être perdus, fit-elle sur un ton distrait.

— Tu rigoles ?

— Oui, Francesco, je ris tout le temps quand j'ai peur. »

Ce fut une promenade inoubliable.

Nous mîmes tout derrière nous : la voiture volée, les mensonges, Milan et la Bocconi. Nous marchâmes en prenant comme point de référence les bras d'acier de l'usine sidérurgique qui exhalait sa fumée rouge orangé dans l'obscurité. Nous nous lançâmes dans un long débat sur les choix de vie de nos parents. « Tous les parents de mes copines sont dans le même cas, dit-elle, ils sont séparés mais continuent à jouer la comédie sous le même toit. » À cette époque, Claudia avait déjà une vision compromise de l'amour, l'amour éternel n'existait pas et j'étais bien naïf de continuer à y croire.

Aux abords de Tarente, le ciel était étoilé, la dent rouge de l'île de la vieille ville se détachait de la périphérie.

Nous marchâmes jusqu'à la gare, où nous apprîmes que le prochain train ne passerait que le lendemain.

« Qu'est-ce qu'on va faire, maintenant ? demandai-je, en proie au désespoir.

— On attend. »

Elle aussi avait perdu son assurance.

Toxicos, ombres de marins endormis sur les bancs, clochards se lançant des cubis de vin vides, hurlements des mouettes aux prises avec les rôdeurs de parking.

Une voiture aux reflets métallisés accosta alors que la sensation d'aventure était en train de se dégonfler en nous. Une voix nous interpella depuis l'habitacle.

« Tu es la fille d'Enrico ? Tu veux que je te ramène ? »

Un homme bronzé et élégant se pencha à la vitre pour nous observer – ou plutôt, pour dévisager Claudia avec une expression mêlant sous-entendus et certitude.

« Qui êtes-vous ? Comment vous me connaissez ?

— Marco Curcio.

— Marco qui ?

— Je suis un ami de la famille, dit l'homme sans répéter son nom, que nous avions très bien entendu.

— Je ne suis pas toute seule et nous n'acceptons pas les bonbons des inconnus. »

Elle rit en disant cette phrase. « Elle a peur », pensai-je.

« Je n'ai pas de bonbon pour vous, juste une place pour vous ramener au Pergolo. »

Il avait tout bon. Il savait où vivait Claudia.

« Allons-y », cédai-je par fatigue et désespoir.

Mais Claudia hésitait. Elle semblait plus effrayée par cet homme que par les spectres menaçants qui erraient autour de nous.

« Je n'ai pas confiance, me dit-elle à voix basse.

— Je vous ramène tous les deux, toi et lui », insista l'homme avec le pathos d'une relance au poker.

De longues secondes passèrent. Après avoir cherché l'approbation dans mes yeux, elle me serra les doigts et me tira vers l'habitacle.

« Toi devant avec lui et moi derrière, me dit-elle sans me laisser le temps de protester.

— On va se tenir compagnie jusqu'à Martina, avec ton petit ami, dit l'homme en faisant rugir son moteur sur la bande d'asphalte défraîchi qui s'enfonçait dans la campagne.

— Ce n'est pas mon petit ami », précisa Claudia.

Sa voix avait surgi, dure et adulte, et en une fraction de seconde, elle me brisa en mille morceaux.

Marco Curcio.

Jusqu'alors, pour moi, il n'était qu'un nom. Apparaissant de temps en temps sur les panneaux d'affichage des tournois de tennis municipaux, résonnant parfois dans le bar à côté de la Porta di Santo Stefano, quand un consommateur s'apprêtant à régler son café se voyait informé que le « signorino » – l'équivalent de vieux garçon, à Martina – lui en avait déjà payé un d'avance. Certains le voyaient comme un bon à rien plein aux as. Il avait trente ans de plus que nous mais aurait pu en avoir cent, vu toutes les vies qu'il prétendait avoir vécues. Il disait avoir fait la guerre au Liban, avoir défendu comme avocat l'un des témoins lors du procès de la tragédie aérienne d'Ustica, avoir réussi l'écrit au concours de la magistrature mais renoncé à passer l'oral par peur d'être obligé de restreindre ses heures de tennis.

On croit toujours, à vingt ans, que notre voix s'élève hors du chœur, qu'elle forme un contre-chant, une note solennelle et aiguë se détachant des autres. Nous contestions l'autorité des adultes, mais sans vraiment la remettre en question ; à peine s'aperçoit-on de son innocence que cette innocence, hélas, disparaît. Quand sa fille était petite, la mère de Claudia avait tracé à la craie un carré irrégulier sur l'asphalte de l'avenue qui passait devant chez elle et l'avait priée de ne pas en bouger. Ériger des colonnes d'Hercule – un expédient pour éviter qu'elle coure et donc transpire, une limite qui comme toutes les limites se niche d'abord dans l'esprit. Durant quelques minutes, Claudia avait pensé que les traits étaient magiques, et elle s'était assise en attendant qu'on lui permette d'en sortir. Enrico l'avait libérée. « Je suis enfermée ici », avait-elle dit en montrant les lignes de démarcation. Enrico avait souri et, fronçant le nez, s'était penché pour effacer un segment du bout du doigt. « Te voilà libre, maintenant. »

Une nouvelle fois, Marco Curcio venait d'effacer une barrière imaginaire, tirant Claudia d'un mauvais pas au beau milieu d'une nuit d'été. Il se présentait comme un homme stable, ironique, persuasif, pragmatique conseiller des petits tracas quotidiens, portant sur lui des objets hors du temps (boutons de manchette, épingle à cravate en cuivre, allume-cigare en argent).

Claudia accepta un rendez-vous.

Prendre un café avec lui revenait à monter sur un trampoline posé au-dessus du mystère, et elle était curieuse de sauter et de lui donner une chance.

Claudia le trouva plus petit que dans ses souvenirs, elle remarqua tout de suite l'uniformité chromatique caractéristique des cheveux teints mais elle en attribua la faute à la lumière artificielle du soir qui déforme les contours de la réalité. Ils se retrouvèrent dans un bar anonyme de la périphérie, de ceux aux vitrines garnies de bouteilles de liqueurs et aux réservoirs métalliques de bonbons Sperlari. En un instant, les yeux indiscrets comprirent que ces deux-là étaient trop complices et provocants pour être père et fille. Curcio était flatté, Claudia sentait glisser le long de sa colonne vertébrale le frisson de la transgression.

« Mais tu es folle, tu sors vraiment avec lui ?

— Je suis juste curieuse, je ne me ferais jamais toucher par un gars aussi vieux que mon père.

— S'il se passe quelque chose, tu me raconteras ?

— Il ne va rien se passer.

— Je ne fais pas confiance, moi, à quelqu'un qui sort avec une fille qui a trente ans de moins que lui.

— Ne me traite pas comme une enfant stupide, je connais les hommes, je sais comment les tenir. »

Ils se rendirent à un concert de jazz dans la campagne entre Cisternino et Locorotondo, il chercha sa main et elle se la laissa prendre, elle lui parut grande et tiède, elle se sentit à l'abri d'un danger non identifié ; ils marchèrent dans la poussière des routes d'argile et de résidus d'olives, s'éclaboussèrent de verdeca en trinquant aux regards envieux et désapprobateurs, puis il la raccompagna chez elle. Claudia aimait qu'il n'ait pas honte de s'afficher aux côtés d'une fille si jeune, elle était amusée par son assurance et par l'ironie qu'elle avait entrevue dans ses yeux lorsque, la désignant du regard, il avait dit au serveur que sa nièce avait soif.

« Tout le monde nous regarde, Frank. C'est une sensation bizarre.

— Tu es beaucoup plus grande que lui.

— Tu trouves qu'on voit beaucoup la différence ?

— De taille ?

— Non, d'âge.

— Oui, beaucoup.

— Alors je vais me maquiller un peu et me faire bouffer les cheveux. Ça me donnera dix ans de plus.

— Je suis jaloux.

— Tu n'as pas de raison de l'être. C'est de l'amitié pour l'instant.

— Vous vous êtes embrassés ?

— Pas encore.

— Comment ça, pas encore ?

— Je ne peux pas te dire que ça n'aura jamais lieu.

— Curcio est un vieux type ambigu, et puis il est orange de bronzage, il a des chaînettes en or aux poignets, je ne l'aime pas, il a un style approximatif.

— Approxiquoi ?

— Je le trouve superficiel, il traîne avec une bande de bourges désœuvrés.

— Tu le suis ?

— Il m'est arrivé de le croiser…

— Arrête tout de suite.

— Tu ne peux pas m'en empêcher.

— Tu es comme ma mère.
— Non, je ne suis pas comme elle.
— Si, tu es comme Ettalacommère.
— Je continuerai à l'espionner.
— N'empêche que je t'adore quand tu es jaloux, Frank. »

Et elle riait à pleine gorge. Moi non, je me détestais et je ne le supportais pas : je percevais en Claudia un élan vers la vie qui prenait toujours une direction imprévue, on aurait dit qu'elle testait une limite. Jusqu'où puis-je aller, jusqu'à quel degré d'extravagance.

La voiture de Curcio avançait dans la nuit, vitres baissées, il y avait quelque chose de repu dans l'âme de Claudia. Tout autour, la campagne éclairée par la lune. Marco et Claudia s'arrêtèrent devant le portail de chez elle, un citronnier pour tout témoin de leurs au revoir. Elle avait les cheveux remplis de sel après la journée passée à la plage, elle les gardait comme ça, l'été, elle aimait dormir avec l'odeur de la mer sur la tête. Il l'attira à lui pour approcher ses lèvres. Elle sentit son haleine âcre d'homme adulte, ne perçut rien d'autre de ce baiser tant attendu.

« Donc ça s'est passé comme ça ?
— Plus ou moins, mais tu peux me comprendre, toi, tu es comme moi.
— Je voudrais être comme toi mais je n'y arrive pas.
— Je vais t'avouer une chose, mais seulement si tu me promets de ne pas te vexer.

— Je ne vais pas me vexer, je te le promets.

— J'hésite à aller vivre si loin de Marco. »

Claudia angoissait à l'idée d'interrompre une histoire à peine née. Elle était en train de m'annoncer qu'il allait lui manquer et pas moi. Je n'avais pas assez de sang-froid pour lui dire ce qu'il fallait faire, lui assurer que certains amours peuvent survivre à la distance et au temps, qu'au contraire, même, ils s'exaltent dans la distance, dans la durée. J'avais dix-neuf ans et je ne savais rien de l'amour, je ne savais rien de rien, je m'agrippais à son bonheur et je ne pouvais que la soutenir.

Au début, elle ne quitta pas vraiment Martina Franca. Elle passa beaucoup de temps dans les bus de nuit qui relient Milan aux Pouilles, comme si elle ne parvenait pas à se détacher de ses origines. Milan ne lui plaisait pas, elle l'avait imaginée plus vivante et plus riche, une ville où il était impossible de se sentir seul, or elle se sentait plus seule que jamais : elle avait espéré apercevoir un horizon différent, les Alpes avec leurs sommets enneigés, au lieu de quoi, c'étaient des immeubles et des nuages, et même pas nos nuages, même pas nos maisons. Surtout, Marco Curcio lui manquait.

Je continuai à l'espionner même après le départ de Claudia. Il donnait l'idée d'un homme émancipé qui parvenait pourtant à maintenir un rapport serein avec sa propre terre. Le dimanche, quand les rues se vidaient et que les salles à manger se remplissaient, Curcio déjeunait seul dans l'unique trattoria de la ville à rester ouverte pour les touristes. Il soutenait qu'il avait fait le tour du monde et, à cinquante ans, se montrait affranchi du rituel familial. Libre. Sans femme, ni enfant, ni parent, ni oncle. Libéré des infernaux 15-Août, Noël, Pâques, de toutes ces réunions imposées à des gens n'ayant rien à voir les uns avec les autres. Je percevais en lui la quintessence de l'indépendance, il pouvait voyager, changer de maison et de travail quand bon lui semblait. Il incarnait nos aspirations.

Je garde encore le souvenir de cette première année universitaire que Claudia passa aux côtés de Curcio, comme d'un prolongement de notre été post-bac. Je revois Claudia blottie sur le siège du bus. Elle préparait soigneusement ses retours à la fin de chaque examen. J'étais chargé de la couvrir : elle communiquait un horaire différent à ses parents pour passer plus de temps avec Curcio qui venait la chercher. Le coup de fil arrivait quand le car s'était arrêté à une gare routière à Candela. Je connaissais bien cet arrêt, la frontière des Apuliens, d'un côté les immenses plaines du Tavoliere, de l'autre les cols et les montagnes des Apennins. Elle s'asseyait sur la glissière de sécurité et se laissait happer par le paysage en attendant que le moteur du car se rallume. Les Pouilles, Martina, nos ciels ont ces maudites griffes acérées qui vous harponnent, vous ne pouvez pas vous en extirper sans éraflures.

Cela se produisit pendant ce fragile préavis d'été que sont les soirées de mai sur les sombres renfoncements de la côte salentine. Un de ces soirs, Marco Curcio l'emmena dans une *masseria* non loin de Lecce, et elle en fut flattée. Elle lui parla de l'université, et de l'amour. Elle employa précisément ce mot : l'amour. Curcio ne cilla pas ; avec des gestes lents et étudiés, il la regardait dans les yeux sans ôter ses mains de ses jambes nues et nerveuses. Elle portait une minijupe, se sentait belle et sûre d'elle. Les lueurs des chandelles gonflaient les ombres des deux amants et leurs voix étaient suffisamment basses pour que personne ne les entende.

Claudia lui demanda si le moment n'était pas venu de parler avec son père, Enrico. « J'ai une bonne relation avec lui, il comprendra que je fréquente un homme plus âgé. »

Curcio pâlit, détacha ses mains de ses jambes, déplaça ses yeux vers un point au loin, puis il explosa, usant d'un ton qui peinait à masquer son agacement : « La famille italienne… Tout le monde participe à cette comédie de mariages inutiles ! Ils se cocufient tous mais le samedi et le dimanche, ils font semblant d'être ceux qu'ils ne sont pas pour leurs enfants, qui rêvent à leur tour d'être comme eux.

— Tu parles de mes parents ? l'interrompit Claudia.

— Non, en général. Mais ce genre de choses m'ennuient. »

Un chanteur affublé d'un gilet à franges et d'un chapeau blanc de cow-boy entonna l'air d'une chanson sur une estrade. Ils ne savaient pas que le restaurant se donnait des airs de café-concert. Claudia se mit à chanter elle aussi, il ne lui était jamais arrivé de le faire en public, elle dodelinait de la tête tandis que Marco Curcio l'observait, abasourdi. Les lèvres rouges, le regard légèrement triste, l'audace de son expression. Les clients se tournèrent vers elle, oubliant le cow-boy, qui baissa son chapeau sur son visage, conscient d'avoir perdu face à la grâce spontanée de Claudia.

Puis ils se dirigèrent lentement vers les voitures, le vent faisant trembler les saules sur le bord de la route. Quand ils atteignirent le parking, il lui étreignit les hanches par-derrière, la poussa sur le coffre, elle n'opposa pas de résistance et se laissa aller, descendit son slip et sentit la chaleur. Des humains indiscernables les observaient depuis une voiture, Claudia éprouvait une émotion puissante. Quand cela fut fini, elle se sentit encore intacte, comme si rien ne s'était passé, mais elle était mouillée et joyeuse, décoiffée et inconsciente, et elle se remit à chanter. Marco Curcio était un homme quelconque, à ce moment, le cœur de Claudia était trop grand, c'était du gâchis de n'en contenir qu'un seul, il y avait de la place pour une famille entière, pour une amitié, pour un enfant, pour l'humanité.

« Parfois, je vis certaines émotions juste parce que j'ai une personne comme toi à qui les raconter, me disait-elle dès qu'elle revenait auprès de moi.

— Ne m'épargne aucun détail », lui demandais-je, et je savais qu'il n'y avait que comme ça que j'éprouverais du plaisir dans ma douleur.

Je brûlais d'entendre ses comptes rendus, comparais le présentable Curcio avec le farouche Michele Duranti et éprouvais la sensation d'avoir face à moi la bonne et la mauvaise version d'un même devoir sur table.

Claudia se passionnait pour Naomi Klein et son livre *No Logo*, mais Curcio répétait que chaque décennie du siècle qui venait de s'achever avait vu émerger un livre qui expliquait que rien n'allait. Claudia protestait et elle se prenait en photo le visage peinturluré de blanc aux manifestations contre les multinationales pour l'énerver, même si, au fond, elle était vraiment l'une de ces personnes qui croient pouvoir rendre le monde meilleur.

Une fois, tandis qu'ils se regardaient, assis sur le bord du lit d'un hôtel, la tête tournée l'un vers l'autre, avec l'haleine chaude qui précède le baiser, Claudia éprouva un étrange désir inédit qui l'envahit soudain de la pointe des pieds jusqu'à la langue. Les yeux de Curcio étaient petits, légèrement endormis, ils méritaient un meilleur cadre. « Je peux te mettre de l'eye-liner ? », demanda-t-elle, s'étonnant elle-même de son aplomb. Son regard surpris envahit le long silence qui précéda sa demande d'éclaircissement. « Un kajal léger, c'est tout doux, juste un trait, précisa-t-elle, comme s'il connaissait quelque chose au maquillage.

— Je ne sais pas si ça me plaît, répondit-il, gêné.

— Je te fais deux lignes, on s'embrasse un peu, puis je te les enlève avec du coton. C'est rien, tu verras. Promis. » Sa voix était sûrement affaiblie par l'excitation. Il refusa.

Peu de temps après, Curcio l'emmena dans une pinède aux racines recouvertes d'un tapis d'algues. Des ruines de *trulli* s'égrenaient parmi les buissons de bourrache et d'ortie, c'était ici que se faisaient photographier les couples avant leurs banquets nuptiaux.

Curcio avait emporté un appareil pour prendre quelques clichés. Mais l'appareil resta sur le siège de la voiture et ils se retrouvèrent à courir sur les sentiers d'algues et d'épines. Il haletait, la chemise ouverte jusqu'au ventre, les manches relevées. Elle courait en sautant comme une tourterelle, elle en imitait le cri, puis elle se retourna et le menaça en plaisantant : « Le dernier arrivé se déshabille. » Il lui répondit avec sarcasme : « Ça ne changera rien de toute façon pour une plate comme toi. » Claudia fit semblant d'être vexée, elle se pencha vers le sol et ramassa deux pommes de pin, se les fourra dans le soutien-gorge, puis alla se planter sous son nez : « Regarde-moi ces nichons, tu as déjà vu une paire de nichons pareils ? » Curcio rit, puis Claudia prit un air sérieux et, en le regardant dans les yeux, lui demanda de glisser les pommes de pin dans sa chemise, comme elle venait de le faire.

« Arrête tes conneries.

— Je veux te voir avec des seins. »

Et elle agita devant lui les pommes de pin recouvertes de coquilles et de mousse.

« Tu es folle ?

— Allez.

— Si je le fais, ça va te coûter cher.

— Tout ce que tu voudras.

— Je dois me foutre deux pommes de pin sous la chemise et jouer la nana à gros seins ?

— Oui, s'il te plaît.

— Claudia, je vais le faire. »

Et une lueur sinistre s'invita dans les yeux de Curcio.

« Oui, ça va me coûter cher, répéta-t-elle, heureuse et sidérée par son inspiration.

— Lesbienne, tu n'es qu'une lesbienne ! », lui hurla-t-il, perdant sa crânerie initiale.

Curcio n'avait pas compris l'humour de Claudia, anarchique et candidement pornographique ; il resta méfiant, et sa méfiance – rien que l'incapacité à comprendre les autres et leurs différences – ferma la porte à tout ce qui est humain, tout ce dont avait besoin, à ce moment-là, Claudia.

Plus par orgueil que par réelle conviction, je m'inscrivis en Sciences politiques, dans une université remplie de marbre, comme un cimetière. Je prenais tous les jours le train pour Bari, longeais sa mer bicolore, verdâtre sur le rivage, cobalt derrière les digues. Je regardais les bateaux de pêche et les pétroliers miniatures à l'horizon, le voile azur au nord que venaient traverser les bandes blanches des avions. C'était une ville aux panoramas nets, qui avait gardé une âme de village malgré sa taille. L'université signifiait avoir vingt ans, faire constamment la fête. Il suffisait de quitter le sinistre bâtiment des cours pour être propulsé d'une maison à une autre, d'une fête d'étudiants grecs à une fête de Calabrais, ivres et légers, grossiers et importuns. Je lançais des œufs des balcons et dansais sur les Ace of Base avec des filles, immobilisant mon coude d'une main et faisant tournoyer mon index de l'autre. Le soir, je loupais mon train et passais la nuit dans des appartements d'étudiants remplis d'hormones et de victuailles envoyées par leurs mères. Mais dormir revenait à voler du temps au bonheur, alors il fallait jouer aux cartes, ou appeler le professeur d'Histoire antique en se faisant passer pour Léonidas ou Jules César. Nous nous embrassions sous prétexte d'être impulsifs, buvions des alcools bas de gamme, puis nous embrassions sous prétexte d'être éméchés et recommencions aussitôt à boire, ou bien nous chantions les parodies locales des chansons d'Oasis, et enfin, au matin, nous nous rendions à la fac vaseux et pleins d'espoir, priant pour qu'il se passe quelque chose, qu'une bombe explose, que les Turcs libèrent Öcalan ou qu'arrive un faucon crécerelle avec un mouchoir sur la tête et le bec grand ouvert, prêt à nous chanter « La cura » de Franco Battiato.

J'assistai à quelques-uns des cours de Franco Cassano, professeur de sociologie : j'étais amoureux de sa *Pensée méridienne*, où il est écrit qu'il faut être lent comme un vieux train de campagne, comme un promeneur, pour voir le monde s'ouvrir à nous par magie, parce que, aller à pied, c'est lire le livre, alors que filer à toute vitesse, c'est n'en regarder que la couverture. Je le répétais toujours à Claudia quand je l'appelais : « Il faut qu'on soit lents comme un train » ; et elle riait, car les trains du Nord n'étaient pas aussi lents que ceux du Sud.

Je ne validais jamais ce cours, embrassais beaucoup de filles, passais la nuit avec certaines, apprenant à toucher et à être touché, à faire lentement la découverte de l'autre. Nous partagions le même nuage d'ambitions et de perspectives, elles s'appelaient Clara, Mariangela, Mirella, venaient toutes de provinces encore plus reculées que la mienne, avaient lu, comme moi, trois livres à tout casser et comme moi ne parlaient que de ceux-là. Ensemble, nous nous faisions la promesse d'aller marcher pour la paix, pour les drapeaux du Kurdistan, et le lendemain, nous revêtions nos meilleurs habits pour nous rendre aux funérailles de l'ex-fasciste Tatarella, parce qu'il était surnommé le « ministre de l'harmonie » et parce qu'il était des Pouilles, ou parce qu'un ami à nous avait travaillé avec lui.

Claudia me téléphonait pour me parler de Curcio, qui lui avait envoyé des fleurs ou bien qui ne répondait pas à ses appels, qui lui avait paru distant ou qui allait venir la voir à Milan un de ces week-ends pour l'amener à un concert des Prodigy, sauf qu'il ne venait jamais. C'était toujours à Claudia de revenir, de laisser tomber ses nouvelles amies, d'abandonner son projet d'Erasmus, de renoncer à toute vie étudiante.

« Parle-moi de toi, Frank, qu'est-ce que tu fais comme bêtises, à Bari ?

— Bitures et roulages de pelle, j'étais fait pour la fac.

— Moi, je déteste. Il n'y en a que pour les livres et les équations. »

Au fond je détestais, moi aussi, résumer ma vie en quelques mots ; je n'avais pas le courage de lui dire que rien ne m'émouvait tant que l'un de ses coups de fil ou de ses retours au pays.

Un matin, à l'aube, je mis un terme à ma vie universitaire. Il faisait encore noir, je rentrais de Bari à bord du bus qui ramenait les ouvriers de nuit de l'Italsider. Assis entre les sièges cassés, j'essuyais les coups d'œil en biais lancés par le chauffeur dans son rétroviseur. Lorsque je descendis somnolent sur le parvis de la gare, je me retrouvai face à d'autres cars encore endormis derrière une grille en fer. Les premiers trains en partance pour la grande ville déchiraient le silence. Les grues étaient d'énormes silhouettes obscures et les lumières jaunes des écoles perdaient de leur vigueur face à la naissance du jour : Martina me parut magnifique. Une voiture aux vitres embuées alluma ses phares, les fit clignoter pour attirer mon attention. J'étais le seul être humain aux alentours, dans cette ville déserte traversée par notre maudite tramontane, ce vent qui rend fou ou hagard, comme les collines de pierre sur la via Ceglie. J'eus peur, m'imaginai un guet-apens – mais quel voyou agit à six heures du matin ? La voiture m'était familière, j'eus un pressentiment. La vitre se baissa du côté passager et deux personnes apparurent, un homme en béret qui dardait ses yeux sur les miens et, au volant, une femme aux cheveux vaporeux et désordonnés, d'un désordre heureux, autant que le sourire qui l'accompagnait. « Francesco, monte », m'invita-t-elle, comme si c'était la chose la plus ordinaire du monde, et j'étais si abasourdi que je me dis que ça devait réellement l'être.

En compagnie d'Enrico Fanelli, ma mère était différente, elle ne ressemblait même pas à ma mère. Elle conduisait comme si de rien n'était tandis que le père de Claudia me posait des questions sur Bari, me demandait si on s'y amusait bien. La voiture sentait le sexe et le déodorant.

Arrivés devant la maison, nous descendîmes en même temps. Enrico sauta d'un siège à l'autre pour se mettre au volant, ma mère lui envoya un baiser en se penchant à la vitre.

Dans l'ascenseur qui nous ramenait à notre appartement, je regardais son reflet au miroir, peinant à la reconnaître.

« Vous avez fait l'amour dans la voiture ? », demandai-je d'un coup.

J'étais en train de mettre en péril l'harmonie occulte garantissant ce moment.

« Ça arrive. »

Je vis frétiller les jacinthes qu'elle avait dans les yeux.

« Ce n'est pas inconfortable ?

— À mon âge si. Au tien, non. »

Comme j'enviais la complicité qui régnait dans cette voiture et comme il me paraissait logique que ces deux amants ne puissent vivre leur amour que clandestinement, bénis qu'ils étaient par leurs amours coupables.

Ma mère alluma la lumière du vestibule, puis elle disparut dans la salle de bains. On entendait mon père ronfler. M'étudiant dans le miroir – deux gros cernes sous les yeux, les joues creuses – je constatai la distance qui me séparait du charme de ma mère telle que je l'avais surprise cette nuit-là. Quand elle sortit de la salle de bains, elle portait une robe de chambre ornée de motifs de Noël. Elle était encore différente, elle appartenait de nouveau à la grande masse des parents du monde qui regardent leurs enfants devenus grands et peinent à voir en eux des adultes. « Mon Francesco, oui, on a fait ça aussi. Tu sais tout, maintenant. » Et elle sembla soulagée de le dire, comme si elle s'ôtait un poids de la poitrine.

« Tu as peut-être raison. Il vaut mieux que je me trouve un travail », répliquai-je.

Son cou fuselé s'approcha du mien et sa bouche entrouverte se posa sur le bord de mes lèvres en un baiser ni maternel ni érotique, donc bouleversant. Je m'endormis après une séance de masturbation au scénario sophistiqué. J'imaginai Claudia dans la voiture avec un homme, ses jambes gainées de collants fumée, les chevilles fines, son corps qui s'ouvrait au mystère d'un autre corps inconnu, ses petits seins et la touffe qu'elle avait entre les jambes, objectif inatteignable, parce que ses jambes n'en finissaient plus, j'étais un lilliputien bardé de lanières et de masses, j'étais petit et insignifiant, tandis que les détails du corps de Claudia augmentaient, augmentaient, au point de me brouiller la vue, le temps passé était minéral, le futur une bouillie parfumée, je jouis dans un mouchoir en papier en hurlant « Claudia, je t'aime » dans l'oreiller.

« Combien de fois ?

— Une, mais très douloureuse. »

Dans la petite église de campagne, bancs en chêne et confessionnal en noyer, une ombre à la voix rauque examinait les miennes, d'ombres. Mes ombres intérieures. Un nouveau prêtre assurait ma confession.

« Ça ne vous était jamais arrivé ?

— Jamais comme ça.

— Elle est mariée ?

— Non, mais fiancée avec un homme beaucoup plus âgé.

— Cet homme, est-ce qu'il vit dans le péché ?

— Ils ne se voient que pendant les vacances, quand elle redescend.

— Quel âge a cette femme que tu désires ?

— On allait à l'école ensemble.

— Tu lui as dit que tu l'aimais ?

— Non, ou peut-être que si, mais elle ne m'a jamais cru.

— Combien de fois est-ce que tu l'as désirée ?
— Je vous l'ai déjà dit, une fois.
— Je ne parlais pas de l'acte impur.
— Pour moi, ce n'est pas impur.
— Tu ne vas pas m'apprendre ce qui est pur et ce qui est impur.
— Je suis perdu.
— À cause de quoi ?
— De vos questions.
— Tu as déjà désiré un homme ?
— Jamais.
— Cherche mieux dans ta mémoire, le huitième commandement interdit les faux témoignages.
— Ce n'est pas un péché de désirer un homme, ripostai-je avec orgueil tandis que la confession prenait une tournure inattendue.
— Tu l'as déjà fait, donc ?
— Je me suis arrêté avant.
— Souviens-toi du huitième commandement. »

La voix avait changé d'intonation, elle devenait celle d'un conspirateur cherchant à me démasquer.

J'interrompis la confession. L'adrénaline et le cœur battant à plein régime, je traversai la nef, rejoignis le cloître où jouaient autrefois les enfants, avant qu'on creuse, qu'on y découvre une tombe et qu'on interdise les jeux, les morts ayant toujours la priorité sur les enfants.

« Veleno ! » Quelqu'un hurlait mon nom, qui vibra dans un écho sinistre.

Dans mon dos, un petit prêtre adossé à l'entrée du vestibule me faisait signe de la main. « Veleno, reviens ici. »

Je me fiai à la voix car je n'en avais pas reconnu la musique.

« Je t'ai bien eu », dit-il, la face malicieuse. L'expression et le rire de Domenico m'apparurent comme le miel sur lequel poser mes lèvres amères. Il avait la tête blanche et lisse comme un os de seiche. Il continuait à s'habiller en prêtre et à servir la messe.

« Tu es pédé, alors ? me demanda-t-il à voix haute mais en mettant un index sur son nez, comme pour m'imposer de répondre sur un ton en dessous.

— Pourquoi est-ce que tu t'es caché dans le confessionnal ? m'écriai-je, lui désobéissant.

— J'aime bien écouter les conneries que font les gens.

— Don Bastone est au courant ?

— Don Bastone me demande de le faire, mais il ne faut pas qu'on le découvre.

— Je l'ai découvert, moi.

— Je m'en fous. Demain je pars dans le Nord, j'ai été pris dans l'armée de l'air. Et je dirai à tout le monde que tu es pédé.

— Pourquoi est-ce que tu m'as piégé ?

— Pourquoi, pourquoi, tous ces pourquoi ! Claudia est trop bien pour un gars comme toi, tu ne vois pas avec qui elle sort, maintenant ?

— Ça ne m'intéresse pas.

— Je vais épouser Mariella, et toi tu n'as personne.

— Je ne t'envie pas.

— Maintenant viens, Veleno, il faut que je te dise quelque chose à l'oreille. »

Il voulait m'embrasser ; moi, j'avais envie de sentir à nouveau l'odeur de notre premier et unique baiser manqué. Je fis confiance. Je traversai l'espace qui nous séparait sans toucher du pied les bordures des carreaux.

Domenico tendit le cou ; je remarquai ses chaussettes jaunes sous la robe trop courte et ses jambes nues, rasées. Quand nos lèvres furent si proches qu'il était devenu intolérable de ne pas nous embrasser, il ouvrit la bouche et me mordit la joue.

Cela dura une seconde, ses dents enfoncées dans ma chair, un mal cruel.

« Pédé de merde, tu n'es qu'un pédé, ne t'approche pas », hurla-t-il.

Je restai pétrifié, la main sur ma joue, gardant le silence tandis que je réfléchissais au meilleur moyen de partir dans la dignité. Il dit qu'il aimait sa Mariella et qu'il allait être un bon soldat, il dit d'autres choses encore : que je n'aurais jamais dû me permettre de parler de lui, de raconter que nous nous étions ne serait-ce que croisés. Quand je relevai la tête, je le vis plus adulte qu'il ne l'était, les premières rides barrant son front et ses lèvres marbrées de violet à cause de la morsure. Il dit qu'il fallait que j'oublie son nom, qu'il allait partir pour toujours et fonder une famille.

Deux gouttes rondes et chaudes mouillèrent mes yeux avant de glisser le long de mes joues, brûlant la plaie. Je rentrai chez moi avec une drôle de sensation ; je ne pourrais pas parler de plaisir, mais presque. Tout cela, j'allais pouvoir le lui raconter, à elle. Claudia m'attendait, ainsi que la vie complice que nous allions traverser ensemble. Ma patrie m'attendait, la seule qui savait me reconnaître.

« Qui t'a fait ce suçon ?
— Une amie.
— Ou un ami.
— Un ami, ouais. »

Nous marchions dans la ville, si proches que j'entendais son souffle se raccourcir dans les montées, les passants nous regardant comme deux loups, la blanche et le foncé, la rousse et le brun, l'olive verte et l'olive noire, le cerisier et la ronce à mûre.

Claudia, dans les hommes, cherchait l'imprévu, le mystère et une tendre inaptitude à la vie, à l'image des personnages des romans qu'elle aimait le plus : Jay Gatsby, Holden Caulfield, Fitzwilliam Darcy ou le champion de tous, l'Atticus Finch de *l'Oiseau moqueur*, avec son sens inné de la justice. La nuit, elle rêvait des mains de Marco Curcio qui la touchaient, avec leurs veines bleues et leurs poils roussâtres sur le dos.

Elle cessa de se méfier de la grande ville. À Milan, elle vivait dans les environs de Porta Romana ; la circulation dans l'aube argentée envoyait des panaches de fumée semblables à ceux qui s'échappaient des brasiers dans la campagne, l'été. Une frénésie inédite l'emplissait d'euphorie ; assise sur les sièges en bois du tram 15, elle se découvrait soudain heureuse. Milan se révélait à elle comme un lieu grouillant, rempli d'opportunités, un brouhaha permanent dans lequel elle ne se sentait jamais seule. La nuit, elle ouvrait la fenêtre et écoutait les chouettes. La tête rentrée dans les épaules pour se protéger de la brise, les yeux ensommeillés et les mains moites, elle respirait lentement, dominant les rues vides. Elle étudiait le droit privé, l'économie entrepreneuriale, elle s'y plongeait avec l'orgueil propre à qui veut montrer qu'il est à la hauteur des attentes les plus intransigeantes. Elle ne démordait pas pour autant de ses passions, l'électro et la poésie. Me faisait passer en contrebande des livres aux pages froissées et aux phrases soulignées, tel le *Vicomte pourfendu* de Calvino. Comme au protagoniste de ce livre déchiré en deux moitiés, ma partie lumineuse et ma partie sombre me suggéraient une téméraire alternative : camphre ou pissenlit, soutane ou tee-shirt arc-en-ciel, corridors ornés et parfumés ou canapé défoncé.

Elle au nord et moi au sud, oiseaux distants, le migrateur et le résident. Je me consolais en pensant qu'à son retour, j'allais lui préparer un nid où elle pourrait rester. J'étais toujours plus petit qu'elle de quelques centimètres, et de plus en plus brun, de plus en plus raisin noir. Étudiante avisée, elle avait épaissi le million de lires qu'elle avait sur son compte courant en prenant un job dans un fast-food, où elle se faisait draguer par des hommes encravatés. « Ils ont tous des petites mains soignées comme des pattes de peluche. »

« Celle-là, ne te la fais pas voler », me mit-elle en garde, hilare.

Cela faisait des mois que je lui promettais de l'amener aux *trulli*. Autrefois, on y enfermait les lépreux pour les tenir à l'écart de la ville et les paysans y cachaient leurs outils pendant le long hiver ; à présent, ils étaient devenus lieux de villégiature ou maisons de grands-parents. Les miens, Giuseppe et Assunta Veleno, y vivaient depuis plus de soixante ans, veillant sur un lopin de terre et allaitant les murs à la chaux blanche à chaque changement de saison.

« Qu'est-ce qui est arrivé à ton visage ? Tu t'es fait mordre par un chien ? demanda ma grand-mère inquiète en venant à ma rencontre.

— On peut voir les choses comme ça, oui, intervint Claudia.

— C'est ta fiancée ? s'enquit ma grand-mère, soudain radieuse alors que nous avancions au milieu de la bourrache et la chicorée.

— Non, juste une amie », répondit-elle. Je ne lui en voulus pas mais ma grand-mère lui demanda son nom avec une voix légèrement froissée par la déception.

« Veronica », répondit Claudia dans un sourire, me prenant de court.

Quand nous fûmes seuls, elle s'excusa de ce pieux mensonge. « Ça reste les parents de ton père, et sa femme s'est tirée avec mon père. »

L'improvisation donna le ton des heures que nous passâmes à la campagne. Nous y étions allés sans que personne nous le demande, comme c'était le cas quand j'étais petit. D'habitude, je m'ennuyais chez mes grands-parents, mais pas avec Claudia. La lumière était envoûtante, les odeurs se chargèrent du reste. Dans la vigne se distinguaient des fleurs sauvages, des herbes médicinales, du chiendent pied-de-poule, du laiteron maraîcher, de l'euphorbe et de la chicorée amère, des buissons de sauge et de marjolaine. Le raisin était presque prêt et les premiers moineaux en avaient goûté les grains les plus mûrs, un pin pleurait des pommes, des aiguilles et des baies bleues en forme de lapis-lazuli.

Nous parcourûmes toute la vigne le long d'un sentier de pierre, arrivâmes sous les amandiers, où Claudia grimpa à l'un des troncs les plus solides. Je le secouai ; quelques bourgeons me tombèrent sur la tête.

« Qu'est-ce que tu fais quand je suis à Milan ? m'interrogea-t-elle d'en haut, forte de l'autorité supplémentaire que lui conférait sa position.

— Tu le sais bien, me justifiai-je en essayant d'éviter ses hameçons lourds et imprécis.

— Tu ne m'as pas dit toute la vérité. »

Elle avait un air inquisiteur, comme si elle savait sur moi-même des choses que j'ignorais.

« Je t'ai tout dit », jurai-je.

En la regardant par en dessous, je m'aperçus que son pantalon s'était déchiré, révélant le pli sublime entre sa fesse et le haut de sa cuisse.

« L'arbre est en train d'arracher tes vêtements.

— Ne change pas de sujet, Veleno… »

Je repensais aux filles des derniers mois : une copine de la fac, une lycéenne qui sortait avec des étudiants, une fille avec une coupe à la garçonne et à la dent fêlée. Au bout du compte, elles se ressemblaient toutes, elles étaient toutes solitaires et à l'écart, comme moi.

« Tu es en train de me raconter des craques, Frank. C'est comme l'histoire de cette morsure sur ton visage.

— J'ai revu Domenico », lâchai-je alors.

Claudia s'aida de ses bras pour se hisser à une branche comme une gymnaste, se mit debout en haut du tronc et atterrit au sol en un bond.

« Mais rien d'important », précisai-je.

D'abord bienveillante, son expression se fit grave.

« Vous avez fait quelque chose ?

— Non, pour qui est-ce que tu me prends ?

— Pourquoi tu rougis ?

— Parce que je suis énervé : un jour il s'est habillé en prêtre et il m'a tendu un piège.

— Un piège ?

— Il m'a manipulé pour recueillir ma confession. C'était lui dans le confessionnal, pas le prêtre.

— Le psychopathe.

— Il m'a menacé.

— Pourquoi ?

— Parce qu'il a peur qu'on raconte des choses sur lui et moi.

— Mais quel est le problème ? demanda naïvement Claudia.

— Nous n'avons rien fait de mal.

— Tu sais avec combien de mecs on dit que j'ai baisé à Martina ?

— Ce n'est pas la même chose, protestai-je.

— Ah, alors moi je peux être la pute de tout Martina mais toi tu ne veux pas être le pédé. »

Elle rit avec ses yeux de forêt. Puis elle ajouta :

« Tu as compris, maintenant, pourquoi il faut que tu partes d'ici ?

— Mais je n'ai pas envie de partir, moi. »

Et je regardais l'amandier, je reniflais l'air ; maintenant que j'avais avoué, je me sentais libéré.

« Tu ne peux pas imaginer combien j'en ai vu, à Londres, à Milan. Et moi aussi, tu sais, j'ai embrassé une fille.

— C'est toi qui me plais, personne d'autre. »

Ma énième déclaration.

« Ne fais pas l'enfant, offre-toi un voyage, sors d'ici, réveille-toi, tu découvriras peut-être des choses que tu n'imaginais pas sur toi. »

Annoncés par un sifflement, les moteurs de plusieurs avions militaires explosèrent à nos oreilles, nous forçant à lever les yeux au ciel et à laisser respirer les choses que nous venions de nous dire ; de l'aéroport militaire tout proche de Gioia del Colle s'envolaient parfois des expéditions de reconnaissance ou de bruyants exercices qui insultaient la paix.

Elle me prit la main et nous nous mîmes en chemin jusqu'à la maison de mes grands-parents. Au loin, on entendait braire les ânes. Le ciel commençait à se couvrir.

« J'ai arrêté d'accepter les abus, même de la part de ceux qui disent m'aimer.

— De quoi tu parles ? »

Je sentis un frisson dans ma poitrine.

« Je veux quitter Marco.

— Vraiment ?

— Je l'ai déjà trompé deux fois cette année.

— Trompé ? »

Je pensais tout savoir, et je ne savais rien.

« J'ai fait l'amour avec un Espagnol, juste pour entrer en contact avec son meilleur ami français, beau et salaud.

— Tu ne me l'as jamais dit. »

J'étais déçu. Elle ajouta des détails détonants.

« L'Espagnol ?

— Le Français.

— Tu te les es faits tous les deux ?

— Oui, mais pas ensemble, pourtant ils l'auraient bien voulu.

— Marco s'en doute ? demandai-je, sonné par cette confession.

— Il a cinquante ans, il se fera une raison, crois-moi. Lui aussi mène sa petite vie. »

Des millions d'informations s'agitaient dans ma tête. Je devais me dépouiller de tout conformisme résiduel, ne pas craindre d'avoir du désir pour un homme. J'étais sur le point de comprendre qu'elle était là, ma vérité : entre ce quelque chose de profondément masculin chez Claudia et ce quelque chose de profondément féminin chez les hommes qui colonisaient mes fantasmes.

Les grands-parents nous attendaient avec des amandes grillées, des *taralli* et une bouteille d'eau teinte en vert. « Nous n'avons que du sirop de menthe », dirent-ils comme pour s'excuser.

J'étais habitué à leur comédie, ils déploraient n'avoir rien à offrir puis ils alignaient les trésors de leur campagne, les confitures et les sirops. Une humilité paysanne dont il n'était pas resté la moindre trace parmi les plus jeunes générations de Veleno.

Nous nous assîmes face à la vigne, la *casedda*, le *trullo* principal, dans notre dos.

« À Milan ? Mais il n'y a pas Économie à la fac de Bari ? objecta ma grand-mère quand elle entendit où vivait Claudia.

— Il y a beaucoup d'opportunités, là-bas, répliqua cette dernière, habituée à entendre cette réflexion.

— Dommage. Il n'y a pas la mer. Ni le ciel.

— Ce n'est pas vrai, on voit les montagnes. Vous savez, elles sont belles là-bas aussi. »

Elles se lancèrent dans une conversation animée et mon grand-père, pour la première fois, me demanda un service. Ça ne s'était jamais produit avant, c'était toujours moi, depuis l'enfance, qui demandais des bonbons, des cadeaux, de l'argent.

« Tu nous aideras pour les vendanges, cette année ? »

Il était sérieux, ne me parlait pas en grand-père mais d'égal à égal, comme à un adulte. Mon père ne l'avait jamais fait. Je me sentis honoré.

« Il y a encore un mois à attendre, fis-je.

— Nous ne sommes plus aussi forts qu'avant, et on aurait besoin que tu nous aides à transvaser le vin. Ton père nous a oubliés », conclut-il, amer.

Claudia et ma grand-mère avaient disparu. Le crépuscule changeait la substance des couleurs et imposait son silence, interrompu par les conciliabules et le remue-ménage dans la maison. Quand elles réapparurent, ma grand-mère et Claudia se dirent au revoir avec chaleur, deux baisers sur les joues et un regard complice, comme si elles avaient échangé un secret.

« Et ma grand-mère, qu'est-ce qu'elle t'a dit ?

— Des trucs de femme.

— Je ne peux pas savoir ?

— Je ne pense pas qu'elle veuille que tu saches, sinon elle l'aurait dit devant tout le monde. »

La route était déserte, la campagne nous entrait directement dans la bouche par les vitres baissées. La radio disait que deux avions avaient foncé sur les tours jumelles de New York et un autre sur le Pentagone, à Washington. Nous nous sentîmes minuscules et impuissants face à ces tragédies lointaines. En une poignée de secondes, je me dis que je n'allais plus jamais prendre l'avion et que Claudia allait rester encore un peu dans les Pouilles. Ces pensées me firent instantanément honte.

« Il va y avoir une guerre », dit tristement Claudia.

Je n'osai pas la contredire.

L'asphalte laissa apparaître un triangle rouge phosphorescent ; quelques mètres plus loin, dans le dernier virage avant la descente qui ramenait à la ville, nous aperçûmes une voiture en panne de laquelle surgissait la tête d'une femme qui regardait l'horizon comme si elle en attendait une réponse.

Etta.

Je pilai et garai la voiture dans l'herbe. Claudia sortit de mauvaise grâce.

« Maman, qu'est-ce que tu fais ici ?

— Il faut que je te parle. Et que je le fasse tout de suite. »

La mise au point était acide et ne promettait rien de bon. Le visage d'Etta était traversé par une tempête qui engloutissait presque entièrement ses yeux, elle était un masque de douleur, de rage et de ressentiment.

« C'est papa ? Il est arrivé quelque chose à papa ? »

Etta me montra du doigt, et j'imaginai le pire. « Je ne dirai rien tant qu'il sera là. »

Nous restâmes suspendus à l'instant, alors qu'au sud, des feux vespéraux en l'honneur d'une sainte patronne irradiaient la campagne d'une splendeur flamboyante.

« Monte dans la voiture, dit Etta.

— Je ne monterai nulle part. Tu peux me dire ce qu'il se passe ?

— Parmi tous les hommes sur la face de la Terre, tu étais vraiment obligée de choisir celui-ci ? »

Etta avait monté de toutes pièces ce dangereux spectacle – la voiture immobile sur la départementale – afin d'administrer à sa fille une leçon solennelle.

« De qui tu parles ?

— De Marco.

— Marco ?

— Tu sais qui est Marco ? »

Claudia pâlit. Je l'avais couverte pendant des mois pour éviter que ses parents l'apprennent, et cela n'avait servi à rien. Les amours clandestins sont tous voués à être découverts, surtout lorsque l'amour se termine et qu'il ne reste plus que la clandestinité. La relation la plus secrète demeurait la nôtre, au fond, précisément parce qu'elle s'affichait sans vergogne à la vue de tous.

Marco. Marco Curcio.

Pendant les mois où Enrico avait déserté le domicile familial, Etta était allée demander conseil à un avocat, et elle s'en était amourachée. Etta se méfiait des psychologues, aussi avait-elle confié son impétueux, explosif flux de conscience à cet avocat de province bellâtre et célibataire qui lui offrait un verre d'eau tonique et des mouchoirs en soie pour essuyer ses larmes. C'était l'époque où Etta pleurait à la troisième personne (« Comment une mère devrait-elle réagir ? »). Elle lui avait raconté des choses essentielles, soufflé que sa fille était la seule joie de son existence, qu'elle allait la venger de toute la douleur qu'Enrico et ma mère étaient en train de lui infliger. Par la suite, la procédure de divorce avait été interrompue, mais pas le béguin.

J'appris tout cela plus tard. Marco nous avait bernés, faisant preuve de ce pragmatisme aride propre aux hommes qui voient dans la séduction et les relations amoureuses une arme de manipulation.

Trois heures plus tard, je retrouvai Claudia en bas de chez elle. Les trois heures les plus longues que j'aie jamais passées, car le monde avait changé, la ville semblait retenir son souffle, les gens s'étaient enfermés chez eux, terrorisés, pour regarder inlassablement les tours s'écrouler à la télé. Elle aussi avait changé depuis le moment où nous nous étions quittés sur la route de campagne. Au fond des yeux, elle avait maintenant deux puits noirs et lugubres. Elle marchait dans un long pull-over d'homme. Elle s'était habillée avec les habits de son père comme elle l'avait fait quand Enrico était parti de la maison avec ma mère.

« Comment ça va ? lui demandai-je.

— Je l'ai quitté.

— Je le déteste, dis-je.

— Pas la peine de le détester, dit-elle.

— Ta mère, comment elle va ?

— Pire que moi. Elle n'a personne. Alors que moi, je t'ai toi. »

Mais je ne parvins pas à me repaître de cette miette d'affection.

Nous passâmes la nuit à traîner dans Martina. Claudia pleurait et riait en même temps. « Qu'est-ce que j'ai pu être idiote. » Elle glissait un bras sous le mien, puis s'éloignait, comme si une pensée avait quitté sa tête en un battement d'ailes et qu'elle voulait la rattraper.

« Il faut que j'aille pisser, dit-elle tandis que le ciel s'éclaircissait.

— Cherchons un bar, proposai-je.

— Non, je veux pisser comme les chiens, lança-t-elle avec détermination.

— Moi aussi. »

Nous rejoignîmes un endroit planté de grands pins, grimpâmes par-dessus la rambarde rouillée, elle somptueuse, moi gauche, choisîmes une plate-bande, elle s'accroupit et je lui tournai le dos, nous rîmes ensemble tandis que nos deux jets crépitaient.

Sur les photos d'elle enfant, Claudia apparaissait toujours comme l'exact prolongement de ses parents, leur calque précis, à l'opposé du garçon gracile et brun qui n'avait rien de la candide Elisa Fortuna ni du solide Vincenzo Veleno. Cette nuit-là, nous étions plus semblables et plus proches que nous ne l'avions jamais été. Nous étions en train de nous mélanger.

« Je peux regarder ? », demandai-je sans malice alors que son liquide creusait une galerie dans la terre.

Je me retournai sans attendre sa réponse et entrevis une ombre, juste une ombre, et les dents blanches de Claudia tournée vers moi.

« Pourquoi est-ce que tes dents se voient dans le noir ?

— Parce que nous sommes des extraterrestres », répondit-elle à voix basse et très sérieusement.

L'aube brumeuse s'apprêtait à dévoiler une matinée de soleil imprévue.

« Je vais partir demain et ne plus jamais revenir », jura-t-elle, et ce ne fut plus un sourire mais une grimace qui fit apparaître ses dents – une grimace qui traduisait la douceur et la mélancolie d'un adieu.

TROISIÈME PARTIE

Malenvirne

(subst. masc. Individu qui rompt les équilibres, trouble-fête, mouche du coche, élément détraqué au sein d'une communauté. Électron libre. Un terrible hiver encore plus rude).

Il aurait détesté qu'on se souvienne de lui comme de « quelqu'un de bien ». C'était ce que tout le monde avait répété, la mine contrite, le jour de l'enterrement : « Un type bien, un type bien, vraiment », comme si les autres ne l'étaient pas. Une nuée d'individus en habits de circonstance, de ceux qu'on ressort pour les mariages et les baptêmes, ou pour les enterrements.

Un type bien. Un type bien.

L'expression s'était aussi retrouvée dans les nécrologies et dans la bouche d'un notaire moustachu qui lui avait souri avec l'air de connaître la vérité mais de vouloir la garder pour lui. Comme s'il ne fallait surtout rien dire d'autre sur Enrico Fanelli.

Elle savait ce que les gens insinuaient : Enrico Fanelli avait tout eu. De l'argent, une femme dévouée, une fille qui étudiait à Milan et une maîtresse qui faisait fantasmer toute la ville. Le médecin et l'infirmière de son service. Les clichés rassurent parce qu'ils font croire à un projet du destin, ils permettent de s'imaginer à l'abri de ses tirs aveugles. Et puis votre cœur s'arrête pendant la nuit, en plein sommeil.

L'infarctus cueillit Enrico à un congrès, dans une chambre d'hôtel. Alertés par son absence au panel du matin, ses confrères ne purent que constater le décès après avoir demandé au personnel d'étage de forcer la porte.

Je me rendis à l'enterrement avec mon père. Ma mère se planta sur le seuil de sa chambre avec un visage semblable au lit asséché d'un torrent, elle pleurait depuis quarante-huit heures mais avait gardé son sang-froid, comme si l'amour clandestin l'avait également rompue à la douleur clandestine : ses plus intenses passions explosaient loin de tous. Elle dit qu'elle n'allait pas aux obsèques parce qu'elle ne se sentait pas bien. On se contenta de son mensonge. Bien lui en prit, du reste : l'enterrement fut grotesque. Claudia et sa mère se soutenaient dans un coin de la basilique, la foule débordait – le parvis, les escaliers, la place étaient bondés –, tourmentée par le sempiternel mistral, particulièrement retors ce jour-là. Deux silhouettes se lancèrent vers le cercueil qui fendait la foule. « Enrico, Enrico, Enrico ». Je m'appuyai à l'épaule de mon père et me mis sur la pointe des pieds pour apercevoir deux jeunes femmes en voilette noire, gants, bas opaques. Un homme grand et sec à la face rubiconde tenta de les éloigner. Le cercueil poursuivit sa progression au-dessus de la foule qui se pressait pour l'atteindre, comme si un saint se trouvait à l'intérieur.

Au cimetière, Claudia me parut plus grande que d'habitude, le menton tourné vers le ciel, les lèvres serrées. Elle ne donnait pas l'impression de pouvoir se briser mais une mer noire flottait derrière ses lunettes de soleil.

Le cercueil d'Enrico était trop grand pour rentrer dans le caveau, on fut contraint d'appeler un menuisier pour le raboter. Etta était transfigurée, touchée par une grâce inconnue, son corps semblant s'être enfin libéré de sa méfiance naturelle. Les cyprès sentaient l'humidité, une pluie légère commença à tomber sur la cérémonie. Ne voulant pas assister au rognage des arêtes du cercueil, Claudia vint me voir. « On dirait qu'ils veulent découvrir la surprise dans un Kinder. » J'étais sûr qu'elle était en train de penser à l'âme de son père prête à s'affranchir de ce lourd sarcophage d'acajou.

Le lendemain, nos corps paraissaient plus légers, à croire qu'Enrico avait emporté avec lui un morceau de nous. Nous allâmes cueillir du feuillage dans la campagne, comme pour accomplir un rite : fenouil, asperge sauvage, maceron, pissenlit et chicorée. Nous suçâmes des fleurs violettes de bourrache et goûtâmes à des bourgeons de mauve, gardant le silence la plupart du temps. Puis Claudia me demanda comment allait ma mère. Elle avait un pétale de trèfle jaune dans les cheveux. Je ne lui répondis pas.

« Elle a bien fait de ne pas venir », poursuivit-elle avant de se courber pour arracher de l'herbe brutalement.

Je sentis son souffle se modifier.

Elle posa la tête dans mon cou, l'air était bouillant au sortir de sa bouche entrouverte, juste à côté de mon oreille. Je la pris dans mes bras.

« Francesco, tu as vu le monde, hier.

— Oui.

— Aujourd'hui, il n'y avait plus personne en bas de chez moi.

— Je suis là, moi, fis-je pour la rassurer.

— Mais il y avait ta mère. »

J'eus un vertige, j'avais peur de ce qu'elle s'apprêtait à me dire.

« On s'est regardées longtemps, ajouta-t-elle, et puis je lui ai dit.

— Qu'elle avait bien fait de ne pas venir ? demandai-je.

— Que mon père n'était pas le type bien que tout le monde a décrit, répondit-elle.

— Et elle, qu'est-ce qu'elle a répondu ?

— Que c'était pour ça qu'elle l'aimait. »

Nous nous serrâmes plus fort, nous abandonnant à la chaleur de nos corps.

La plupart des enfants n'ont qu'une vague idée de la vie professionnelle de leurs parents, ils croient la connaître à grands traits mais en ignorent les détails essentiels. J'en faisais partie. Ma mère était un simple soldat sur le front de la médecine générale, elle s'occupait principalement de personnes âgées et de quelques très jeunes cas désespérés, elle parlait peu de son activité. Le père de Claudia et elle ne travaillaient jamais vraiment ensemble, ils se vouvoyaient quand ils se croisaient dans les couloirs et échangeaient un bref sourire de connivence, aussi excitant qu'un baiser clandestin sur le parking.

Ma mère était penchée devant le miroir de la salle de bains, la porte ouverte, en train de se frotter les yeux du bout des doigts pour enlever le rimmel de ses cils.

« Tu étais où ?

— J'étais de garde cette nuit.

— Tu te maquilles pour la nuit ?

— Savoir-vivre et élégance. La nuit, tu dois donner l'impression d'être aussi alerte et soignée que dans la journée, *uva nera*. »

Elle l'avait dit. Dans sa voix perçait une langueur lointaine.

« Comment vas-tu ? »

Je voulais la vérité, Enrico venait d'être enterré, Claudia s'était rempli la bouche et les cheveux d'herbe pour ne pas pleurer, j'avais la tête en feu.

« J'ai l'impression d'être une veine mille fois percée. »

Elle me raconta qu'elle faisait de l'escrime avec mon père quand elle était à l'école d'infirmières. Qu'il existait un lien entre le fleuret et l'aiguille qu'on enfonce dans les veines. Puis elle baissa la voix, alors même que mon père était déjà sorti sans dire au revoir.

« Tu es d'accord, toi ?

— Pour quoi ?

— Pour une nuit.

— Mais de quoi tu parles ?

— De Claudia.

— Claudia ?

— Claudia, oui.

— Pourquoi tu me dis ça ?

— C'est mon initiative. Sa maison est pleine de vagues parents qu'elle ne peut pas souffrir et Etta a disjoncté. »

J'éprouvai une pointe de jalousie. Elles s'étaient confiées l'une à l'autre, s'étaient entendues sans avoir besoin de mon intermédiaire.

Claudia débarqua à minuit, ma mère me laissa l'accueillir pendant qu'elle allait préparer son lit d'un pas compassé. Elle aurait pu s'en occuper dans la journée mais elle avait attendu le dernier moment. Je me demandai si ce n'était pas par superstition : tant que Claudia n'était pas vraiment là, il valait mieux ne pas provoquer le destin.

Claudia apportait entre les murs du foyer Veleno un message secret venu de l'au-delà.

Elle interdit à ma mère de lui préparer un lit.

« Je peux dormir avec Francesco, on a grandi ensemble.

— Vous n'êtes pas un peu grands, maintenant, pour un lit une place ? », demanda Elisa, légèrement désorientée, les bras chargés d'une parure de lit florale qui semblait appartenir à une époque lointaine, quand c'était une fille plutôt qu'un fils qu'on attendait dans cette maison.

Au regard qu'elles échangèrent, je compris que Claudia n'était pas venue pour moi.

Claudia ne me rejoignit jamais dans mon lit.

Ma mère et elle passèrent la nuit à discuter dans la cuisine tandis que, l'oreille tendue, j'essayais de saisir des phrases au vol. Mon père se matérialisa soudain dans ma chambre, à moitié nu et une lampe à la main, la voix pâteuse :

« Qu'est-ce que c'est que ce bordel ?

— Claudia est là », répondis-je, hermétique, en mâchonnant la housse d'oreiller.

Il grogna quelque chose et retourna dormir.

J'étais presque blessé qu'il n'ait rien à ajouter, une petite scène de jalousie, l'expression de la curiosité la plus élémentaire – pouvait-il vraiment n'en avoir rien à faire ?

Je me précipitai dans la salle de bains pour me regarder dans le miroir. Tombai sur la trousse à maquillage de ma mère, l'ouvris avec l'appréhension d'un cambrioleur crochetant un coffre : tout un tas de crayons alignés les uns à côté des autres comme des petits soldats. Je reniflai les pointes colorées, leur doux parfum me rappelant les cours de dessin à l'école. Se détachait de l'attirail un prisme à base hexagonale d'une dizaine de centimètres de long, qui reflétait la lumière tel un rétroviseur au soleil. Le rouge à lèvres vermillon exerça sur moi une attraction irrésistible, je fus parcouru d'un frisson de plaisir, comme la fois où j'avais embrassé Claudia, un siècle auparavant. Et la barrière entre la bienséance et l'inconvenance se révéla sous sa vraie forme : celle d'une impalpable bande de brume. Je posai le stick sur ma lèvre inférieure et, à ce baiser de cire tiède, me rendis entièrement.

Tandis que mes lèvres se coloraient de rouge et que mes yeux s'entouraient d'un halo baveux de crayon noir, je sentais émerger une autre humanité, une autre façon d'être un homme, d'être quelqu'un. Pleine, accomplie, vraie. Jadis les souverains se maquillaient, des traces de teintures avaient été retrouvées dans les sarcophages égyptiens et sur les stèles des Sumériens, les grands guerriers indiens se coloraient le visage de pigments rouge sang avant de partir au combat. Je me dirigeai vers la pièce où se trouvaient Claudia et ma mère, m'encourageant de ces grands principes que je venais de faire miens.

« Regardez, c'est moi », aurais-je lancé en me plantant au milieu de la cuisine.

Sur le seuil, j'entendis leurs voix feutrées, elles chuchotaient pour ne pas perturber le sommeil des hommes.

Mais j'étais là, moi, je n'avais rien à voir avec mon père, c'étaient elles qui m'intéressaient, elles et tout ce que leurs mains et leurs mots avaient touché.

Je les surpris telles mère et fille, enlacées, la première consolant la seconde, unies par la douleur et l'élaboration de l'absence. Je renonçai à me faire voir, revins sur mes pas comme devant un pont que je n'aurais pas osé traverser.

Je me lavai à l'eau et au savon et retournai dormir.

Le lendemain matin me parvint de la cuisine une odeur de pain chaud et de café. Elles étaient là où je les avais laissées, livides, les yeux cernés, le front dégagé, leurs cheveux encadrant leurs visages anguleux. Elles avaient parlé toute la nuit et s'étaient endormies la tête sur la table ; quand elles s'étaient réveillées, elles avaient préparé ensemble le petit déjeuner. Sur le seuil de l'appartement, elles se contemplèrent longuement et Elisa salua sa benjamine d'un baiser sur la joue. L'ombre de Claudia ressemblait à celle d'un flamant rose. Elle me regarda pour me dire au revoir, comme libérée.

« Quand tu te démaquilles, tu dois faire une émulsion avec le savon, sinon ça ne part pas », lança-t-elle.

Ce mot me plut, « émulsion », et la façon dont elle le prononça. La peau de ses bras était froide, ses doigts glissèrent des miens sans me laisser le temps de répliquer.

Avant de repartir, Claudia joua l'une de ses scènes éminemment claudiesques. Elle empila dans le jardin son tourne-disque, ses collections de billes, un fauteuil pivotant, une tête de Gorbatchev en papier mâché vieille de mille carnavals, des chemises amidonnées, des cravates alignées sur une tringle en laiton, une guitare sans corde, un grand tableau avec l'emblème chevalin de Martina Franca, d'horribles *trulli* en terre cuite, des médailles, un hippogriffe, des sphères armillaires, des vêtements ayant appartenu à son père. Elle projetait d'en faire un étincelant bûcher de purification afin de s'assurer un avenir entièrement vierge. Etta menaçait d'appeler les pompiers. « Range-moi ça tout de suite ! », hurlait-elle tandis que sa fille déambulait dans le jardin, enroulée dans l'un des peignoirs paternels découvrant ses chevilles et ses mollets de marbre. On aurait dit le Big Lebowski, et comme à chaque fois qu'elle pétait un plomb, c'est là, sur le seuil de ce grand bûcher, que je me trouvais moi aussi.

Sous le citronnier qui avait été le témoin de son enfance, elle repoussa ses cheveux de part et d'autre de son visage, sortit un livre du peignoir et monta sur une vieille chaise.

« Papa, écoute. »

Etta secoua la tête et chassa une mouche invisible, puis elle rentra passer un coup de fil à quelqu'un.

Claudia lut à voix haute une poésie de Vittorio Bodini, scandant les vers à une cadence militaire. Elle prêta le roulement sonore de ses « r » à une poésie qui parlait de retours et contenait le mot « *polsi* », poignets, un mot puissant car les poignets sont comme le volant des mains, ils indiquent la direction des sensations. Je me sentis envahi par la solitude et la désolation, je me dis que parmi toutes ces vieilleries auxquelles elle voulait mettre le feu, je me trouvais aussi.

Quand nous fûmes seuls, Claudia ouvrit son peignoir, se montrant dans le short et le tee-shirt avec lesquels elle dormait. Elle plaisantait quand elle avait peur et devenait histrionique dans la souffrance. Certaines douleurs se supportent mieux grâce à la théâtralité, la fête, l'histoire du deuil est faite de complaintes et des chants des pleureuses. Quand la douleur se fait insupportable, la musique prend le relais, disaient les anciens.

« J'ai cru que tu voulais vraiment tout brûler, dis-je en indiquant du regard la pile d'affaires.

— Ça aurait été cruel.

— Tu es belle quand tu lis de la poésie.

— Je suis mieux quand je me masturbe. »

Elle changeait de registre sans changer d'expression. Et moi, je balbutiais ou me terrais dans le silence.

« Partons, Francesco.

— Mais tu ne pars pas ce soir ?

— Maintenant. »

Nous nous rendîmes à l'aéroport cinq heures avant le décollage, nous arrêtâmes face à la mer, derrière l'entrée monumentale de la vieille Foire du Levant de Bari, d'où l'on voyait les avions s'élever dans le ciel ou frôler la terre.

« J'ai eu une idée en fouillant dans les affaires de papa. »

Elle sortit de son sac une cravate en soie rose. Une petite tache sombre sur l'extrémité la plus étroite prouvait qu'elle avait appartenu à quelqu'un.

« Cadeau », dit-elle en tendant les mains vers moi.

Elles étaient fuselées et douces, en harmonie avec le tissu de la cravate, cette bande lumineuse qui semblait attirer à elle toute la lumière du jour. « Elle appartenait à mon père. » Je l'approchai de mon nez pour en sentir l'odeur. « Je pense qu'il l'a portée plein de fois quand il était avec ta mère. » Troublé, je gardai le silence. « Je trouve qu'elle devrait revenir à ta mère.

— Donc ce n'est pas un cadeau pour moi, protestai-je sans conviction.

— Si, tu rendras Elisa heureuse. Tu aimes rendre heureux les gens qui t'aiment. »

Nous rejoignîmes l'aéroport en longeant la mer plate et les vastes champs en friche envahis de fleurs sauvages ; les oxalis aux pétales jaunes s'ouvraient au soleil pour se refermer comme des poings à la tombée de la nuit. Nous nous amusâmes à cataloguer le panorama, essayant de donner un sens à cette activité. Claudia me dit que, pendant les jours qui avaient précédé la mort d'Enrico, elle avait rêvé de cyclamens, de roses claires, blanches, comme quand Michele Duranti, les genoux sur sa poitrine, avait failli la tuer. Dans les Pouilles, il suffit d'observer les fleurs des champs pour savoir précisément à quelle distance se trouve la mer : le jaune du pissenlit et de l'oxalis avant le bleu des anémones, à deux pas de la côte ; mais nous étions des gens des collines, nous venions d'une terre de liserons et de coquelicots, de stellaires et de camomille, et, surtout, de cyclamens, ces fleurs aux racines vénéneuses dont on dit qu'elles protègent des maléfices. « Ils t'avertissent peut-être des changements », dis-je. Nous chassâmes ces pensées sous les panneaux d'affichage du terminal.

J'avais en moi une force qui, pour la première fois, me poussait à la suivre à Milan. Toutes les fleurs risquaient de me manquer, ainsi que l'horizon bleu de la mer à vingt minutes de mon lit, mais je serais peut-être parvenu à saisir cette Claudia soudain fuyante.

Une voix familière se détacha au-dessus du brouhaha.

« Je t'ai élevée et tu t'enfuis comme une voleuse en me laissant avec mon malheur. »

À un mètre du contrôle de sûreté, Etta se donnait une fois de plus en spectacle.

« Les personnes ne t'appartiennent pas », lui répondit Claudia les yeux rouges et gonflés avant de s'engouffrer vers la porte d'embarquement.

Etta me transperça de son regard chargé de haine.

« Vous me l'avez tué, et elle, vous me l'avez foutue en l'air », dit-elle avant de faire volte-face et de disparaître.

De retour dans la voiture, le souffle court et la gorge asséchée, j'attendis que l'avion décolle. Je cherchai Claudia dans le grondement qui assaillait mes oreilles, le baiser que nous ne nous étions pas échangé.

Je n'avais rien trouvé à répondre à Etta. J'ignorais tout du complexe rapport mère-fille. Pour moi, c'était toujours noir ou blanc, bien ou mal. Etta, une ennemie, et moi, un vaincu.

Les cyclamens étaient les fleurs d'Hécate, une déesse des Enfers qui pratiquait la magie et transmettait la connaissance. Me souvenir de cela sans pouvoir le partager avec Claudia me remplit de mélancolie.

Je la rejoignis pendant sa garde de nuit, à cette heure où les hôpitaux paraissent plus accueillants. Les grandes vitres du service donnaient sur la vallée d'Itria piquetée de lumières blanches, les cônes des *trulli* semblables à des stalagmites dans une grotte glacée. Je trébuchai dans les escaliers mal éclairés, traversai le couloir, les femmes payées par les familles pour veiller sur leurs malades levant la tête dès qu'elles m'entendaient passer. Je me postai sur le seuil de la seule chambre au téléviseur allumé sans le son ; elle m'attendait les genoux pointés vers la porte, comme elle avait attendu Enrico pendant les années les plus heureuses de sa vie, en lisant un roman. J'étais attiré par les petites armoires à pharmacie vitrées, les meubles couleur céladon aux tiroirs bourrés de médicaments, et par la pensée des jambes de ma mère se nouant autour de la taille d'Enrico, qui n'était plus là mais continuait de planer au-dessus de nos têtes.

Nous restâmes silencieux, laissant parler le ronron électrique des néons. Elle avait les cheveux attachés, les lobes libérés des cercles d'or qu'elle portait pendant la journée. Je repensai à cette nuit où je l'avais croisée à la gare avec Enrico. Je m'assoupis, et fus réveillé par le bruit d'un robinet. Quand j'embrassai ma mère, je sentis sa joue froide et ses cheveux mouillés sur le front. Elle me raccompagna à la sortie.

« Pourquoi tu as les cheveux trempés ?

— Je me mets de l'eau sur la tête pour rester éveillée. Puisqu'on en est aux révélations : je sais que tu te maquilles.

— Je ne comprends pas.

— Ta taie d'oreiller. »

Elle savait me faire sortir de ma tanière.

« Je ne comprends toujours pas, résistai-je.

— Je n'aime pas la façon que tu as de faire ton lit. Hier, quand j'ai tiré tes draps, j'ai vu ton oreiller. »

J'interprétais cette manie de refaire mon lit comme une marque de méfiance, or la méfiance contient toujours une part de violence.

« Oui, parfois je me maquille avant d'aller me coucher, admis-je.

— Et ensuite ?

— Le lendemain, j'observe les traces sur l'oreiller, j'essaie de comprendre si le sommeil m'a parlé.

— Et quand c'est le cas ? Qu'est-ce qu'il te dit ?

— Qu'il vaut mieux ne pas se poser trop de questions.

— Il y aura un moment où tu devras te les poser, et où il faudra y apporter des réponses. »

Quand il s'agissait de dévoiler mes contradictions, ma mère pouvait se faire pressante. Voilà peut-être pourquoi j'avais tant besoin d'elle.

« Pour l'instant, ça va comme ça. »

L'aube colora nos visages d'azur. Les confidences se poursuivaient. À un moment, elle dit :

« Enrico me ressemblait plus que ton père. Nous étions faits du même bois.

— À cause de l'hôpital ?

— À cause de la douleur...

— Quelle douleur ?

— Celle que je partageais avec lui. Tout le monde ne supporte pas la douleur des êtres chers.

— Qu'est-ce que tu veux dire par là ? »

J'avais peur, ces confessions me mettaient mal à l'aise.

« Qu'il faut prendre sur soi pour endosser la douleur de l'autre, de ceux qu'on aime. Par exemple, passer une vie entière sans jamais être soi-même, c'est une grande douleur. »

Nous nous prîmes dans les bras, je sentis ses muscles et ses coudes, son odeur de vanille, son odeur de maman. Elle avait fourni un effort considérable pour me dire sa vérité et elle m'enlaçait pour reprendre son souffle, comme juste après avoir évité un danger.

Des années plus tard, je lus le recueil d'entretiens que Kafka avait accordés à un jeune écrivain, Gustav Janouch. Il lui avait dit que le cœur est comme une maison avec deux chambres à coucher : une pour la douleur, l'autre pour la joie. On ne peut pas rire trop fort, sinon la douleur se réveille. Malheureusement, l'inverse ne marche pas, car la joie est sourde. Elisa Fortuna et Enrico Fanelli s'étaient trouvés dans ce refuge qu'est le silence. Une joie silencieuse est plus durable qu'une joie bruyante, mais la retenir trop longtemps fait mal à l'âme.

La décennie milanaise de Claudia pourrait être décomposée en deux grandes saisons : la première, où elle emporta avec elle les séquelles de sa ville natale, Marco Curcio qui avait osé lui écrire une lettre qu'elle ne lut pas, la rancœur et le conflit avec Etta – une époque marquée par l'aigreur et par d'interminables récriminations téléphoniques, « Je ne mérite pas de me retrouver sans personne », « Je n'ai personne » lui disait ou lui écrivait cette dernière, et dans l'usage martelé du mot « personne » plutôt que du prénom de sa fille résidait peut-être l'une des raisons profondes de leur désaccord.

À cause de ses études, Claudia s'imposa une sévère discipline. Musique électronique et voyages se virent relégués à de petites parenthèses, parmi lesquelles un bref Erasmus à Utrecht, où elle apprit à faire des *pierogi* avec sa colocataire polonaise, et alla danser dans quelques-unes des légendaires raves, sous les éoliennes et sur les collines de trèfle. La poésie était la seule distraction qu'elle conservait : c'était comme une fenêtre au-dessus de son bureau, m'avait-elle confié une fois, car l'inspiration ne peut pas germer sans fenêtre, sans lumière ni air.

Ses messages avaient la même teneur que tous ceux qu'envoient les Méridionaux quand ils émigrent, versant à la fois dans la mièvrerie et l'autocommisération : « Tu m'apporteras un peu de mer en montant me voir ? » De temps en temps, elle se risquait à quelques vers – « J'ai appris à brûler les mauvais rêves / Qui laissent des cendres dans l'aube en trêve » –, des vers qui charriaient l'empreinte de ses lectures et les ruminations de ses nuits agitées. Pendant toutes ces années, notre distance se nourrit de sous-entendus.

J'allai la voir pour la première fois peu de temps après la mort d'Enrico. J'avais commencé à travailler pour une coopérative chargée de l'attribution des logements sociaux, dans un bureau où un ami de mon père rassemblait les demandes des familles auprès de la mairie. Chaque jour, de sales types se pointaient avec un demi-sourire et les bras dénudés comme une menace. Ils éructaient contre le maire, le président de la République, contre l'Italie, puis ils disaient qu'ils ne s'en sortaient plus et menaçaient de s'immoler par le feu ou de nous immoler nous. Moi, j'étudiais la vie des demandeurs. Je tombais toujours sur une entourloupe, un revenu qui surgissait sans crier gare, un logement sous un nom d'emprunt, un parent fortuné. La bureaucratie était un jeu d'équilibriste ; elle m'enseigna une leçon qui me fut fort utile au cours des années suivantes : il y avait en ville bien plus de toits que de têtes, nul ne risquait de se retrouver à la rue. Le problème consistait simplement à associer l'offre à la demande de logements.

Je montai voir Claudia avec une valise bourrée de livres. Elle l'avait remplie en vidant les étagères de son père et m'avait demandé de la cacher par crainte que sa mère ne la fasse disparaître après son départ.

Jamais un voyage ne m'avait paru si long. Je partis à bord d'un bus à deux étages sous la lumière d'un jour et arrivai à destination sous la lumière d'un autre.

Je me rappelle chaque seconde de cette aube milanaise : les rues larges et vides, la longue file de platanes, les blocs de logements identiques et massifs. Sur la place, derrière la monumentale gare à la façade blanche, Claudia vint à ma rencontre dans un manteau noir et me passa les mains autour du cou comme une fiancée. Tandis que les autres passagers disparaissaient dans les voitures garées à proximité, nous restâmes longuement enlacés dans la rue, l'air froid nous piquant la peau.

Le reste de la matinée fut inondé de soleil et d'une brise tiède et insolite. Nous marchions à pas prestes comme si le temps nous menaçait de son inexorable caducité, Claudia imitait les hommes et les femmes qui couraient sur les escalators, et je peinais à la suivre.

« Ça n'a pas l'air si mal, ici, finalement », lançai-je le souffle court – l'une de ces phrases semblant conclure une conversation initiée mentalement.

Claudia opposa une grimace d'approbation, la plus honnête façon qu'elle avait de me dire qu'elle, elle hésitait encore.

Me reviennent comme un mirage ses traits brouillés, la soif, la fatigue dans les jambes, la fringante euphorie du voyage, le Castello Sforzesco, piazza Cordusio, les ruelles minuscules autour de la Galleria Vittorio Emanuele II, les trajets en métro, sur ce réseau de transport qui me semblait immense, aussi emmêlé qu'un intestin, grouillant et frénétique, et enfin, là, face au Duomo, l'eau qui tombait à grosses gouttes, et les enfants qui couraient avec des parapluies colorés en dessinant toutes sortes de trajectoires comme dans un théâtre de marionnettes. Ce fut notre seule promenade en ville et je n'eus aucun mal à comprendre pourquoi elle avait décidé de vivre ici : pour l'incroyable variété humaine qui surgissait devant mes yeux provinciaux, l'élégance des rues du centre qui s'opposait aux abris de cartons sous lesquels dormaient des hommes au visage rugueux et aux yeux vitreux.

Le soir venu, Claudia et moi rentrâmes chez elle, un appartement au sol de granit dont les murs recouverts d'inscriptions révélaient que cela faisait longtemps qu'il n'était plus habité que par des étudiants. Je fis aussitôt la connaissance de ses colocataires et discutai avec l'une d'entre elles pendant que Claudia allait se terrer dans sa chambre pour y passer un coup de fil « non procrastinable ». Giulia et son petit ami, Matteo, me donnèrent tout de suite l'impression de vouloir m'extorquer Dieu sait quelles informations plutôt que d'initier une inoffensive conversation. Lui avait les épaules larges, elle, des joues rouges comme après une journée en montagne. Tous les deux originaires de petites villes du Sud, tous deux fils à papa comme Claudia, même si, aux yeux du Nord, les fils à papa du Sud le sont toujours un peu moins. Ils parlaient à toute vitesse en me pressant de questions désagréables – *tu vas dans quelle fac, pourquoi tu as arrêté, qu'est-ce que tu vas faire, où tu vas vivre, tu es le copain de Claudia, vraiment, tu ne l'es pas* ? –, semblèrent presque s'offusquer que deux personnes puissent dormir dans le même lit sans lien officiel. Puis Giulia m'apprit qu'elle s'était disputée et réconciliée avec Claudia un millier de fois. Comment diable faisait-elle pour lire sans jamais se fatiguer ?

« Elle est comme ça, elle croit vraiment aux livres, elle croit que la poésie et la musique améliorent la vie.

— Et toi, tu crois à ça ? demanda Matteo, l'air scandalisé.

— Moi, c'est elle qui a amélioré ma vie. Claudia. »

Il est si galvanisant de prononcer à haute voix le nom de la personne qu'on aime.

« Dis donc, tu es sacrément accro, décréta Giulia avec un coup d'œil complice vers son petit copain.

— Nous, on pensait que c'était à toi que Claudia téléphonait tout le temps. »

Ils rirent sous cape.

Croyant son coup de fil fini, je rejoignis Claudia. La trouvai en train de chuchoter des mots ponctués de rires et de soupirs.

« Francesca reste jusqu'à mercredi », fit-elle en prenant congé d'un ton péremptoire, presque cinglant.

À l'évidence, Francesca, c'était moi.

Je ne parvins pas à masquer mon indignation.

« Avec qui tu parlais ? lui demandai-je quand elle m'accorda enfin son attention.

— Un de ceux que je vois.

— Que tu vois ?

— Enfin, je lui parle plus que je le vois, pour l'instant. Mais je le verrai après mes partiels, si on se parle encore à ce moment-là.

— Et il est jaloux de moi ?

— Il ne comprendrait pas, je tombe toujours sur des hommes qui ne comprennent pas. J'ai fait ce qu'il fallait, ajouta-t-elle avec l'air de se retenir de pouffer, j'ai juste changé une de tes voyelles. »

Nous échangions des intuitions sur notre identité sans être encore capables d'en saisir l'essence. Nous sortîmes les livres de la valise et les empilâmes dans un coin de la chambre. Il s'agissait de la collection de classiques qu'un quotidien local avait distribuée en cadeau quelques années auparavant ; on trouvait des romans et des recueils de poésie des plus grands écrivains des Pouilles, Vittorio Bodini, Raffaele Carrieri, Maria Corti, Mariateresa Di Lascia, Rina Durante, Maria Marcone. Tandis que nous les rangions les uns sur les autres, je lisais les titres sur les tranches, en quête d'une illumination. Les volumes étaient intacts, encore recouverts de cellophane, Enrico faisant partie – aux dires de Claudia – de « ces gens respectables qui possèdent plein de livres mais n'en ont pas lu un seul ».

J'en feuilletai quelques-uns sur ce lit qui fut le nôtre pendant plusieurs nuits, même si nous dormions dos à dos. Je me réveillais aux aurores, à la lumière du jour qui filtrait à travers les stores disloqués, regardais la montagne de couvertures ensevelissant Claudia, et j'étais heureux de veiller sur son sommeil recroquevillé. Je l'épiais pendant qu'elle révisait, courbée sur ses livres, la lumière allumée même pendant la journée, ses notes gribouillées posées sur ses genoux. Quand elle levait les yeux et rencontrait les miens, nous nous remémorions sans mot dire les citronniers, les vignes de Lamie di Olimpia et le cerisier de mes grands-parents.

Nous scrutions par la fenêtre la lumière laiteuse du matin : le ciel de Milan se parait de reflets argentés à mesure que le jour avançait. Je sortais seul en reniflant l'odeur métallique qui imprégnait l'air, la même que celle que j'avais sentie à côté de la gare, à Bari et à Martina. Milan m'avait plu davantage que je n'aurais pu l'imaginer, sa frénésie me mettait le cœur en joie, un certain automne régnait sur les choses, le bois des sièges du tram 15. C'était un monde rempli d'occasions, un grouillement de bruits dans lequel on ne se sentait jamais seul. « Le bruit des villes est sous-estimé », pensai-je.

Le soir tombait quand je repartis. Claudia m'offrit un petit coussin pour m'aider à affronter la traversée nocturne. Sur le parvis de la gare routière, les branches des platanes s'étaient peuplées d'oiseaux festifs.

« Des rouges-gorges, dit Claudia.

— Comment tu le sais ?

— Ils viennent se poser sur ma fenêtre.

— Je n'en ai jamais vu quand j'étais chez toi, répliquai-je, pensant avoir affaire à l'une de ses boutades.

— Parce que tu n'as pas fait attention. »

Claudia ne fit sûrement pas fortuitement référence à la fable préférée de mon enfance, celle du rouge-gorge qui se met du sang sur le plumage après avoir extrait une épine de la couronne du Christ ; ce même oiseau qui, en battant des ailes, a entretenu la braise dans la crèche de Bethléem. Les paroles de l'Église demeuraient en nous comme un dépôt de vin. Quand il y avait une occasion d'être heureux, et donc enfin soi-même, elles remontaient à la surface, résonnant de la même façon qu'elles avaient résonné pendant toutes les messes et liturgies de ma vie.

Je saluai Claudia d'un baiser sur son menton osseux, ses mains se laissèrent attraper par les miennes.

« Milan est une si belle ville », dit-elle. Puis, reniflant, son nez rougi par le froid, elle ajouta : « Mais elle ne l'a jamais été autant qu'elle l'est ce soir, avec toi. »

La seconde moitié de la décennie milanaise s'ouvrit avec la remise du diplôme de Claudia et vit notre relation se teinter de nuances inédites. Le jour J, j'arrivai en retard à cause de la panne d'un bus infernal. Je la reconnus malgré son maquillage, dans les couloirs vastes et chaotiques de son université. Dissimulée sous une perruque bleue, le visage blanc et une balle sur le nez, elle se pliait à la photo rituelle en disant à tout le monde : « C'est une blague », et il n'était pas facile de savoir si elle faisait référence à sa mise en scène, à la cérémonie ou à l'intégralité du cursus qu'elle venait d'achever. Il y eut une fête dans un bar aux lumières tamisées, beaucoup de gens dont j'avais entendu parler par écrit ou par téléphone, des noms et des visages qui se superposaient puis disparaissaient dans le brouillard ; Etta était absente, comme tous les autres membres de la famille de Claudia, mais je retrouvai ses anciens colocataires, Giulia et Matteo, plus avenants dans leur attitude comme dans leur physionomie.

Malgré son numéro de clown, Claudia trouva tout de suite un poste dans les ressources humaines d'un grand groupe et se mit à exercer l'une de ces professions que personne ne réussit vraiment à expliquer et que j'avais du mal à faire coïncider avec sa révélation de quelques années auparavant, quand elle m'avait dit vouloir étudier l'économie pour rester maîtresse de son destin. Le groupe changea deux fois de siège, mais le parallélépipède où elle se rendait tous les matins demeurait en béton armé et en bordure de la ville. Quand elle me parlait de son travail, elle restait très elliptique, ne s'arrêtait que sur les aspects secondaires, employait copieusement l'expression « partenaire commercial », m'abreuvait d'anecdotes sur la navette interne ou de commentaires sur la qualité des plats à la cantine, ses collègues ne formant qu'une masse indistincte de noms et de fonctions.

« Un travail ennuyeux permet de se concentrer sur autre chose.

— Comme quoi ? »

Je peinais à croire que sa vie contienne la moindre source d'ennui.

« Les voyages, Francesco. Je veux gagner de l'argent pour voyager. Et puis, dans cette boîte, si tu gères bien ta carrière, tu peux vite te retrouver dans une filiale en Amérique ou en Australie.

— Amérique, Australie ! m'écriai-je, saisi de vertige. Tu perds la tête ou quoi ? »

À partir de ce moment-là, notre amitié changea sans que nous l'ayons décidé. Nos existences étaient simplement happées par leurs routines respectives, travail, congés rationnés, nouvelles amitiés. Elle cessa de m'envoyer des cartes postales au ciel lapis-lazuli, les troqua contre des mails et quelques coups de fil, lesquels s'espacèrent à leur tour.

Nous finîmes même par nous disputer – pas à cause de l'une de ses relations tumultueuses, cette fois, mais d'une divergence de points de vue sur nos racines. Depuis quelque temps, un nouvel élan s'était emparé des Pouilles. Les *masserie* en ruine étaient restaurées, rendues à leur splendeur ancestrale, le TGV était arrivé, les compagnies low cost reliaient nos aéroports aux grandes métropoles internationales, stars et artistes venaient vivre dans nos *trulli* et quantité de films se tournaient au milieu de nos pierres blanches et de nos falaises plantées dans la mer. C'étaient les années Nichi Vendola, ce président de région homosexuel mais catholique, politicien et poète. Étions-nous devenus un peuple de mythomanes ? Nous parlions sans aucune peur du ridicule du Printemps apulien, des Pouilles comme de la nouvelle Californie. De nombreux émigrés revenaient chez eux, de petites entreprises débordantes de créativité naissaient grâce aux subventions allouées par celui qui incarnait la renaissance aux yeux de beaucoup d'entre nous. Cependant, après un enthousiasme initial qui la poussa carrément à redescendre voter, Claudia se méfia, puis mûrit la décision de ne plus jamais revenir, pas même pour Noël ou les vacances d'été. Elle coupa définitivement les ponts avec Etta, ce qui n'empêcha pas cette dernière de continuer à se vanter – « ma fille est manager » – auprès des autres mères d'émigrés, tous ces cerveaux en fuite, tous ces génies incompris, dirigeants, capitaines, professeurs d'université, chercheurs, écrivains, artistes, pilotes de formule 1 – aussi désespérés que les autres, la plupart du temps.

« Tu te trompes, je suis heureuse, ici, me dit-elle lors d'une de nos houleuses conversations téléphoniques.

— Mais tu es une artiste, une âme libre, tu pourrais monter ton entreprise, ton école, il y a plein de fonds et d'opportunités, en ce moment. On a besoin de gens comme toi. »

Je l'encourageais à la première personne du pluriel alors qu'au fond de moi, je pensais : « J'ai besoin de toi. »

« Je tiens à mon indépendance, je ne veux être l'otage de personne, ni de ma famille, ni des paysages, ni de la mer, ni de la nourriture, ni de toute votre rhétorique abjecte. »

Claudia retournait contre moi chaque argument que j'invoquais pour l'inciter à un retour triomphal.

« C'est ça, la vie que tu voulais ? Métro, boulot, dodo, dans un bureau aquarium en banlieue de Milan ? »

Et disant cela, je me la représentais nettement, dans son open space ascétique à l'air vicié par la climatisation d'où les bruits du monde lui parvenaient amortis.

« Aucun travail ne peut être aussi ennuyeux qu'une personne. »

Le fil qui nous reliait s'effilochait. Claudia disparaissait pendant des mois, revenait soudain à la vie avec de torrentiels courriels que j'imprimais et relisais des jours durant. Parfois, elle osait m'envoyer des photos prises avec son nouveau BlackBerry professionnel, dans le miroir de la salle de bains d'un des appartements dont elle changeait continuellement.

Elle appelait le type enregistré sur son portable sous le nom « Kevin Déménagement », et ce dernier rappliquait avec une camionnette pour transporter ses affaires d'une chambre à une autre, au début, puis d'un studio à un appartement, ensuite.

Je passais chacun de ses mails au tamis pour dénicher la pépite qui allait faire mon bonheur. Trouvais des avis sur des livres et des projets d'avenir, des commentaires sur les films qu'elle avait vus, des questions existentielles qui m'étaient adressées et immanquablement, malgré tout, quelques vers d'un poète admiré ; plus rarement – une seule fois, peut-être –, une poésie de son cru. Dans ses post-scriptum, elle faisait allusion à ses relations du moment, comme s'il ne s'agissait que de notes en marge de sa vie. Je voulais croire qu'au fond, notre amour était le seul qui comptait.

Sur les photos du premier compte qu'elle s'ouvrit sur un réseau social, elle apparaissait plus osseuse, le visage carré et clair comme celui des soldats grecs sculptés dans le marbre tandis que ses cheveux roux ébouriffés lui donnaient des airs de Méduse. Je me l'imaginais allant au travail vêtue de l'un de ses trois tailleurs-pantalons – gris, bleu nuit et noir –, cinquante heures par semaine, touchant son très bon salaire sur le compte courant que lui avait ouvert son père après le bac, la seule fois de sa vie où il l'avait traitée en adulte.

« Quand je viendrai te voir, je t'apporterai une valise de livres, promis-je un jour avec l'espoir secret d'être invité de nouveau à Milan.

— Je n'ai plus la place.

— Pour les livres ?

— J'en ai trop, je ne sais pas où les mettre, je crois que je vais en donner.

— Mais comment ça…

— Je les ai déjà lus.

— Je veux les lire aussi, je veux connaître les choses que tu aimes.

— *Je grandis forêt.*

— Tu es plus qu'une forêt.

— C'est une citation d'*Analyse en famille*, de Maria Marcone, l'histoire d'une femme du Sud entourée d'hommes machistes et étriqués ; une femme cultivée, qui écrit, qui croit en la psychanalyse et voit des cordons ombilicaux partout, moisis, atrophiés, sur des personnes qui ont trop peur de les couper.

— Qu'est-ce que tu cherches à me dire ?

— Rien, il n'y a aucun message dans la bouteille. Mais je n'ai pas l'intention de redescendre.

— On était sur un pied d'égalité, avant, lui dis-je, avec une pointe de mélancolie. Maintenant, tu m'as dépassé.

— Non, Frank, c'est toi qui es resté immobile, recroquevillé dans ta coquille.

— Je m'y plais.

— Je ne reviendrai pas te sauver, c'est toi qui devras venir vers moi. »

Je le fis à ma façon.

Je me mis à dévorer les auteurs qu'elle aimait, c'était le meilleur moyen de me rapprocher d'elle : traquer dans leurs pages quelque chose d'elle. Je n'ai jamais autant lu que pendant ces années, quand j'essayais de communier avec l'esprit de Claudia. Maria Marcone, Rina Durante, Mariateresa Di Lascia, autant de noms que j'aurais continué à ignorer sans elle, autant d'autrices que je lisais en trouvant des affinités avec ce qu'elle disait, des livres durs, enragés, que j'essayais de comprendre et qui me paraissaient chacun contenir une espèce de vérité refoulée – comme ce concept qui me frappa, dans *La Malapianta,* de Rina Durante, celui de *s'écrouler en restant debout*, de garder la face après être, intérieurement, « partie en disant adieu à tout le monde ». Exactement ce qu'avait fait Claudia.

Certes, j'avais ma vie à Martina, je continuais à rendre visite à ma mère pendant ses gardes sordides pour échanger des secrets ou juste rester en silence à ses côtés. Mais c'était Claudia que j'attendais, il n'y avait qu'avec elle que j'aurais pu parcourir les rues de pierre lavique entre la piazza Plebiscito et les petits palais aux balustrades espagnoles de la via Cavour, qu'avec elle que j'aurais savouré l'odeur des cendres dans les braseros allumés aux recoins les plus enfouis du centre historique, ce dédale que nous appelions *Curdunniddo.* Je me raccrochais aux rites, trempais mes doigts dans des bénitiers de campagne, essayais d'éloigner la pharyngite en me frottant le cou contre le cierge de San Biagio, interrogeais l'aube de la Chandeleur pour projeter l'été à venir, arrêtais la viande et le chocolat pendant les quarante jours du carême, participais à la Semaine sainte avec une capuche blanche et un foulard jaune autour du cou en attendant la nuit de Pâques, l'apogée de ma tension métaphysique, quand mon épiderme se recouvrirait de bleus. L'église plongée dans la pénombre, la nef traversée par la respiration des fidèles, l'humidité des murs qui s'accrochait aux manteaux ; l'officiant qui s'arrêtait dans l'allée centrale, enveloppé de la fumée d'un encensoir brûlant sur le parvis. Le diacre portait un grand cierge orné d'effigies, à la flamme duquel les fidèles, dans le noir, allumaient leurs minuscules bougies, l'église vibrait du chant *Lumen Christi* et la lumière, peu à peu, éteignait l'obscurité en donnant l'illusion que tous ces gens étaient meilleurs qu'ils ne nous l'avaient semblé des années plus tôt, aux obsèques d'Enrico. C'était peut-être cela, mon christianisme : avoir si peur des hommes, au point de devoir les aimer ?

« Je crois que j'épouserai un âne », lança-t-elle au téléphone le matin du Premier de l'an. Il n'était pas neuf heures, j'entendais à travers les vapeurs de l'alcool – séquelle de la molle fête d'anciens camarades de classe à laquelle je m'étais rendu la veille – le bruit des sabots de ma mère, à peine rentrée de l'hôpital.

« J'ai la gueule de bois, balbutiai-je, bien que la voix de Claudia ait toujours eu sur moi un effet électrisant.

— Qu'est-ce que tu connais aux gueules de bois. »

Je percevais à l'autre bout du fil le ton pimpant des grandes annonces.

« Je viens de revoir dix anciens du lycée. Dix.

— Pourquoi est-ce que tu t'infliges ce genre d'épreuve ?

— Ce n'est pas comme si j'avais beaucoup de choix, me défendis-je faiblement, en essayant de me lever dans la pénombre du jour naissant.

— Tout ce sketch autour des Pouilles, la nouvelle Californie, l'arrivée des créatifs, tout ça pour ça ? Pour faire le réveillon avec ton ancienne bande du lycée ?

— Laisse tomber.

— Écoute ça. Je suis revenue de chez Fabrizio et j'ai pris cette décision.

— Fabriqui ?

— Rien, un gars que je voyais et que je ne verrai plus.

— Mais tu ne sortais pas avec un certain Antonio ?

— Giuseppe, il s'appelait Giuseppe. Antonio, c'est celui de l'été dernier. »

Aucun homme ne semblait jamais la convaincre longtemps, ses amours étaient légères et intermittentes.

« Cette nuit, j'étais un peu bourrée et je lui ai avoué un de mes fantasmes.

— À qui ?

— À Fabrizio !

— Et ?

— Il a pris peur, et il s'est éteint.

— Je peux imaginer.

— Je veux les mettre à l'épreuve tout de suite, leur faire voir qui je suis, et si j'ai un fantasme, le leur balancer à la figure. J'ai demandé à Fabrizio d'imaginer qu'on faisait ça avec un autre.

— Et il s'est éteint.

— Je n'ai plus envie de cacher mes fantasmes. J'ai fait une longue promenade, il y avait encore des gens qui rentraient de leurs fêtes, et pendant que je marchais sur le corso di Porta Ticinese, dans un silence qu'on n'entend jamais ici, j'ai décidé que je me fiancerai avec un âne, Frank. En fin de compte, c'est de là que je viens. De la ville des ânes.

— Un âne ?

— Un grand âne avec un pelage beige et des yeux noirs et luisants.

— L'âne de Martina Franca est très renommé, on l'emmène dans les foires du monde entier. »

Et je me lançai dans la liste de toutes ses qualités, apprises pendant tant d'années de fêtes patronales.

« Un âne aurait sûrement moins peur de m'écouter, et c'est un animal loyal, protecteur, qui défend ses petits en donnant des coups capables de pulvériser le crâne des prédateurs.

— Et tu l'amèneras, ton âne, à une fête d'anciens élèves ? Il se ferait facilement des amis.

— Encore mieux : je lui ferai faire des longueurs sur la place, je le présenterai à ma mère. Elle sera enfin récompensée de ses efforts. Depuis que je suis née elle me constitue un trousseau.

— Je pense qu'Etta y trouverait à redire.

— Tu parles ! Enfin un héritier pour la maison Bianchi Caracciolese ! De notre union naîtra un centaure, et tu m'aideras à lui trouver un nom. »

Avec ce coup de fil absurde, Claudia cherchait peut-être à me dire que tous ces hommes auxquels elle avait tourné le dos, inoffensifs ou méchants, charmants ou repoussants, trop vieux ou trop jeunes mais toujours, inexorablement, superficiels – qu'aucun de ces hommes n'avait de valeur à ses yeux.

Au fil du temps, elle avait fini par paraître, à mes yeux et à mon cœur, éloignée du contexte dans lequel nous

nous étions connus et aimés, *spatriata*, irrésolue. Je la sentais aussi milanaise que le plus illustre ressortissant de Martina Franca, Paolo Grassi, ce fils d'immigrés qui avait fondé, à Milan, le célèbre Piccolo Teatro.

Claudia, la « VIP milanaise », comme l'appelaient nos anciens camarades de classe en jouant sur le sens dialectal de *vip*, un baladin de la pire espèce, un saltimbanque minable ; l'histoire avec Curcio n'ayant jamais cessé d'alimenter les commérages. « Qui voudrait d'une folle comme ça ? », « Vous vous souvenez quand elle débarquait avec une cravate et les cheveux bleus ? » Je n'avais pas la force de réagir, me contentais de me lever sans un mot, espérant communiquer par mon départ au moins un peu de l'irritation que Claudia aurait éprouvée à ces mots.

Un jour, elle me proposa de la rejoindre à Bari, où elle était invitée à un congrès. Je pris le train, revécus avec précision les atmosphères de mon époque universitaire, quand j'essayais de me donner un genre auprès des premières années de Sciences politiques. Bari resplendissait sous un soleil jaune et haut, je traversai la piazza Umberto et la via Sparano le cœur rempli d'un intime bonheur, puis profitai de mon avance pour aller m'asseoir à cet endroit de la ville qui semble vouloir se jeter dans la mer, ce quai étroit bordé de kiosques de poissons frais et surmonté d'une saillie en ciment arrondie comme une barque au milieu des vagues.

Je l'attendis là, sous ce soleil que certains appellent « la main du dieu levant ».

Elle vint à ma rencontre en courant maladroitement, son visage maigre et anguleux évoquant tantôt un oiseau, tantôt un tableau de Picasso, un sac au bras, un pantalon cigarette gris ; j'eus un frisson, j'étais face à une autre personne, puis je perçus une sensation familière, elle m'enlaça comme elle l'avait fait à Milan, comme si nous étions deux fiancés séparés depuis longtemps, et elle me donna un baiser détonant.

« Tu as vu le soleil qu'il y a, ici ?

— Je repars ce soir par le vol de vingt heures », répondit-elle, douchant mon enthousiasme.

Elle était différente, dans sa façon de faire autant que dans son habillement. Elle se mit à me parler de Milan, des travaux partout, la ville se préparant à accueillir dans quelques années l'une des plus importantes foires internationales et cherchant par tous les moyens à enrichir son réseau de métro. Je lui confiai que j'aimais aller seul à la gare de Martina regarder les trains. Je ne dis pas que je le faisais pour me sentir près d'elle, mais elle le devina.

« Si tu reviens à Milan, je te ferai voir la tour Velasca. »

Elle me parla avec exaltation de cette ville qu'elle prétendait aimer, mais j'avais l'impression qu'au lieu de m'en rapprocher, elle m'en éloignait.

« Si tu le voulais, je prendrais l'avion avec toi dès ce soir. »

Et je finis presque par la supplier.

« Ce n'est pas vrai, tu travailles et moi aussi, mais oui, tu viendras me voir, je suis en train de déménager.

— Encore ?

— J'ai trouvé un truc plus grand. Dès que je serai installée, tu viendras m'aider, mais pas maintenant. »

Je lui parlai de ma carrière, lui dis que j'envisageais d'ouvrir une agence immobilière. Elle me donna raison, affirmant que c'était le meilleur moment pour le faire, puis quand je l'interrogeai sur son travail à elle, une ombre la traversa ; elle dit que ça ressemblait à une partie de *Tetris*. Les coûts représentaient autant de briques qu'elle devait faire pivoter afin d'obtenir la combinaison qui permettrait de compléter la ligne de bénéfices sur laquelle ils étaient censés atterrir. Elle touchait un très bon salaire mais travaillait tant qu'elle n'avait plus de temps pour rien d'autre.

Elle me demanda si je lisais, me conseilla *Chambres séparées*, de Tondelli. Ouvrit son téléphone pour me montrer la photo d'une page avant de la lire à voix haute : « Je voulais tout, mais j'ai toujours dû me contenter de quelque chose. » Je lui répondis que cette phrase était géniale, qu'elle nous concernait. Pourtant, un voile de tristesse s'était emparé de moi.

Nous nous promenâmes dans le quartier Murattiano en regardant les vitrines colorées et en nous échangeant des regards qui voulaient dire : « C'est ainsi, à présent. » Arrivés sous le portique d'un hôtel proche de la gare où se tenait le congrès, nous nous séparâmes. J'allais reprendre le train pour Martina avec du froid plein les os, le soleil s'était caché derrière un nuage noir, ou bien le soir avait commencé tôt, comme souvent en hiver.

Tandis que Claudia cherchait un sens à chacune de ses aventures, je fuyais toute relation qui aurait pu avoir de la consistance, m'en tenant, avec les filles, à une position qui oscillait, sans jamais choisir, entre une affection poussive et une amitié impudique. Daniela, Flavia, Marianna, Loredana. Claudia les appelait les « dames écrans », en référence à l'image de Dante, ou petites copines à temps partiel, et je ne protestais pas, n'éprouvais à leur égard qu'une légère culpabilité. C'étaient des jeunes femmes intriguées par mes faiblesses, mes attentions, ma gentillesse, qui me complimentaient sur mes boucles d'oreilles et sur ma coupe de cheveux. Nous allions au cinéma le week-end et elles toléraient les atroces comédies pleines de clichés auxquelles nous condamnait la programmation de nos salles de province. Elles avaient toutes l'air de se contenter. Mais Claudia avait raison, une aspiration couvait en moi, le germe d'une idée : je ne suis pas ce dont j'ai l'air, je peux être meilleur, je peux aller plus loin, arrêter d'être un imposteur.

Les histoires s'interrompaient dès qu'arrivait le moment de la présentation aux parents, le premier exercice de vérité, or je ne laissais mes blessures saigner devant aucune d'elles. Et les relations authentiques excluent de cacher ses plaies ouvertes.

À un moment donné, un homme mûr prit à nouveau de l'ascendant sur la vie de Claudia : Eugenio Baroni, son ex-professeur d'économie politique, marié avec enfants. L'histoire était née sans grandes attentes. Pour lui, il s'agissait d'une simple relation extra-conjugale, pour elle, d'un péché mignon. Mais la chose prit vite une tournure nouvelle et étonnante – du moins pour qui ne connaissait pas Claudia.

Cette dernière me raconta sans pudeur tous les détails de leur fusion, comme si cela l'amplifiait, qu'elle-même la vivait une seconde fois à travers les récits qu'elle m'en faisait.

« Je me suis mise dans le pétrin.

— Tu l'aimes ?

— J'ai perdu la tête, je ne sais pas si c'est de l'amour.

— Lui, il t'aime ?

— Il n'est même pas capable de s'aimer lui-même. »

Je me demandais si on ne pouvait pas faire remonter l'origine du masochisme sentimental de Claudia à son premier grand amour, Enrico Fanelli, mais essayais de m'interdire la psychologie de comptoir. Mon rôle consistait à jouer les oreilles attentives, les confidents, à ne jamais rien dire qui pût contrarier son bonheur ou attiser ses tourments. Certes, les hommes qui lui tournaient autour commençaient à présenter entre eux une inquiétante similitude, m'apparaissant tous comme des bêtes carnivores qui n'attendaient que de flairer l'odeur du sang pour sortir les crocs. Et pourtant, dans mes souvenirs, Enrico était l'homme le plus doux au monde, celui que ma mère aimait.

Nous recommençâmes à nous parler régulièrement, comme si le vide que son amant laissait, quand il retournait auprès de sa femme, devait être comblé par nos conversations de plume et de sucre.

« Je l'imagine quand il rentre chez lui, comment il parle à ses enfants, ce qu'il fait avec sa femme.

— Je pense qu'il ne fait plus grand-chose.

— Je sais tout d'elle.

— C'est lui qui t'en parle ?

— Non, je l'espionne sur Facebook et je suis devenue amie avec sa coiffeuse.

— Tu es diabolique.

— Non, Frank, je suis folle à lier. »

Et quand nous avions raccroché, je m'acheminais vers les rues blanches du centre historique et marchais jusqu'à la gare. Seul le coup de sifflet annonçant le dernier direct depuis Tarente, rempli d'ouvriers et d'étudiantes des cours du soir, me permettait de me connecter complètement à Claudia. Les rails luisaient sous la lumière jaune des lampadaires et le kérosène assaillait mes narines. Il m'arrivait d'allumer une cigarette dans le seul but de m'imprégner le mieux possible de la ferveur de la grande ville ; je n'étais plus à Martina mais à Milan, et Claudia venait de descendre du tram, au milieu des rails luisants, me tendant déjà les bras.

« Frank, j'ai fait l'amour dans le lit où il dort avec sa femme. »

À mes yeux, le professeur Eugenio Baroni n'était qu'un dépravé. Un jour, il lui donna rendez-vous par SMS en lui ordonnant de porter une jupe courte bleue et des chaussettes blanches jusqu'aux genoux. Claudia avait trente ans, elle trouvait ridicule de devoir se travestir en étudiante japonaise pour coucher avec un homme deux fois plus âgé qu'elle.

Je fus associé à ses préparatifs par de nombreux messages : une jupe moulante et des Superga blanches, cela ferait-il l'affaire ? Et du maquillage léger ? Est-ce que je pensais que c'était un pédophile ?

Ils allaient passer leur première nuit ensemble. Sous les très hautes branches des marronniers séculaires du jardin de la Guastalla, il lui dit qu'elle ressemblait à l'une des femmes des aquarelles de Boldini. Claudia pensa que c'était une façon polie de lui reprocher de ne pas avoir respecté les consignes. Baroni lui tint un discours tortueux, le genre de discours que tiennent les hommes qui ne veulent pas assumer leurs responsabilités, dont le fond était qu'ils ne pouvaient plus continuer à se voir clandestinement, que le moment était venu de donner un statut à leur relation.

« On est ensemble, alors ? »

Claudia se sentit idiote à l'instant précis où elle lui posa la question.

« On est nous », répondit-il.

Il fut parfois sérieux, parfois complice, presque encourageant. Comme pour la convaincre que leur relation allait changer, mais sans qu'il soit nécessaire de nommer le changement. On aurait dit qu'il lui faisait une leçon sur les sentiments. Le lendemain, après une nuit où la pluie n'avait cessé de battre contre les volets de leur chambre d'hôtel, il lui offrit un bracelet en or en lui disant que c'était ce que recevaient les esclaves, jadis, lorsqu'elles devenaient favorites. Puis il commença à se plaindre de la famille de sa femme, puis d'un de ses deux fils, qu'il trouvait velléitaire. Claudia, bien qu'aveuglée par la passion, décela dans ces mots une pointe de cruauté. Mais elle n'arrivait pas à être maîtresse d'elle-même devant ce professeur qui l'emmenait parfois dîner avec ses collègues dans le seul but de l'exhiber.

Sans être vraiment convaincue, elle lança :

« Pourquoi tu ne quittes pas ta femme ? »

« Et qu'est-ce qu'il a répondu ?

— Ce que répondent tous les hommes de cinquante, soixante ans mariés avec enfants. La paix des ménages.

— Il a dit ça ? “La paix des ménages” ?

— Pire encore. Il a dit qu'ils avaient fait des travaux chez eux, qu'elle avait mis beaucoup d'argent et qu'il ne pouvait pas la rembourser.

— Et toi, qu'est-ce que tu as dit ?

— Que le moment était venu d'essayer de le faire différemment.

— Quoi ?

— L'amour, même si j'ai employé un langage plus cru… J'étais furieuse, Frank, absolument furieuse. »

Je déglutis.

« Frank, tu me connais.

— Oui. Et donc ?

— Il s'est énervé. Il a dit que certains mots n'allaient pas bien dans ma bouche. "Ah oui ? Et qu'est-ce qui va bien dans ma bouche ?", j'ai répondu.

— Claudia !

— Il a eu ce qu'il méritait. Il n'avait pas le courage de me dire la vérité.

— Quelle vérité ?

— Que je suis juste bonne à baiser parce qu'il ne baise plus sa femme.

— Tu l'as quitté ?

— Non.

— Pourquoi ?

— Parce que je veux le mettre face à ses responsabilités : chaque acte a des conséquences, je ne le laisserai pas s'en tirer comme ça. »

Pendant ses premières années de vie active, elle avait maintenu une distance que tout le monde avait attribuée à de la timidité. Mais à présent ses collègues hommes la trouvaient « acide ». Claudia ne supportait pas ces questions, la plupart du temps simplement tacites : « Combien d'hommes te courtisent ? », « Tu as quelqu'un qui tient à toi, à Milan ? » (façon hypocrite de désigner un homme capable de la protéger). Elle rentrait chez elle tard le soir, en proie à une vague nausée, n'arrivait même pas à ouvrir un livre.

Elle obtint une promotion, se retrouva à lire des bilans de sociétés clientes et à étudier des plans d'activité pour assainir des comptes, en collaboration avec un stagiaire et un manager marié, trois enfants, une poignée de cheveux blancs sur son crâne luisant. Le manager avait cherché une complicité immédiate avec Claudia, de la pire des façons, selon elle :

« Une aussi belle femme a-t-elle un homme à ses côtés ?

— Je ne crois pas que ce genre d'information ait une quelconque importance pour le travail qui nous attend », répondit-elle, alors que ce qu'elle aurait voulu dire, c'était : « Pas à mes côtés, à mes genoux. »

Une fois, un partenaire commercial en pleine croissance demanda un audit. La direction chargea le manager de présenter à la place de Claudia le rapport que cette dernière avait préparé en deux jours. La société avait été fondée par deux femmes ; des succursales étaient en train de s'ouvrir dans toute l'Europe. Quand les deux femmes prirent connaissance du document, elles demandèrent d'un air grave, presque menaçant, qui l'avait rédigé.

« Je ne suis qu'un ambassadeur, dit le manager pour se dédouaner de toute critique éventuelle.

— Nous avons utilisé une nouvelle version de notre logiciel », intervint alors Claudia.

Les femmes la regardèrent, lui dirent que ce document était très précis, bien plus que ce à quoi elles s'attendaient, et la complimentèrent en lui serrant la main. L'une des deux associées posa même un baiser sur sa joue au moment de lui dire au revoir : la fraîcheur de sa peau mit le cœur de Claudia en joie.

Je sais pourquoi le professeur lui plaisait. Elle pouvait raconter à Eugenio qu'elle n'avait pas dormi la nuit où elle avait fini *L'Ora di tutti*, le roman de Maria Corti, parce qu'elle pouvait encore sentir l'odeur du sang et entendre les hurlements des chrétiens décapités à Otrante. Il ne l'aurait pas prise pour une folle, aucun des hommes avec qui elle avait parlé ces dernières années ne connaissait Maria Corti ou Vittorio Bodini.

Plus les hommes étaient vieux, plus elle pouvait supposer que leur vie avait été vaste. Et c'est pourquoi un Baroni méritait sa chance. Un jour, son ordinateur engloutit un rapport qu'elle venait de terminer, la condamnant à le réécrire en entier, puis elle se disputa avec une ombre dans une voiture, qui l'avait menacée après avoir pilé sur le passage piéton. De retour chez elle, elle lut des pages de ses livres au hasard, retranscrivit les phrases marquantes sur un carnet, mais cela ne lui suffit pas. Elle voulait en discuter, partager. Nous nous parlâmes au téléphone, pourtant je n'étais pas dupe : c'était lui qui lui manquait.

Le lendemain matin, elle lui écrivit un message qui tenait en un mot, « bonjour », mais avant de l'envoyer, elle songea aux conséquences ; ils ne se parlaient plus depuis un moment, elle envisagea d'ajouter une émoticône joyeuse, un soleil ou un visage souriant, ou bien un cœur rouge – le vert était-il plus opportun, pour signifier qu'elle gardait espoir ; ou bien un cœur brisé ? Le téléphone vibra dans sa main, lui rappelant la date limite pour un appel d'offres auquel son entreprise devait participer mais pour lequel elle n'avait pas encore contrôlé le dossier de candidature. L'urgence s'empara d'elle comme la peste, elle cessa de réfléchir aux meilleurs mots et écrivit : « Bonjour, je voulais juste savoir comment tu vas. » La réponse ne lui parvint que le soir tard, son téléphone s'illuminant dans le noir alors qu'elle essayait de trouver le sommeil. « Ma femme ne va pas bien, c'est un moment difficile, nous sommes particulièrement unis. Laisse-moi tranquille. »

Elle erra dans les rues jusqu'à se perdre, puis elle m'appela pour me raconter, me dit qu'elle se sentait idiote, que le seul homme qui l'intéressait était un vieillard marié qui ne la méritait pas et qui avait des goûts littéraires discutables, en plus d'une femme qui contrôlait son téléphone.

Puis elle monta dans le premier taxi d'une file de voitures blanches ; remarqua avec un subtil plaisir que le chauffeur regardait ses jambes nues dans le rétroviseur. Le plaisir dura quelques secondes, puis la honte prit le dessus. Quand ils arrivèrent au pied de son immeuble, le chauffeur la mit en garde :

« Vous ne devriez pas vous promener en minijupe par ici. C'est rempli d'immigrés. »

Claudia resta sans voix. Lui revinrent en mémoire l'haleine amère de Michele quand il avait voulu lui écraser la poitrine sur la plage de Torre Canne, puis le message de la femme du professeur, ses camarades de classe la montrant du doigt parce qu'elle était la plus grande, la plus riche, et le moment où un type au collège lui avait demandé où elle avait oublié ses seins, alors qu'elle était la seule à ne pas encore être formée. Tout remonta en même temps. « Connard », pensa-t-elle sur le trottoir, la porte de son immeuble déjà ouverte laissant entrevoir le linge étendu dans la cour et le rouge des géraniums. Elle releva sa jupe et resta en culotte, un simple slip en coton échancré. Ses cuisses interceptèrent la lumière qui inondait le hall. Elle marchait lente et martiale vers son appartement, invincible. Le froid entre ses jambes lui fit venir la chair de poule, comme quand elle sortait de la mer, l'été. Une fois refermée la porte de chez elle, elle poussa un soupir. Remplit sa machine des vêtements qu'elle avait emportés lors de son dernier voyage d'affaires, l'odeur de la ville accrochée à chacune de leurs fibres. Sortit son agenda de son sac à dos, feuilleta les pages pleines de rappels et de rendez-vous. En bas de la page du jour, elle écrivit un mot, en appuyant sur chaque lettre avec son stylo, un seul mot : liberté.

À la suite du nouveau règlement municipal sur les logements sociaux, la coopérative où je travaillais fit faillite ; le bureau était un préfabriqué posé au milieu des immeubles éventrés par les bulldozers, quelqu'un l'aspergea d'essence et y mit le feu. Mais l'expérience des cadastres et des dossiers de demande me fut utile quand j'intégrai une agence immobilière – à cette période, tout le monde se ruait sur les Pouilles, tout le monde voulait son occasion en or pour une bouchée de pain et j'avais pris l'habitude d'insérer dans les contrats de location une clause transformant les locations en ventes. Ce n'était pas une arnaque mais un défaut de la loi. J'avais appris que les gens payaient pour éviter les ennuis ; les jeunes voulaient se libérer des maisons de campagne, des *trulli*, des mégalithes et des *pajare* dont ils héritaient, et les spéculateurs voulaient les acheter en déboursant le moins possible. Mon travail consistait à mettre en contact l'offre et la demande. À la différence de mes collègues, je ne portais ni veste ni cravate mais j'étais toujours affable, docile et soigné comme un étudiant à son premier oral ; je rappelais tout le monde, même quand le contrat avait déjà été signé. Payais des cafés d'avance dans les bars du centre, signe de générosité et de pouvoir qui ne me coûtait pas grand-chose. « Celui-là, c'est Veleno qui te l'offre, Veleno fils, parce que si c'était le père, tu n'aurais eu droit qu'à un coup de pied au cul. »

Mon bureau dans le centre historique était un *iuso*, l'un de ces petits logements en rez-de-chaussée creusés dans les immeubles comme des tanières dans la pierre. De la porte-fenêtre, je regardais le halo diffusé par l'un des lampadaires en fer forgé au coin de la rue, le même depuis le siècle dernier, et une partie de moi se sentait exactement comme ce morceau de fer vieilli, recroquevillé autour de la lumière.

Le soir, je rentrais toujours seul à la maison. Mes parents regardaient la télévision à un volume minimal, s'endormant chacun à une extrémité du canapé. Je ne voulais pas finir comme mon père – son aigreur, ses méthodes de fainéant. Après avoir fait l'appel, il notait les absents puis proposait aux présents une générique « partie de ballon ». Ses élèves auraient pu faire ce qu'ils voulaient sur le carré de ciment où ils étaient temporairement relâchés comme des prisonniers, même se battre. Lui, avec sa face ronde et angélique, les ignorait. Plus mes affaires immobilières se portaient bien, plus il sentait peser sur lui cette menace : mourir pauvre. Convaincu que j'allais le dépouiller, il se complaisait dans une archaïque et impérissable victimisation méridionale.

Certains jours, quand je n'étais pas en visite, je me terrais dans mon bureau pour jouer à *Tetris*, me laissant hypnotiser par la rotation des briques colorées ; je pensais à Claudia et m'abandonnais à une langueur que venaient interrompre la sonnerie de mon téléphone, un nouveau client, un tout nouveau *trullo* à vendre, un mégalithe lumineux bordé de vignes à repositionner dans la liste des coups de cœur « à ne surtout pas manquer ».

Mon existence se mua en une négociation permanente ; je devais parfois me battre mais j'en sortais immanquablement auréolé de la petite gloire du commerçant qui voit ses affaires prospérer, le compte en banque accumulant les plus face à peu de moins. Contrats, promesses d'achat, hypothèques, cautions, autant de nuances composant le monde que j'habitais. Entre-temps, cinquante Somaliens étaient arrivés à Martina, des hommes d'une vingtaine d'années. J'aurais voulu sympathiser avec eux, mais aucun de ces jeunes au crâne rond et au visage émacié, aux cheveux crépus et à la peau aussi foncée que le café, ne m'accordait un regard. Une chape de méfiance s'abattit sur ce groupe de nouveaux venus qui erraient dans la ville et dormaient dans un ancien hôtel abandonné. Ils n'adressaient la parole à personne et seuls les enfants et les patients du centre de santé mentale s'approchaient d'eux. Le problème dépassait les frontières de notre ville ; tout le pays ne parlait que de ça ; à croire que ces hommes sombres qui déambulaient dans les rues étaient la cause de la crise, de la pauvreté, des homicides, des famines, des tremblements de terre. Ces imprécations me laissaient de glace, je les avais entendues enfant au sujet des Albanais, et adolescent, à propos des Roumains. Maintenant, c'était le tour des Noirs. Cela faisait partie d'un scénario répété par les plus ignorants, les plus méchants, et, bien souvent, par les plus riches.

À l'instar des Noirs, les gay essuyaient un flot de critiques. La mairie avait parrainé l'exposition d'un jeune peintre qui dessinait des hommes en train de s'embrasser. Elle n'avait pour ainsi dire été vue que par les proches de l'artiste, mais la présence du blason de la ville sur le dépliant avait suffi à mettre le feu aux poudres. Un rassemblement fut organisé à la hâte, au cours duquel un jeune politicien de Martina tonna contre les gay qui prenaient l'argent des rescapés du séisme. Bien qu'il n'y ait eu aucun tremblement de terre à Martina, l'assistance applaudit.

Le lendemain, trois jeunes âgés de vingt-cinq à trente ans se présentèrent à l'agence, bien habillés, le verbe vif. Ils avaient décidé de rentrer dans les Pouilles après leur diplôme parce qu'ils avaient le courage et l'envie de changer les choses, et qu'ils s'apprêtaient à fonder une association pour réunir tous les jeunes gens de bonne volonté de la région.

« Un appartement ou un local ? leur demandai-je, convaincu qu'ils étaient venus chercher un endroit où domicilier leur association.

— En fait, on est venus pour toi », dit le plus jeune des trois.

Il avait de longs cheveux châtains, les pommettes hautes et un collier noir orné d'une petite corne d'ivoire. Mon regard s'arrêta longuement sur ce détail.

« On vote dans un an et on sait que tu es assez sensible à ces thématiques. »

J'eus un frisson.

« Je ne comprends pas, balbutiai-je comme s'ils étaient en train de me soumettre à un interrogatoire.

— Ton père, on sait qu'il se balade avec un flingue… et que vous n'êtes pas en très bons termes…

— Mon père n'est pas violent, il est juste…

— Fasciste.

— Bien sûr que non, pas du tout.

— Moi, je suis homosexuel, intervint le garçon à la corne d'ivoire. Mais à Martina, je ne peux pas le dire. Ma mère ne l'accepte pas, même si ça fait dix ans que je lui présente mes copains. »

Je me limitai à acquiescer. Les écoutai, puis les accompagnai prendre un café tout en leur assurant que la politique ne m'intéressait pas ; ils me firent promettre d'y réfléchir.

Cette rencontre me troubla. C'était comme regarder pour la première fois une photo de ce à quoi je ressemblais. Une victime du patriarcat fasciste, incapable de le reconnaître. Peu à peu, le trouble céda la place à une rageuse affirmation de moi-même : des inconnus n'avaient pas le droit, pensai-je, de formuler ce genre de jugement à mon encontre. J'imaginai une conciliation : inviter mon père à déjeuner ou à dîner, nous faire voir, sinon complices, du moins coordonnés, liés par la loyauté, ou tout simplement tels que nous l'avions toujours été – inoffensifs l'un envers l'autre.

Une partie de *Tetris* s'achève toujours sur une défaite. À un moment donné, la chute de plus en plus rapide des pièces empêche de compléter la ligne. Cela arrive en général après le treizième niveau. Claudia n'avait pas encore atteint ce niveau-là, et elle ne parvenait plus à tenir la cadence des années précédentes. Quand je lui demandais comment elle allait, elle répondait par métaphores, se décrivait en état de siège. À cette époque, elle changeait sans cesse de partenaires commerciaux, travaillant dans les locaux des entreprises qui confiaient des missions d'audit à sa société de conseil ; chaque mois, ses responsabilités augmentaient, jusqu'à ce qu'arrive la pire de toutes, celle qui lui fit soupçonner qu'on essayait en réalité de l'évincer : elle était censée tailler dans les coûts de la branche commerciale d'un groupe qui venait de licencier trente personnes. Il fallait en licencier trente de plus et c'était à elle de s'en charger. Elle ne dit pas non tout de suite, posa quelques jours de congé, puis un mois entier, et fit enfin elle-même les frais d'une logique de réduction budgétaire. On lui proposa un plan de départ volontaire. Elle l'accepta.

Son dernier mois au bureau fut infernal, elle constata qu'elle ne s'était liée d'amitié avec aucun collègue, pas même les stagiaires qu'elle avait formés. Le dernier jour, elle se pointa au bureau dans sa tenue de rave, bottes en caoutchouc et longue chemise en jean sur short noir. Ses collègues la virent marcher dans le couloir, les bras levés comme si elle se tenait en équilibre sur un fil imaginaire, ses écouteurs dans les oreilles.

Durant ses premiers jours de chômage, elle se plongea dans la lecture et régla son réveil tôt pour ne pas perdre le contrôle. Elle s'offrit deux voyages, l'un à Londres et l'autre, plus court, à Paris. Les deux villes lui firent l'effet de repoussoirs – la faute, peut-être, à son état d'esprit, qui lui donnait l'impression qu'elles étaient lugubres et peuplées de gens hostiles. « Je suis juste en train de devenir vieille. » Il lui arrivait de m'appeler deux fois par jour pour me dire qu'elle avait commencé à prendre des leçons de piano, de peinture et d'allemand. Au bout d'un mois, elle avait tout abandonné, sauf l'allemand. « Je n'ai pas d'oreille et je ne perçois pas les couleurs, mais j'ai envie de lire *La Métamorphose* en version originale. »

Elle avait parcouru le peu d'offres de travail adaptées à son profil, jusqu'au jour où lui était parvenue sur Facebook la demande d'amitié d'une ancienne stagiaire ; elle lui écrivait qu'une femme l'avait cherchée au bureau et qu'elle s'était fait donner son contact. Elle ajoutait qu'elle rêvait de pouvoir elle aussi danser un jour dans ces couloirs de grès cérame porcelainé.

La femme en question était la partenaire commerciale qui l'avait embrassée sur la joue à l'issue d'une réunion. Elle s'apprêtait à ouvrir une filiale de sa start-up en Allemagne, elle cherchait une *account manager* en qui elle pourrait avoir toute confiance et elle gardait un excellent souvenir de leur collaboration. Sous le choc, Claudia répéta dans sa tête ces deux syllabes : Ber-lin. C'était là qu'allait s'implanter la succursale.

Quelques jours plus tard, elle reçut un étrange coup de fil de sa banque.

« Madame Fanelli, pourriez-vous nous rendre visite dans nos bureaux ? demanda un jeune homme à la voix guindée. Notre directeur voudrait vous parler.

— Je vis à Milan, je fais toutes mes opérations par internet », répondit Claudia, pressée.

Le type lui demanda si elle avait ouvert récemment un compte *on-line*. « Je ne comprends pas », dit-elle. Elle imagina que quelqu'un avait piraté son compte, s'était emparé des codes de ses cartes et, petite somme par petite somme, drainait ses économies depuis des mois.

C'était bien pire que ça.

Claudia Fanelli découvrit qu'elle était encore prisonnière de son enfance, qu'elle n'en était jamais sortie. Tout l'argent qu'elle s'était versé sur son compte courant avait disparu, retiré par une personne autorisée à le faire.

— Je n'ai rien retiré, protesta-t-elle.

— Je sais bien. Votre mère, si. Ce compte était enregistré aux noms de deux titulaires : vous et votre mère.

— Ma mère ?

— Le dernier prélèvement a eu lieu il y a trois jours dans notre établissement de Martina Franca. Antonietta Bianchi est passée en compagnie de son avocat, Marco Curcio. »

Claudia se rendit au siège central de sa banque, au dix-huitième étage d'un gratte-ciel. Bruits feutrés, odeurs de plastique et de moquette. Le moment n'était pas le mieux choisi : dans le monde entier les gens avaient perdu beaucoup d'argent suite à l'effondrement des fonds de pension. Ces mois difficiles avaient mis les employés du secteur sous pression, mais ils firent preuve de sollicitude à l'égard de Claudia. Lui serrèrent la main. Lui conseillèrent un avocat. Se déclarèrent disposés à lui rouvrir un compte et à lui accorder un prêt de deux mille euros.

La femme avec laquelle elle s'entretint avait les yeux clairs et de petites taches noires sur le visage, le besoin de s'interrompre régulièrement quand elle parlait. Au moment de prendre congé, elle lui apprit dans un sourire, comme si elle lui confiait un secret d'initiés, qu'un bar avec une vue imprenable se trouvait au dernier étage. Surprise par cette gentillesse inhabituelle, Claudia se sentit obligée d'y faire honneur.

Quand elle entra dans l'ascenseur, elle se sécha les yeux et pressa le bouton 23. Le bar l'attendait, un comptoir sordide au milieu de quatre petites tables et de fines cloisons de contre-plaqué. Il était en train de fermer, même la machine à café était éteinte.

« Tout va bien ? s'enquit le serveur en voyant la mine de Claudia.

— Oui. Mais je suis très triste. »

Puis elle tourna les talons.

« Madame », entendit-elle à deux ou trois reprises alors qu'elle se dirigeait vers l'ascenseur.

C'était la première fois que quelqu'un l'appelait « madame ». Le serveur lui dit qu'elle pouvait rester là sans consommer. « La vue est magnifique. Et vous avez de la chance, il n'y a pas de nuages, aujourd'hui. » De fait, on apercevait le Grand Paradis.

Claudia se laissa escorter jusqu'à une table installée devant une fenêtre étroite, à peine plus large qu'une meurtrière. Le panorama était à la hauteur de ce qu'on lui avait promis. En dix ans de vie à Milan, elle n'avait encore jamais vu la cime enneigée d'une montagne. Elle eut l'impression d'un vrai adieu, « parce que l'Italie est une terre qui commence par la mer et finit dans les montagnes », m'écrivit-elle avant de m'annoncer son départ vers un Nord encore plus nordique que celui qu'elle avait habité pendant toutes ces années, un Nord qui attirait tous les Italiens désireux de tenter leur chance : Berlin. Quand bien même elle aurait choisi l'Atlantide, l'île des Phéaciens ou la planète Mars, je n'aurais pas cessé de la suivre.

QUATRIÈME PARTIE

Ruinenlust

(subst. masc. Plaisir provoqué par le spectacle de bâtiments abandonnés, en ruine, centrales électriques désaffectées, vieux asiles, sanatorium et villages décrépits. Sentiment nostalgique à l'égard d'un temps inexorablement révolu. Remonte à la culture néo-classique, quand les voyageurs admiraient les restes et les vestiges des civilisations disparues. Désigne également la complaisance envers ses propres échecs et l'allégresse des naufragés.)

J'étais exaspéré par la plupart des gens de mon âge installés à l'étranger. Une fois expatriés, ils découvraient qu'ils avaient vécu vingt ou trente ans au milieu de barbares. Quelle que soit la ville où ils se trouvaient : Paris, Barcelone, New York, Pékin, Osaka, ou ce maudit Berlin, évidemment ; quels que soient le travail ou le motif profond caché derrière ce changement de vie. Leur terre natale était peuplée de voleurs, de bureaucrates, de grenouilles de bénitier, de pistonnés et de mafieux. Et eux, qu'avaient-ils fait pour l'améliorer ? Ils étaient partis.

Voilà ce que je pensais à l'époque, or chacun a ses raisons – ceux qui restent comme ceux qui partent. Après toutes ces années, je l'admets. La vie manquée est toujours meilleure que celle qu'on a vécue.

Pour Claudia, c'était différent. Le passé devait être effacé, y compris sa mère. Elle ne me parlait que de sa nouvelle ville. Berlin, Berlin, Berlin. Elle était libre, là-bas, elle aimait et se perdait, travaillait et mangeait, échouait et recommençait à zéro, sans jamais se sentir nulle. Son éloignement n'était plus un facteur géométrique, il était devenu existentiel : elle parlait une autre langue, pensait dans une autre langue, entourée de personnes qui parlaient d'autres langues.

Les premiers mois de Claudia à Berlin, j'éprouvai quelque chose de très semblable à ce que j'avais éprouvé quand elle était partie à Londres et que je cherchais sur sa chaise vide la réponse à mes incertitudes, ou quand, de retour de Milan, j'avais sublimé mes mélancolies à la gare de Martina. La nostalgie n'est rien d'autre qu'un plaisir distillé et persistant.

Je la voyais, parfaitement en accord avec l'atmosphère, un sac de plage en guise de bagage à main afin de stocker le maximum d'affaires, descendre de l'avion, différente de tous les autres voyageurs, et se diriger la tête haute vers la sortie du terminal. À Berlin, il y avait une infinité de ponts sur lesquels s'arrêter pour regarder le fleuve. Il y avait des parcs gigantesques plantés de chênes immenses, des pelouses si bien tondues qu'il était impossible de distinguer ou même de sentir l'odeur des petites herbes, celles dont nous nous ornions les cheveux, gamins. Tels étaient les récits de Claudia, favorisés par son arrivée au printemps, quand toutes les grandes villes deviennent lumineuses et les couleurs plus intenses. Les longues promenades, le trille émis par la sonnette de son vélo et sa voix essoufflée tandis qu'elle me parlait dans les écouteurs sur le chemin du travail, ses premiers amis et ce mot « ami », qui résonnait de façon différente, plus fréquent qu'autrefois dans nos conversations.

Par la suite, bien que l'hiver ait fait taire le trille de la sonnette, il subsistait dans ce que Claudia me racontait quelque chose d'exotique, comme l'incompréhensible avertissement du métro. Claudia adorait le métro. Elle m'en parlait presque avec fierté. Elle ne m'avait jamais parlé du métro de Milan.

L'hiver de Claudia à Berlin s'apparenta à une longue nuit qui s'étira de novembre à mai. Les avenues pavées sous les grands chênes verts, les kiosques des fleuristes dans les stations de métro, débordant de tulipes et de tournesols. Les cimetières qui interrompaient le dessin des quartiers en se confondant avec les parcs.

Ma vie avait pris une direction opposée. J'avais monté en peu de temps une agence immobilière de tout premier plan. Sur la ligne droite entre Massafra et Martina, j'avoisinais les deux cents kilomètres-heure. Je chronométrais le temps qu'il me fallait pour passer d'une ville à l'autre : onze minutes pour vingt-quatre kilomètres. Tandis que les banques faisaient faillite en emportant les épargnes, je devais m'occuper de clients pris à la gorge qui cherchaient désespérément à vendre et se laissaient tenter par des offres très en deçà du marché. Mon conseil était toujours le même : vendre petit à petit. Les appartements de cent vingt mètres carrés devenaient trois deux-pièces ; je démembrais les petits palais baroques du centre historique étage par étage. Les fonds agricoles étaient vendus au rabais parce que les taxes s'annonçaient assassines et qu'il valait mieux donner, céder, abandonner, ôter son propre nom des pierres héritées de ses ancêtres.

Après avoir gravi en lacet la colline de chênes qui abritait la vieille base radar, la nationale se transformait, virage après virage, en une langue étroite et plate, aussi rectiligne que ces routes qui traversent les immenses étendues américaines, longeant des précipices et des roches lunaires et s'élançant vers un horizon violet. Je feuilletais le cadastre à la recherche de *trulli* oubliés dans la campagne, les rachetais une bouchée de pain et les revendais aussitôt en opérant une plus-value. Beaucoup abandonnaient ce qui leur appartenait, c'était la maladie des gens de chez moi : nos racines poussaient comme des plantes carnivores entre les pierres grises des mégalithes et les maisons coniques. Et moi, je photographiais, publiais des annonces, traquais les acheteurs et amadouais les vendeurs. Grottes, trous dans la pierre où, avec un peu de chance, l'eau et l'électricité avaient déjà été raccordées : Massafra représentait l'avenir parce qu'elle était identique à Matera en beaucoup moins chère.

Je m'habillais comme un employé des pompes funèbres, cravate foncée, veste sur mesure et chaussures en simili cuir. Du reste, les maisons dont je m'occupais appartenaient toutes à des morts ou à des gens qui partaient. Les acheteurs cherchaient des maisons vides, les meubles des anciens habitants portant malheur ; je m'occupais moi-même de faire vider les logements. Les entreprises spécialisées que je dépêchais sur place remplissaient leur camion puis partaient faire le tour des brocantes, s'enrichissant grâce à des objets qui n'étaient pour d'autres que d'encombrants souvenirs. Je touchais un pourcentage sur les transactions et pouvais mettre de côté les meubles qui m'intéressaient. Les objets de famille possèdent une âme ; les Japonais disent qu'au bout de cinquante ans, un esprit grandit en eux.

Pendant ce temps, je maigrissais à vue d'œil, me réjouissant dès que j'entendais dire : « Qu'est-ce qui t'arrive, Veleno ? Tu manges des mouches ? » Chaque jour, je me faisais bouillir deux œufs que je cachais dans ma poche. Ils devaient me permettre de tenir jusqu'au soir, j'en récurais la coquille quand la tête commençait à me peser et que l'asphalte de la route semblait sur le point de disparaître. Les ponts de Massafra cousaient la chair d'une ville marquée par les ravines. C'était comme regarder le centre de la Terre. Là-bas, j'aurais voulu hurler. Le soir, je rentrais fatigué et abattu, les yeux froissés, la gorge sèche.

Ma mère partit un samedi où la lumière inondait le salon. Sac en bandoulière et lunettes de soleil pour masquer ses yeux bleus, toujours tristes à la maison. « Essaie de ne pas faire trop de bêtises. » Elle m'embrassa sur le bout du nez. Elle partait en voyage au Vietnam. Sur le seuil de la porte, mon père et son regard de chien battu. Sa femme et son fils se trouvaient à deux pas mais leurs cœurs étaient inaccessibles. Juste après son départ, je fus assailli d'un blues terrible. « Elle reviendra, de toute façon », lança mon père, la voix hésitante. « J'ai déjà entendu ça quelque part », pensai-je.

Je me retrouvais à imaginer comment l'histoire était née entre ma mère et le père de Claudia, le premier regard à l'hôpital, leur premier baiser, le détail décisif qui leur avait permis de réaliser que c'était possible. Je me rappelai ce jour où ma mère, fâchée contre mon père, m'avait conseillé de ne jamais tomber amoureux de quelqu'un qui faisait de l'escrime, parce que juste après l'assaut, ils reculent, et qu'elle en avait assez des gens qui reculent.

Je fréquentais toujours les mêmes anciens camarades du lycée, même s'ils me voyaient tous, désormais, comme le cas de la bande ; je ne présentais jamais de copine, n'avais aucun projet familial, ma vie s'articulant autour de mon domicile et de mon travail. Je ne les voyais que parce qu'ils étaient restés au pays, nous nous retrouvions dans des bars, sous le ciel bordeaux de la banlieue de Tarente.

J'avais embrassé une femme plus âgée, une enseignante qui me ressemblait. Quand je parlais, elle semblait s'absenter. Nous cherchions dans nos entrevues le moyen de faire une pause. Peut-être la tendresse nous suffisait-elle, nous poussions des soupirs de soulagement quand nous nous séparions sans être allés jusqu'au coït. Elle rentrait chez elle auprès de son mari tandis que, dans mon lit, je visualisais à nouveau une scène vieille de trente ans : la berceuse que me chantait ma mère, la tête enturbannée.

Claudia me parlait avec émerveillement de l'abondance de la végétation et du nombre de canaux à Berlin. Dans la rue où elle habitait, elle avait remarqué un mûrier semblable à ceux de la campagne de Martina. Les feuilles du mûrier berlinois étaient moins grandes, me dit-elle, et avaient la forme d'un cœur. La résine lui coulait sur les cheveux. Etta ressurgissait tel un fantôme de son enfance, lui rappelant l'époque où elle lui mettait un mouchoir blanc sur la tête pour éviter que les pins de l'aire de jeux de Fabbrica Rossa ne la salissent. Partir en guerre pour récupérer l'argent n'aurait servi à personne. C'était aussi pour cette raison que Claudia était à Berlin.

Elle logeait dans une mansarde froide et vide, le transporteur qui s'était chargé du déménagement de ses livres depuis Milan lui avait livré un carton par jour pendant vingt et un jours. C'était la solution avec paiement échelonné que proposait une entreprise adossée au réseau postal, si bien que Claudia, pendant un mois, avait ouvert un carton par jour, à six heures précises, dès qu'elle rentrait du travail. Quand elle avait établi le contrat à Milan, elle s'était plu à imaginer son débarquement dans une nouvelle ville où le temps lui aurait peu à peu restitué des parties d'elle-même. Puis une pensée s'était fait jour : la tentation de perdre l'intégralité des vingt et un cartons en provenance d'Italie comme antidote à ses blessures.

Le bureau où elle travaillait était situé dans une rue encombrée de boutiques turques, d'étals d'épices, de taxiphones, de fleuristes. Dans la même pièce travaillaient deux architectes, un graphiste et les deux collègues avec lesquelles elle allait animer la start-up, une Arménienne petite et silencieuse et une Indienne tout juste arrivée de Londres et qui n'ouvrait la bouche que pour se plaindre du mauvais anglais des gens de Berlin. Claudia était convaincue qu'elle la détestait. La femme qui l'avait engagée n'était plus là, elle avait revendu ses parts, et l'autre associée, toujours absente. Elle avait étudié avec avidité le manuel d'Eric Ries sur les start-up et la pérennisation des projets d'entreprise. Plus administratif et comptable que financier, mais surtout plus monotone que ce qu'elle avait imaginé, son travail consistait à suivre les différentes étapes de développement des filiales d'une franchise. Ses deux collègues, à peine courtoises, s'enfuyaient de l'open space à cinq heures précises. Claudia passait ses journées au téléphone, à parler un anglais de plus en plus fluide. À la différence du *Tetris* milanais, son job était concentré, dense, la pause déjeuner ne durant que le temps d'avaler un sandwich ou une salade ramenée de chez elle. Ses interlocuteurs étaient froids, mais professionnels. Nulle voix masculine n'avait jamais tenté d'infléchir la conversation d'une manière déplaisante. La plupart du temps, elle devait expliquer à quelqu'un comment faire fonctionner un logiciel, ou bien comparaît les résultats de l'algorithme. D'autres fois, il fallait classer dans des dossiers les autorisations émanant de diverses administrations au sujet de l'ouverture des nouvelles filiales. Claudia cataloguait avec diligence noms et positions, ne se distrayant qu'avec un vase bleu ciel dans lequel elle glissait chaque semaine des roses écarlates et des tulipes blanches.

« Je me sens accueillie, même si je ne connais encore presque personne.

— C'est peut-être juste une question d'état d'esprit, la ville ne compte pas, répliquai-je.

— Elle compte, Francesco, et comment. L'air que je respire compte, le regard des gens.

— Les gens ? Les gens sont pareils partout.

— J'ai l'impression que tout le monde est mon allié, ici. »

Ses comptes rendus ressemblaient à ceux d'une touriste amoureuse, or qu'y a-t-il de plus ennuyeux qu'un récit de touriste. Elle disait que le ciel paraissait plus haut qu'en Italie. Je lui répondais que c'était la latitude et elle m'accusait d'être aigri.

Elle marchait tout le temps, poursuivant la vague des feux verts. Sous le pont de Jannowitz, elle entendait le cliquetis des trains de la S-Bahn. Malgré le bruit, ce dédale de rails, ponts et routes dégageait une harmonie qui s'appuyait sur l'autorité de la Sprée, une rivière amie aux reflets argentés et à l'odeur froide, qui lui faisait penser à un chat errant.

Le soir venu, des hordes de sans-abri surgissaient en poussant des caddies et en traînant des sacs remplis de bouteilles vides que les supermarchés troquaient contre des bons d'achat. Elle leur offrait des bouteilles vides dans le seul but d'échanger avec eux un sourire ; il était gratifiant de recevoir une gentillesse pour un geste aussi simple. Puis elle rentrait chez elle et lisait celui qu'elle tenait depuis quelque temps pour son poète préféré, Raffaele Carrieri. Un soir, au téléphone, elle se lança dans un grand discours pour m'expliquer que Carrieri avait quitté les Pouilles et s'était embarqué à bord de navires inconnus, un peu comme elle. On lit parfois des livres dans le seul but de savoir que quelqu'un est déjà passé par là.

Qu'en était-il de mes lectures ? Par le passé, j'avais eu recours aux romans et aux poésies pour obtenir l'assentiment de Claudia, une méthode à même de détruire la prison que j'avais construite autour de moi. Les métaphores champêtres de Carrieri en rappelaient l'origine et nous concernaient tous les deux :

Je suis celui
Qui rate tout
Le ver, le fruit
Je rate l'amour
Je rate au large
Et dans la rade
Je rate de mourir
Où je ne suis pas…

Même à distance, Claudia donnait un sens à ma vie, elle était mon pétrole désaromatisé, chacun de ses mails ou de ses messages, chacun de ses coups de fil, chacun de ses mots produisaient les mêmes flammes que les cracheurs de feu pendant les fêtes estivales et nocturnes en l'honneur de notre saint patron. Je parcourais des kilomètres, organisais des visites en ville et à la campagne, parlais avec quantité de personnes à qui je n'avais rien à dire, et cette flamme était toujours là pour illuminer l'obscurité dans laquelle je vivais depuis son départ.

« J'ai passé les deux dernières heures à regarder la fenêtre de chez toi, lui dis-je un soir au téléphone.

— Tu ne manques pas d'imagination.

— Mais qu'est-ce que tu racontes, j'ai téléchargé Google Earth juste pour voir dans quels endroits tu vis.

— Tu ne peux pas savoir le plaisir que j'éprouve à regarder ces couchers de soleil à la fenêtre.

— Ici aussi il y a des couchers de soleil, protestai-je tandis que cette maudite tramontane martinaise m'empêchait presque de parler.

— J'ai grandi avec eux et ils m'ont eue un paquet de fois, mais on dirait que leurs couleurs ont été estompées du bout des doigts. Maintenant, j'ai besoin d'un ciel dessiné au diamant. »

Ces envolées lyriques ne me convainquaient guère. J'avais l'impression que Claudia ne cherchait à partager avec moi que la beauté, qu'elle ne m'estimait pas encore prêt pour les contradictions.

« Tu n'as plus ta voix enragée.

— Le temps de la rage est gaspillé. »

Séraphique.

« Parfois, le gaspillage peut servir, ripostai-je.

— C'est toi qui parles de gaspillage alors que tu n'as jamais pris un avion pour venir me voir.

— Tu ne me l'as jamais demandé. »

J'avais honte de mes sorties puériles mais j'étais incapable de les contenir.

« Tu es si attaché à l'étiquette, maintenant ?

— Je crains le moment où on devra à nouveau se séparer, admis-je.

— Tu passes à côté de ta vie à cause de ça ? »

La peur de la fin d'un plaisir supplantait chez moi tout désir.

« Si je ne vais pas danser, je vais devenir folle », ajouta-t-elle.

Elle n'avait pas encore eu le temps, ou le cœur, d'explorer le Berlin des clubs. À présent, cette exigence naturelle s'imposait à elle avec autorité. Pour nous, danser relevait du sacré, nous venions d'une terre où la danse avait constitué le premier rite religieux. Nous l'ignorions, mais la nouvelle vie de Claudia s'apprêtait enfin à commencer.

Le Berghain, jadis centrale électrique, conservait l'allure sévère des usines communistes. Il était connu comme « le Temple » ou « l'Église ».

Sous la pluie, Claudia parcourut une longue avenue entre les gratte-ciel, au-delà de la gare de Ostbahnhof. Gadoue et odeur de plantes mouillées. Une longue file d'individus silencieux, intégralement habillés de noir. « On dirait qu'ils viennent présenter leurs condoléances », pensa-t-elle. Certains jeunes hommes grands et rasés, vêtus de tuniques noires et de bottes en caoutchouc, se retournèrent pour l'observer, perplexes. Elle avait enfilé un short en jean, une longue chemise blanche et des bottes basses.

Au bout de deux heures, le videur, un homme imposant aux cheveux blancs et au visage tatoué, secoua la tête. « *Sorry, heute nicht.* » Il l'avait examinée scrupuleusement pendant plusieurs minutes.

« *Why ?* », protesta-t-elle.

Le videur réitéra son geste de refus.

Claudia se retrouva à déambuler sur le pont brillant de Warschauer, admirant d'un côté le scintillement lointain de la gare d'Ostkreuz, et de l'autre les grues, bras de lumières qui l'hypnotisaient. Elle erra parmi les essaims de jeunes tandis que les basses puissantes des discothèques faisaient vibrer l'asphalte. Elle était seule et échaudée par le refus. Elle but au Sanremo, un rade aux lumières rouges et à l'odeur de graillon, parla avec deux types, juste le temps de s'ennuyer. Elle dansa au Lux, un petit club dont elle n'aima pas la musique ; elle se rangea dans la file pour l'Ava, dans le coin de l'East Side Gallery, mais tourna les talons dès que le videur lui eut demandé d'attendre. Le ciel commençait à s'éclaircir. Il était six heures du matin, un nouveau jour. Çà et là, les ombres noires des rescapés de la nuit, visages pâles et cernes violets.

De jour, le Berghain avait un aspect plus prosaïque, une usine au milieu de boîtes de ciment hautes de dix étages. Claudia se releva les cheveux en queue-de-cheval, son tatouage bien visible sur la nuque. Il n'y avait personne devant, la boîte de ciment tremblait, ses fenêtres noires illuminées de lampes bleues et blanches. Non loin de l'entrée, deux lascars vendaient de la kétamine, une fille sans culotte dont le maquillage noir dégoulinait, pliée en deux, déféquait sous un arbre en agitant son corps au rythme d'une musique qui lui était restée gravée dans la tête. Des silhouettes défraîchies entraient et sortaient grâce à un tampon sur le bras. Par un geste paresseux, Claudia se vit signifier le droit d'entrer. À quelques heures de l'affront, cet agrément lui injecta dans le corps une décharge d'adrénaline. Elle parcourut un sentier bordé de lumières basses qui la conduisit jusqu'à un escalier en haut duquel, nimbée d'un halo blanc, se trouvait la salle principale : là, une masse dense de corps à moitié nus exultait en transpirant. Une insondable harmonie enrayait tout tumulte. Claudia remarqua un autre escalier en fer et commença à le gravir. D'en haut, elle contempla cette surface touffue, aussi disciplinée qu'une armée, qui obéissait aux ordres musicaux provenant du fond de la salle : coudes à hauteur du sternum, poitrines encaissées, tête baissée et oscillante, pieds bien plantés dans le sol. Au fond, derrière une lucarne lumineuse, œuvrait le chamane de la matinée : une jeune femme de petite taille avec un casque noir de cheveux frisés. Elle diffusait une musique dure, violente, mais élégante. Lui vinrent à l'esprit les psaumes responsoriaux et les images du seul film de Salvador Dalí qu'elle ait vu, dans lequel surgit d'un œuf un homme aux fines moustaches.

« J'ai senti le monde se réveiller.

— Il faut être un peu frappée pour penser à Dalí au Berghain.

— Frank, il est temps de resplendir, et je me suis sentie resplendir dans toute cette obscurité. »

Claudia continua à monter et elle atteignit une salle moins peuplée, cernée de niches remplies d'hommes musclés en débardeurs, ceintures et clous, serrés les uns contre les autres. La musique se fit plus douce, un coussin électronique. Elle se trouva un coin un peu aéré et se mit à danser, remontant les coudes à hauteur des omoplates, les poings parallèles aux seins, les yeux mi-clos. Une femme apparut avec un lasso. C'était la seule figure colorée de tout le dance floor, une couronne d'argent sur son front retenant les épais cheveux noir de jais qui lui tombaient sur les épaules. De son short bleu ciel enfilé au-dessus d'un corset rouge s'échappaient deux puissantes jambes de patineuse. Un homme au torse lisse et nerveux se glissa dans la boucle du lasso. Claudia les trouva magnifiques.

La fille s'approcha.

« Je suis Wonder Woman.

— Moi, c'est Claudia. *Du bist schön* !!!! hurla-t-elle alors que les basses secouaient les murs.

— Salut, Claudia, moi aussi je suis italienne. Tu as un accent horrible ! »

Et elle rit. L'homme dans le lasso les regardait sans comprendre.

« Lui aussi, il est beau mec, dit Claudia.

— Je l'ai rencontré il y a cinq minutes. Viens te prendre un shoot avec moi. »

De son visage rectangulaire et harmonieux émanait une lumière douce.

Claudia fit non de la tête. Wonder Woman continua à danser en lui enlaçant la taille, puis, relevant la jambe, elle lui entoura une partie du buste. Le talon de sa bottine lui piqua la fesse, et elle l'attira vers ses lèvres. L'homme les regardait, amusé, puis sa bouche se mêla elle aussi au baiser tandis que pleuvait sur eux « O Superman », de Laurie Anderson, dans une version que Claudia n'avait encore jamais entendue. Wonder Woman disparut dans la foule et elle se retrouva avec l'homme au lasso, au milieu d'êtres humains semblables à des poissons tout juste sortis de l'eau. Son maquillage lui coulait sous les yeux. Il n'était pas le seul homme maquillé dans cet endroit. Claudia l'aimait bien, il était gentil. Avec son torse transpirant il ressemblait aux anges du couvent des Augustines de Martina.

Statues d'éphèbes musclés censées stimuler l'imagination des bonnes sœurs et leur garantir la sérénité. Elle aurait voulu lui raconter qu'elle venait d'un endroit de vent, de pollen et d'oliviers, mais il partit, la laissant en proie à un léger désarroi. « Il faut que j'y aille, je travaille ce soir. »

Wonder Woman réapparut, les yeux exorbités, la mine terreuse, les mains libres, privées de leur lasso. « On m'a volé ma corde, maintenant personne ne me dira la vérité ! *Nessuno, nobody, niemand* ! » Claudia la regardait sans comprendre. « Je ne suis plus Wonder Woman sans mon lasso, juste Erika, je suis redevenue Erika. » Et elle se mit à pleurer et à rire en même temps.

« Quand Wonder Woman attrape un homme au lasso, il avoue tout. Tu te souviens du téléfilm ? C'est le créateur de Wonder Woman qui a inventé le détecteur de mensonges.

— Elle était tellement défoncée qu'elle s'est prise au jeu ?

— Erika n'était pas défoncée, elle était Wonder Woman des pieds à la tête, tu aurais dû la voir, Francesco, c'était elle, en personne. »

Erika prit Claudia par la main et la tira derrière elle, les yeux fixés vers un horizon indéchiffrable. Claudia lui confia ses sensations, elles se reflétèrent l'une dans l'autre en jouant au jeu du miroir, comme les enfants. Claudia riait. Un mélange de sueur et de cannabis flottait dans l'air, de violentes rafales de fumée arrivaient d'en haut, chacun dansant dans son coin, chacun cherchant sa propre façon de faire, unique et personnelle ; une fille exécutait des mouvements martiaux et précis devant le mur, comme si elle voulait attraper son ombre. Ils avaient tous l'air heureux. Ce n'était pas les drogues de synthèse, ni le sexe diffus et omniprésent, ni la violence des basses, ni la beauté de la DJ qui dansait derrière sa console. Il y avait autre chose. Elle le comprit en sortant du Berghain, après quinze heures de musique ininterrompue dans le cerveau, les muscles et les yeux. Elle était descendue aux Enfers comme Eurydice, elle avait rencontré Perséphone, la reine de l'au-delà.

« Comment tu peux faire confiance à des gens que tu rencontres dans un endroit pareil ?

— J'ai comme l'impression que quelqu'un a craqué une allumette dans ma chambre obscure.

— Demain, tu l'auras oubliée, cette fille.

— J'ai l'impression d'un coup de foudre. »

Contrainte à la débrouille, Erika partageait un appartement avec deux garçons et une fille. Sa chambre était placardée de posters, comme dans les années 1980 ; sur le seul mur nu avaient été gribouillés des phrases fortuites, des dates, des parties de morpion, des bouts de chansons.

Claudia s'était laissé porter, guidée par une confiance instinctive. Erika s'abandonna au sommeil dans son habit de Wonder Woman tandis que Claudia lisait les mots au mur en les laissant la traverser, comme si son esprit était désormais une plage lavée par le ressac. Elle s'arrêta surtout sur les majuscules au début des strophes, des lettres écrites avec la même graphie ronde et maladroite qu'une enfant.

Elle resta dans le lit une place de la petite chambre d'Erika pendant que, de l'autre côté du mur, les colocataires s'agitaient bruyamment.

« Tu es canon mais tu as peur de le montrer », lui dit Erika en se réveillant, la voix pâteuse. Puis elles s'enlacèrent.

Claudia se lava dans une petite salle de bains dont l'armoire murale était remplie de flacons vides entassés les uns au-dessus des autres et elle se regarda dans le miroir – son visage froissé, ses yeux gonflés et un halo rouge autour des lèvres.

Elle trouva Erika en débardeur et pantalon, encore ensommeillée, tenant à peine debout dans l'embrasure de la porte. On aurait dit une jeune fille aux bras musclés, très différente de celle qu'elle était quand elles s'étaient abandonnées sur le lit. Elle avait deux fenêtres noires à la place des prémolaires supérieures. Claudia regarda malgré elle à l'intérieur de sa bouche et Erika lança : « J'ai de mauvaises dents, mais je ris quand même. » Son visage irradiait d'une lueur différente.

Ce soir-là, Claudia partit avec la sensation d'avoir dormi chez une amie de toujours ou un membre de sa famille. Même si elles ne s'étaient pas dit à bientôt, elle savait qu'elles allaient se revoir rapidement. Elle fixa l'immeuble dont elle venait de sortir, pour le mémoriser, il était intégralement blanc à l'exception des cadres de fenêtre jaunes.

Escaliers et balcons de bois, portes fragiles qu'on aurait pu faire tomber d'un coup d'épaule. Une femme en tchador accompagnée de deux fillettes lui avait tenu la porte, Claudia la remercia d'un geste de la main.

Nous étions deux solitudes parfaites, deux monades. J'étais courtois et capable de bredouiller quelques banalités d'usage avec n'importe qui mais, à l'intérieur de moi, le feu était éteint. J'étais content de rester à Martina parce que j'y domptais mon angoisse, le quotidien m'y était supportable, je me cachais à l'ombre d'un mûrier, je marchais sur la plage sombre de Torre Canne. Domenico revint quelques jours avec son épouse et sa fille. Quand je l'appris, je courus dans la campagne me remplir la bouche de fleurs violettes de bourrache et de bourgeons de mauve, comme Claudia à la mort de son père. À Martina, le vent secouait les volets et faisait siffler les fenêtres presque 365 jours par an ; je dormais avec la même marque de bouchons d'oreilles que celle que Claudia utilisait pour aller danser.

Tous les jours, elle devait expliquer ce maudit logiciel à des vingtenaires pleins d'espoir disséminés à travers le monde. Mais aller au travail signifiait aussi s'octroyer la petite joie du vase bleu ciel. Son fleuriste vietnamien à la station Karl-Marx-Straße lui emballait bégonias, jacinthes, pivoines, roses blanches et tournesols. Plus la ville était sombre et glacée à l'extérieur – noire et blanche –, plus les fleurs à l'intérieur de son bureau étaient bigarrées.

La fille que Claudia avait rencontrée n'était pas celle qu'elle fréquentait pendant la semaine. Le samedi, Erika entrait dans une autre dimension, se nourrissant de barres protéinées, d'amphétamines, de glace au chocolat et d'eau du robinet. Une véritable alchimiste des substances synthétiques. Forte de sa première expérience, Claudia tâcha d'éviter ce monde tant il était difficile d'atterrir le lundi après avoir dansé vingt heures d'affilée, embrassé des dizaines de bouches inconnues et vécu dans l'illusion de réaliser tous ses désirs. Mieux valait se tenir à distance, lui dictait son sens inné de la discipline. Le dimanche soir, elle allait au Berghain et attendait qu'Erika sorte de l'énorme boîte de ciment qui résonnait dans tout Friedrichshain. Son week-end entier était traversé par cette attente, le moment précis où, vers huit heures du soir, l'ombre d'Erika allait se découper derrière la seule fenêtre du deuxième étage, dont le spot blanc et bleu embrasait la vitre. La forme de son visage, ses cheveux détachés et la couronne de Wonder Woman apparaissaient aussi estompés qu'un mirage. Et voilà qu'elle levait le bras, comme pour dire je suis là.

Les yeux écarquillés et la bouche déformée par un rictus, Erika dévorait les nouilles chinoises qu'elles achetaient sur la Gleimstraße. Elle racontait ce qu'elle avait vu dans le club, se grattait les bras et la tête, caressait la main de Claudia. En fond sonore, Paul Oakenfold, musique abrasive et sauvage qui ressemblait à Erika, et, par moments, un bruit fugace, comme le grésillement d'un œuf dans la poêle. Claudia avait l'impression d'entendre le cerveau d'Erika.

Hors du monde du Berghain, Erika portait les cheveux attachés ou réunis sous une casquette, des vêtements larges ; elle avait l'allure négligée des gens qui ne s'habillent que pour parer le froid. Un coupe-vent sombre muni d'une fermeture Éclair jusqu'au menton qu'elle redescendait et remontait compulsivement en la frottant contre son cou. Erika avait beau être plus jeune que Claudia, elle avait les idées très claires. Originaire d'une famille de restaurateurs de Ligurie, elle rêvait d'ouvrir un grand *American bar*. Elle vivait à Berlin depuis trois ans, travaillait au noir dans une boutique de sacs artisanaux et touchait le chômage grâce aux deux années qu'elle avait passées à vendre des glaces. Elle faisait les yeux ronds quand Claudia lui parlait d'Antonia Pozzi ou de Rina Durante. Répliquait avec les sextiles et les carrés de la grande astrologue Lisa Morpurgo. Soignait ses grippes à l'aide de décoctions de plantain et de tisanes d'immortelles. Avec Erika, Claudia découvrit qu'elle avait Mars et Vénus en huitième maison, la Lune en Bélier, l'ascendant en Vierge, et surtout que leurs deux signes solaires étaient complémentaires.

Certains jours de la semaine, Erika défilait nue sur le bord d'une grande piscine enveloppée de vapeur au centre thermal Liquidrom de Hallesches Tor. « À Berlin, tu peux t'habiller comme tu veux ou même ne pas t'habiller du tout. » Malgré le froid et le ciel blanc, la ville lui évoquait un drap chaud sous lequel elle se sentait à son aise.

Claudia progressait en allemand, chaque fois qu'elle saisissait de nouvelles expressions, elle les répétait à voix haute en cherchant l'approbation de son amie. Elle notait les phrases qu'elle apprenait sur un carnet dont la couverture en cuir était fermée par une ficelle. S'arrêtait tout particulièrement sur les mots à rallonge, qui lui donnaient l'impression de jouer aux Lego. En additionnant quatre ou cinq lemmes, on obtenait de nouveaux mots. Claudia appréciait cette rigueur linguistique où les nuances se définissaient par l'union de deux termes ou plus. Il n'y a rien à apprendre à Berlin sinon l'allemand, écrivit un jour Mark Twain. Or c'est précisément parce qu'elle ne l'étudia pas que Claudia apprit l'allemand : elle le vécut en exploratrice, comme une aventure, une longue investigation au fond d'une mine dont elle arrivait à extraire de précieux minerais. L'un des mots que Claudia aimait le plus me concernait aussi, d'une certaine façon, car il définit notre aptitude à vivre dans d'autres mondes, à imaginer des histoires impossibles, un terme qui n'existe pas en italien sinon par l'intermédiaire de périphrases ou de locutions.

« Tu m'apprends un nouveau mot ? », demandait-elle souvent tandis qu'elle traversait Berlin en compagnie de cette amie capable de lui indiquer où prendre le meilleur café de la ville et à quelle fréquence passait la M13, de lui dire qui était le videur le plus gentil ou de lui souffler le mot de passe d'un *speakeasy*, mais qui ne savait pas où se trouvaient le Mur, la cathédrale ou le siège du gouvernement. Elles marchaient longuement, jusqu'à ce que le soleil disparaisse derrière les grues qui dévoraient l'horizon d'Ostkreuz. Un soir, Erika accepta de lui révéler son mot préféré : « Kopfkino. »

« Film dans la tête ?

— Oui, j'ai plein de films dans la tête, mais je n'arrive jamais à les regarder jusqu'au bout », expliqua-t-elle en frissonnant et en se frictionnant les épaules.

Il ne faisait pas froid, c'était peut-être juste un des films en train de passer à ce moment-là.

Claudia pensa à ses Kopfkinos : elle parlait avec les nuages, mangeait des mûres blanches et nageait dans les vagues de l'Adriatique. Puis elle enveloppa ses bras autour d'Erika, elle avait des muscles forts, des os robustes. À une autre époque, elle aurait survécu aux accouchements, aux pestes et aux famines, alors qu'elle, Claudia, serait morte de phtisie avec son squelette saillant et fin. Soudain, son Kopfkino était devenu lugubre, comme si l'ombre qui planait sur son amie quelques instants plus tôt l'avait contaminée.

« Et toi, Francesco, tu te fais toujours du Kopfkino ?

— Oui, et tu joues toujours dedans. »

Mais je savais qu'Erika n'avait rien à voir avec aucun des amants de Claudia, Erika était une amie, elle occupait le champ vaste et luxuriant que j'avais occupé, moi, depuis toutes ces années.

Un dimanche où Erika était dans tous ses états, Claudia lui prépara un bain chaud. Elle versa un bouchon de bain moussant au jasmin, le jet d'eau crépitant sur l'écume tandis que la playlist d'ambiance endiguait progressivement la frénésie d'Erika, qui s'y glissa toute nue. Claudia admira ses petits seins proportionnés et ses chevilles fortes en luttant contre le désir de la caresser, même si sa peau avait une patine jaunâtre.

« Tu me lis quelque chose ? », lui demanda Erika, le corps dissimulé par l'eau, les épaules surplombant fièrement la nappe de mousse.

Mouillés aux pointes, ses cheveux découvraient sa nuque. Claudia prit son téléphone pour chercher une poésie.

« Lis-moi un conte, dit Erika.

— Lequel ?

— *Fifi Brindacier.*

— Mais ce n'est pas un conte, *Fifi Brindacier.*

— Qu'est-ce que tu peux être chiante quand tu chipotes. Lis-moi *Fifi Brindacier* ! »

Sur Google, Claudia trouva l'incipit :

— « *À la limite de la toute petite ville, il y avait un vieux jardin envahi par les mauvaises herbes. Une vieille maison se trouvait dans ce jardin et c'est dans cette maison que vivait Fifi Brindacier. Elle avait neuf ans et elle y vivait toute seule…*

— Moi aussi, je suis seule, l'interrompit Erika.

— Tu n'es pas seule, là.

— Quand j'avais l'âge de Fifi Brindacier, j'étais pareille. »

Pendant qu'elle lisait, Claudia fut assaillie par la plus insensée et la plus profonde des émotions.

« Tu pleures ? lui demanda Erika.

— Je ne comprends pas ce qui m'arrive », se défendit Claudia en reniflant.

La nuit venue, elles dormirent côte à côte, à moitié nues. Erika se tourna face à Claudia et, les yeux clos, posa le bras sur son cou. Leurs bouches se rapprochèrent et l'haleine fraîche du dentifrice à la menthe emplit les narines d'Erika. Leurs lèvres se rejoignirent, puis leurs coudes, leurs genoux, leurs chevilles. Ce ne fut pas un plaisir érotique mais une étrange joie privée d'orgasme, semblable aux rêves de l'adolescence. Pour Claudia, c'était la première fois avec une femme. Pour Erika, cela ne fut jamais clair.

Au réveil, Claudia éprouva une torpeur délicieuse. Les cheveux noirs d'Erika sentaient bon la fumée.

« Tu veux vivre ici avec moi ? », lui demanda-t-elle.

Elle n'y avait pas pensé plus tôt.

« Oui ! », répondit Erika, couchée sur le côté, les yeux fermés.

Claudia en conçut un étonnement mêlé d'une pointe d'inquiétude. Ce n'était pas un sentiment négatif, mais pas le bonheur non plus.

Erika se rendormit, Claudia lui embrassa le front et traversa la journée au bureau dans un état effervescent.

Elle était plus réactive, joyeuse. Dormir dans cette étreinte s'était révélé gratifiant. Elle n'avait qu'une hâte : rentrer chez elle pour retrouver Erika, jusqu'à ce qu'un message de cette dernière la mette en alerte : « Désolée, j'avais froid et je t'ai pris des fringues, j'ai laissé du bordel partout, je passerai ranger demain. »

De retour chez elle, Claudia découvrit sa penderie sens dessus dessous, comme si Erika avait fouillé dans ses affaires. Elle craignit d'avoir fait erreur sur la personne. La salle de bains était un marécage et le flacon de bain moussant, vide.

Claudia passa outre le chaos et essaya de se concentrer sur l'odeur et la forme du visage d'Erika, les mots que sa bouche avait prononcés au moment de leur plaisir. Erika disparut pendant plusieurs jours.

Elle réapparut le vendredi suivant avec trois grandes valises et un garçon aux cheveux longs pas très propres, à la barbe mal taillée et à la bouche pourrie esquissant déjà une grimace de plaisir.

« Il m'a aidée à porter mes affaires, il peut rester dormir ? »

Les yeux d'Erika brillaient sans gêne.

Ils rugirent. La nuit entière.

Claudia mordit son oreiller comme lorsque, petite, elle essayait en vain de trouver le sommeil. Elle fit la liste des noms de fleurs en allemand qu'elle avait appris en regardant la vitrine du Vietnamien dans la U-Bahn : *Sonnenblumen, Tulipane, Hyazhinthen, Rosen*, puis passa aux fruits des bois : *Erdbeeren, Brombeeren,*

Johannisbeeren. L'ami d'Erika était italien et il avait essayé de la draguer elle aussi, ce qui l'avait effrayée au plus haut point : si Erika avait insisté, Claudia n'aurait pas su dire non.

Quand elle entendit à l'aube la porte de sa chambre s'entrouvrir, elle perçut une présence et une odeur animales. L'homme s'approcha pour la renifler, puis s'assit à côté du lit. Enfila son pantalon et ses chaussures et resta assis sur un tabouret à cinquante centimètres d'elle. Claudia se convainquit qu'elle était en train de dormir, se transforma en végétal, pria pour que des épines lui poussent, à même de tenir à distance cette pesante respiration.

« Tu es belle », lui dit-il.

Transforme-moi en plante, dieu des dieux. La main de l'homme lui caressa la tête, son cœur fut traversé d'un tumulte.

« Laisse-la dormir ! » Claudia resta dans sa position fœtale, la tête face au mur et les yeux mi-clos.

« Peut-être qu'elle aime ça.

— Elle n'aime pas ça », dit Erika, ferme et furieuse.

Il lui aboya dessus pour l'effrayer avant de sortir en claquant la porte.

Claudia s'était retournée.

« Embrasse-moi », dit Erika.

Sous son front courroucé, ses paupières s'ouvraient et se refermaient pour l'attendrir. Elle était différente, plus adulte, comme si le sexe avec cet inconnu avait duré une décennie et non une nuit.

« Je ne t'embrasse pas, je veux savoir ce que tu fabriques. »

Erika s'approcha et colla un baiser sur ses lèvres serrées. « Je veux avoir assez d'argent pour ouvrir un bar », fit-elle en fixant Claudia dans les yeux.

« Ne traîne pas avec ce genre de lascars. »

Erika haussa un sourcil.

« Vous avez utilisé un préservatif ? »

Erika se passa la main sur le visage comme un essuie-glace.

« Fais-moi confiance.

— J'aimerais te faire confiance, mais tu as ramené un homme violent chez moi.

— C'est juste un paumé.

— Non, c'est un porc et il y a une épidémie de gonorrhée à Berlin.

— On n'a pas mis de capote, mais il est safe, lui. »

Tournant le dos à son amie, Claudia remit de l'ordre dans le lit de fortune sur lequel elle avait dormi.

« J'en étais sûre. »

L'activité lui permettait de canaliser sa colère.

« Je ne couche pas avec les crades, se justifia Erika.

— Pas de sexe tant que tu ne t'es pas fait dépister, s'exclama Claudia, peu convaincue, alors qu'elle entrait dans la chambre et affrontait le lit retourné, les draps froissés. Tu as foutu le bordel, la rabroua-t-elle, consciente d'avoir le mauvais rôle.

— On ne serait pas jalouse, par hasard ?

— Je ne suis pas jalouse, je suis déçue et fâchée, je ne veux pas ce genre de connard chez moi.

— Tu sais ce que c'est, le Femidom ? »

Erika avait encore changé de ton.

« Non, et je ne veux pas le savoir.

— Un préservatif pour femme, une gaine en latex avec deux anneaux à chaque bout. On peut s'amuser sans que ton sacro-saint vagin soit effleuré par mes répugnantes extrémités contaminées.

— Tu n'es pas drôle.

— Ou bien on pourrait utiliser un *dental dam*, un mouchoir en latex à mettre sur la bouche pour embrasser une chatte parfaitement emballée.

— Tu fais de l'humour mais c'est très sérieux, ce que je te dis.

— Tu n'as pas envie de goûter une délicieuse langoustine à travers un film fraîcheur ? »

Erika essaya de l'enlacer mais elle la repoussa.

Claudia éprouva un mélange d'émotions qui se mua les jours suivants en une sensation constante. Rage. Soupçon. Excitation teintée de terreur. Appréhension de se retrouver nez à nez avec un hôte indésirable. Peur qu'Erika s'en aille à tout jamais.

« Une nana pas banale », marmonnai-je entre mes dents.

J'étais sûr qu'Erika allait la mettre dans le pétrin.

« Je sais ce que je fais, je suis lucide. » Claudia semblait lire dans mes pensées. Quel nom portait ce miracle, cette relation que nous nous étions inventée ? Comment appeler notre instinct commun, cette force solidaire qui nous permettait de nous comprendre par-delà les mots ? C'était bien plus subtil et sophistiqué qu'un amour d'amoureux, c'était une nation libre et indépendante. Elle n'avait pas de nom.

Quelque temps plus tard, Claudia m'appela, bouleversée, elle avait revu le type qu'Erika avait ramené chez elle ce soir-là. Le monde est bien plus petit qu'il n'y paraît : il traînait au Görlitzer Park avec d'autres voyous.

Il appartenait à ce qu'on appelait le « Ghetto Italia », ce groupe d'expats ayant renoncé à l'intégration, ces vagabonds qui, n'ayant pas trouvé le travail pour lequel ils étaient venus à Berlin, s'en remettaient à l'ombreux monde du ressentiment, entre marginalisation et vaine gloriole. Partis assouvir leur désir de modernité et de cosmopolitisme, ils se repliaient sur leurs habitudes de toujours dès les premières difficultés, les pires d'entre eux finissant par dealer dans les clubs.

Il l'arrêta, lui demanda si elle se souvenait de lui et glissa qu'il ne lui en voulait pas de l'avoir chassé de chez elle comme un malpropre, même si ce n'est pas le genre de chose qu'on se fait, entre Italiens. Un chantage doublé d'une tentative de victimisation : tout ce que Claudia méprisait. En quelques secondes, il parvint également à lui apprendre qu'Erika était dealeuse et elle-même consommatrice.

Ces mots exhalaient une puanteur qui rappela des souvenirs à Claudia. Elle tourna le dos au type, comme on fait avec certains cauchemars apparaissant au matin d'une nuit blanche. Mais elle s'interrogea longuement sur ces propos et sur les mystères d'Erika, pleura un peu sur la U1 tandis qu'au-dessus des piliers qui semblaient piquer la vieille Kreuzberg, les wagons jaunes perforaient le matin bleu.

Elle avait l'intention de parler à Erika mais fut cueillie dans les escaliers par un vacarme de pas et de musique en provenance de son appartement : une after chez elle.

Erika lui ouvrit la porte en débardeur noir, casquette sur les yeux et short rouge. « On chillait avec quelques amis mais je vais leur demander de partir, maintenant. » Elle avait donné cette précision avec l'air le plus innocent du monde.

Claudia aperçut une quinzaine de silhouettes noires entassées aux quatre coins de sa chambre, aussi inanimées que des manteaux jetés pêle-mêle les uns sur les autres.

« Pourquoi tu ne m'as rien dit ?

— Ce n'était pas inscrit au programme, s'esclaffa Erika.

— Je ne veux pas de drogue ici. »

Claudia avait planté ses mains sur ses hanches.

Les sourcils froncés, Erika changea instantanément de ton.

« Tu veux jouer à la maman avec une fille comme moi ? Tu as oublié que tu as mis la tête entre mes cuisses ?

— Ce n'est pas la peine de le dire devant tes amis.
— Personne ne parle italien ici.
— À propos… J'ai croisé ton ami dans la rue… »

Erika n'eut pas l'air surprise.

« Ce n'est pas mon ami, et tu ne dois pas lui faire confiance, j'ai rompu avec lui. »

« C'est ce qui va se passer avec moi aussi… » voulut rétorquer Claudia. Au lieu de quoi, elle la prit dans ses bras.

« Je sors. Dans deux heures, je veux retrouver la maison comme elle était », dit Claudia d'une voix ferme, avec sur le visage une expression qu'elle espérait autoritaire.

Quand elle rentra, l'appartement était parfaitement en ordre et embaumait le produit d'entretien. Erika l'attendait sur le lit, habillée en Wonder Woman, le lasso autour du cou.

« Claudia, tu veux mon avis ?
— Frank, il n'y a qu'à toi que je peux faire confiance.
— Elle m'a l'air irrésistiblement connasse.
— Elle l'est bien plus que ce que tu imagines.
— Et c'est pour ça qu'elle te plaît.
— Je ne te l'aurais pas raconté, sinon.
— Encore une fois, tu vas en voir de toutes les couleurs.
— Puisses-tu dire vrai.
— Je viendrai à Berlin pour te sauver.
— Ce n'est pas pour me sauver moi que tu devrais venir ici, mais pour te sauver toi. »

Après avoir raccroché, je restai devant l'écran d'ordinateur sur lequel j'avais fixé pendant des heures la forme pixelisée de Claudia. Pour la première fois, j'avais envie de partir, non pas pour changer de vie, mais pour m'additionner aux choses qui étaient en train d'arriver dans la sienne.

Un matin de fin septembre, Erika passa un coup de fil de détresse à Claudia. Elle s'était perdue et n'arrivait plus à rentrer. Errait depuis des heures à bord d'un bus, incapable de se rappeler où elle devait s'arrêter, sous la menace d'un enfant qui brandissait une pomme aussi grande que sa tête. Quelques jours après l'épisode de la pomme géante, Claudia s'aperçut qu'Erika s'exprimait de façon confuse et souvent incompréhensible, comme si certains bouts de ses phrases restaient coincés dans son cerveau. Elle frémit à l'idée qu'Erika ne la reconnaisse plus. Pendant toutes ces semaines, Claudia avait continué à l'attendre le dimanche soir, à lui laver le dos dans la baignoire et à lui lire *Fifi Brindacier* ; elles étaient passées de l'italien à l'allemand, comme si abandonner leur langue natale participait d'une mutation biologique, un phénomène qui renouvelait l'enveloppe de leur identité.

Erika lui demanda si elle était d'accord, un soir, pour l'accompagner au Golden Gate, un club niché dans l'un de ces hangars sur lesquels s'adosse le pont ferroviaire de

Jannowitz : les murs tremblaient au passage des trains, amplifiant la musique. Claudia accepta.

Le club ouvrait le vendredi et fermait le mardi matin. Il possédait un minuscule jardin avec deux bancs et une plante galeuse. Claudia portait un pantalon moulant, des chaussures de randonnée et un tee-shirt noir à col en V ; Erika, un short blanc, un bandana noir sur la tête, une fausse tresse qui lui descendait jusqu'aux fesses.

Après une petite heure de musique, Erika hurla dans l'oreille de Claudia.

« Je vais aux toilettes. »

Claudia la suivit. Sur l'escalier en fer, la rampe tressautait, les chevilles vibraient.

« Tu vas te défoncer ? lui demanda Claudia.

— C'est une vraie question ? »

Claudia acquiesça ; Erika explosa.

« Tu es comme ta mère, putain. Tu veux me faire chier comme ta mère, moi je t'aime, et toi tu es le portrait craché de ta mère. »

Elle riait en disant cela.

« Tu ne connais pas ma mère », répondit Claudia, ou quelque chose du genre.

Erika s'enferma dans les toilettes pour tester un produit. L'atmosphère viciée de fumée et de sueur picotait les yeux. On est toujours différent après avoir ingéré une nouvelle drogue : une partie d'elle allait disparaître, comme après le premier joint ou le première prise d'opium ou de champignons hallucinogènes.

Claudia entendit Erika tousser fort dans les toilettes, puis éternuer. Quand elle sortit, elles retournèrent danser quelques minutes, puis Erika se contorsionna, comme sur ces vidéos des vieilles tarentelles où des femmes en robe blanche se roulent par terre dans les rues de Galatina pendant les journées des saints Pierre et Paul. Une bave fine lui dessinait une barbe jaunâtre sur le menton.

Vingt minutes plus tard, deux infirmières aux mains recouvertes de gants en latex étaient venues emmener Erika. Les notes denses de la musique s'entremêlaient aux voix et aux hurlements, noyant tout autre son. Claudia frissonna de froid tandis que les gyrophares de l'ambulance coloraient de bleu le terrain vague.

Elle ne voulut pas se montrer pendant nos appels Skype mais se laissa déborder par les mots.

« Je resterai solide », conclut-elle, paraissant ne chercher qu'à me rassurer.

Pendant dix jours, Claudia se présenta à l'Am Urban à 17 heures précises. Dans le jardin de la clinique, ceint d'un mur recouvert de plantes grimpantes, de lents fantômes se déplaçaient en chemise blanche et chaussons en plastique : quelques heures plus tôt, ils avaient vécu l'extase, suivie d'une convulsion. Erika était l'un de ces spectres. Elle sortit de la clinique livide, la peau collée aux os du visage, la boule à zéro, ses lunettes de vue aussi épaisses que des fonds de verre à whisky.

La convalescence fut longue, de retour à la maison. Erika ne se nourrissait que de smoothies, elle regardait des clips sur YouTube et des vidéos de cuisine ethnique, dans un état proche de la catatonie. Claudia commença à s'occuper d'elle avec un dévouement dont elle ne se serait pas crue capable : elle allait bien parce qu'elle prenait soin d'une personne qui allait mal. Chaque attention était précédée d'une demande d'autorisation. « Je peux te préparer une tisane ? », « Je peux te masser la nuque ? » Claudia comprit qu'elle aimait cette jeune femme qui lui avait été confiée comme elle n'avait jamais aimé personne jusqu'ici. Et elle le lui dit.

Erika répondit aux mots d'amour de Claudia par d'autres mots d'amour, mais son ton était résigné.

Puis un matin, Erika la réveilla en lui annonçant qu'elle rentrait chez ses parents. Elle avait les lèvres exsangues et les dents opaques. Claudia comprit que sa nouvelle vie était déjà finie.

Pour l'oublier, Claudia dansa pendant des mois. On croit à tort qu'il faut être heureux pour danser. Elle dansa dans des usines abandonnées, des abris antiaériens, des hangars de banlieue, des chantiers, des moulins ayant survécu à la guerre. Dans chaque quartier de la ville, du jeudi soir au lundi matin, des loupiotes rouges ou bleues s'allumaient à des endroits qui semblaient désaffectés pendant la journée. Au milieu de tout ça, des hommes au col relevé régulaient le trafic de milliers de clubbeurs d'un seul mouvement de la tête.

Son logement lui rappelait trop Erika ; il fallait qu'elle en change. Elle loua une chambre dans un appartement qui donnait sur la Sprée, habité par deux professeurs de Hambourg, un couple de jeunes vegan propriétaires d'un doberman vegan auquel Claudia servit un jour une conserve de thon, provoquant la résiliation immédiate de son bail. Ensuite, elle atterrit chez un typographe dont l'épouse était experte en ésotérisme. Le samedi, dans son salon de bois et de dentelles, elle réunissait d'autres passionnés de magie au cours de mystérieuses et interminables sessions qui s'achevaient toujours à l'heure du dîner.

L'été, à Berlin, les couchers de soleil traçaient des stries rosées sur un ciel composé de plusieurs nuances de bleu, aigue-marine, topaze, aragonite. Les couchers de soleil sont réservés aux initiés, ils ne se partagent qu'entre membres d'une même secte, cette secte que le reste du monde voit comme une bande de grands naïfs.

Au énième membre de sa famille, ami, ancien collègue qui lui demandait pourquoi elle ne rentrait pas en Italie, elle répondait :

« Je suis bien, ici.

— Mais qu'est-ce que tu fais là-bas ? »

C'était à ces moments-là que la Claudia provocatrice rejaillissait :

« Je me drogue. »

En fait, elle méditait, pratiquait le taï-chi ; au téléphone, elle me parlait de mantras, me les faisait écouter. Des voix indistinctes, d'hommes ou de femmes, répétaient de manière obsédante : *Ong namo guru dev namo, je m'incline face à la sagesse subtile et divine.* Et je les écoutais, et je m'inclinais face à Claudia et toutes ses histoires.

« J'ai envie de marcher sur les murs comme dans *Matrix*, disait-elle.

— Les blattes marchent sur les murs, répliquais-je.

— Francesco, qu'est-ce qui t'arrive ?

— Tu me manques.

— Autrefois, tu m'aurais dit que les coccinelles marchent sur les murs et que les phalènes viennent s'y poser.

— J'ai horreur des phalènes.

— Mais elles me ressemblent, elles sortent la nuit et cherchent la lumière. »

Puis elle éclatait de rire et cette explosion soudaine de bonne humeur était irrésistible. Je me sentais seul et j'aurais voulu parler de choses pratiques, la maison, le travail, la vie, mais il n'y avait de temps pour rien d'autre que nous-mêmes, les coccinelles et les phalènes.

Un jour, elle arriva au travail à l'heure, comme d'habitude, et se retrouva nez à nez avec deux ouvriers occupés à débrancher les fils colorés des ordinateurs tandis que d'autres emportaient les bureaux. Pas de trace de ses deux collègues. Le vase bleu ciel avait été entreposé dans un coin, tête en bas, et les tiges des jacinthes jaunes pointaient hors de la poubelle. Une femme à lunettes s'approcha d'elle avec un sourire fatigué et agita un papier sous son nez : « Miss Fanelli ? » Ce « Miss » envoya à Claudia une décharge d'électricité perverse, comme lorsque, petite, elle marchait dans la campagne après s'être enfuie de chez elle et se griffait aux oliviers. La femme lui remit une lettre de licenciement supposée lui permettre d'enclencher la procédure d'allocation chômage auprès de l'Agence pour l'emploi.

« La société a quelques problèmes en Allemagne mais c'est un excellent pays. Vous pouvez repartir de zéro, ici. »

Elle chercha tout de suite à me joindre. « Frank, j'hallucine », bredouillait-elle, incrédule. Je ne l'avais jamais sentie aussi perdue. La conversation fut chaotique, j'entendais ses pas rapides sur le pavé, puis elle s'arrêtait pour rire hystériquement, recommençait à parler et à marcher en haletant, disait que c'était peut-être l'occasion de s'inventer un nouveau travail, puis s'effondrait, se traitant d'incapable, de bonne à rien.

« Je ne suis jamais claire avec moi-même, j'ai toujours choisi les compromis, je n'aurais jamais dû revenir de Londres, j'aurais dû étudier la littérature, j'aurais dû comprendre un peu mieux qui j'étais, j'aurais dû couper les ponts bien avant. » Nous nous parlâmes souvent pendant ces quelques semaines. Il aurait fallu que je saute dans le premier vol depuis Brindisi pour la rejoindre, mais une force mystérieuse m'arrimait les chevilles au sol, ces entraves qui me retenaient depuis que j'étais né et dont je craignais tant les blessures qu'elles pourraient m'infliger.

Elle passa un entretien pour un poste dans une multinationale, se retrouva face à une femme qui lui ressemblait. Pas physiquement, car la femme était petite avec les yeux très bruns, un rouge à lèvres bordeaux, une tête noire et frisée, mais dans le regard et la posture. Claudia eut l'impression d'une personne anxieuse, qui lui posait les questions qu'elle aurait voulu se poser à elle-même.

« Pourquoi avoir choisi notre entreprise, vous qui êtes italienne ? », lui demanda-t-elle en allemand.

Claudia s'y attendait et répondit par une phrase toute faite.

« Je vous considère comme les meilleurs et j'aspire au meilleur.

— Je comprends, mais nous n'avons que des antennes en Europe du Nord, et vous venez d'un pays où le soleil brille douze mois par an. Ici, à Berlin, certaines journées finissent à deux heures. Nous sommes obligés de prendre chaque jour des cachets de vitamine D. »

La remarque lui sembla sortir de l'ordinaire. « Je n'ai pas peur du noir », répondit Claudia, cherchant surtout à se convaincre elle-même.

Tandis qu'elle envoyait son CV mécaniquement, sans conviction, elle rencontra une jeune psychologue argentine avec laquelle elle entama un bref parcours thérapeutique. Elle aligna ses victoires et ses défaites sans jamais les appeler des échecs, mais des nœuds, ou des carrefours. Elle réexamina sa vie : l'affront que lui avait infligé sa mère ne devait pas être oublié, mais il fallait qu'elle s'en débarrasse, ne serait-ce que pour conjurer le sort.

Après un nouvel entretien non concluant, elle comprit qu'elle ne devait peut-être pas chercher un travail qui corresponde aux aspirations de celle qu'elle avait été jusqu'alors ou aux aspirations de la société dans laquelle elle avait grandi. On parlait beaucoup, à Berlin, de décroissance heureuse, et le minimalisme était la nouvelle mode, de petits appartements avec juste l'essentiel mais des parcs gigantesques, des jardins collectifs où planter des mûriers avec des inconnus ou cultiver des plants de fraises et de tomates.

Dans le métro, elle lisait les publicités placardées dans les wagons : la cible était toute trouvée, des personnes qui voulaient changer de vie. Écoles de langues, agences de consulting financier, cours pour aspirants écrivains. Et, pour les plus cyniques : laboratoires qui recrutaient des cobayes pour tester de nouveaux médicaments. Elle appela. Se retrouva dans la salle dépouillée d'une clinique privée, en compagnie de plusieurs très jeunes gens qui avaient l'air de s'être échappés de foyers ou de familles à problèmes. Parmi eux, Claudia remarqua une fille splendide, en parka, les cheveux crépus et un anneau entre les narines : elle aurait voulu la prendre dans ses bras et lui demander si elle était bien sûre de vouloir se faire injecter d'abjectes substances contre trois cents euros. Mais deux hommes en costume foncé firent leur apparition, escortés d'une dame en tailleur. Ils exhibèrent les certificats de la commission éthique, que personne n'eut l'air de vouloir lire, et demandèrent les papiers de chacun des candidats. Tout le monde avait moins de vingt-deux ans. Quand ce fut le tour de Claudia, la femme l'arrêta : « Vous ne pouvez pas. » Elle était trop vieille pour l'expérience. Elle avait pourtant lu les conditions générales, mais les avait aussitôt oubliées – volontairement, sans doute. Elle sentit un frisson derrière sa nuque, le souffle du temps.

L'un des deux hommes la raccompagna à la porte. D'autres aspirants cobayes patientaient assis dans le couloir, qu'elle traversa à grandes enjambées, honteuse.

« Hé, tu te souviens de moi ? », s'entendit-elle appeler. La voix avait un accent étranger. Le garçon portait une salopette bleue et un tee-shirt fuchsia. Il avait les yeux rivés sur elle et un tournevis sortait de sa poche.

Les récits de Claudia étaient comme des îlots : ils n'existaient pas sur les cartes nautiques de la majorité des gens. Moi, je m'y agrippais en naufragé.

« C'était le gars qu'Erika avait pris au lasso quand on s'est rencontrées.

— Le beau gosse ?

— Le dernier homme que j'ai embrassé.

— Tu lui as demandé ce qu'il était devenu ?

— Il m'a répondu qu'il aimait mon rouge à lèvres.

— Quoi ?

— Le Nude de chez Catrice ne va pas avec le blush que tu as mis. Voilà ce qu'il m'a dit.

— Et toi ?

— Il regardait mes lèvres en souriant, moi je lui ai demandé d'être plus précis. S'il était fort, il devait deviner la nuance. Et il l'a fait. Nude-Tastic.

— Il était là pour donner son système immunitaire à la science, lui aussi ?

— Non, c'est un Hausmeister, un genre de manutentionnaire, il travaille dans les cliniques et les maisons de retraite.

— Allemand ?

— Géorgien. Il s'appelle Andria. »

Quand elle l'avait reconnu, Claudia avait eu une vision de lui torse nu dans un tableau de Giuseppe Pellizza, juché sur une échelle au milieu des étincelles qui ricochaient contre son masque de soudeur, un Héphaïstos mélancolique et timide.

Cet après-midi-là, ils marchèrent jusqu'à leurs vélos accrochés aux poteaux sur un trottoir, puis ils parcoururent des kilomètres l'un à côté de l'autre, à pied, poussant leur bicyclette à la main. Il lui plaisait, pourtant elle n'aurait jamais osé s'avouer l'une des raisons profondes de cette attirance : il lui rappelait Erika.

Épuisés par la longue promenade, ils décidèrent de monter dans un tram mais en laissèrent passer beaucoup parce qu'ils n'arrêtaient plus de parler, de se raconter. À un moment, Claudia sortit de son sac un mouchoir blanc et le déplia : « Ma mère est tombée amoureuse de mon père quand il lui a offert un mouchoir en soie. Celui-ci est en papier, mais ça revient au même. »

Andria répondit en riant qu'on peut écrire, sur le papier, et que si le message est beau, il y reste pour toujours. Ses yeux avaient une couleur oscillant entre le vert et le châtain. Il baissa la tête et s'approcha. Claudia pensa qu'il voulait l'embrasser et resta immobile. Il sentait bon. Mais au lieu de viser sa bouche, il sentit son nez, quelques secondes. Après l'avoir reniflée, il lui lécha le cou, l'oreille, les tempes.

« Tu es salée, lui dit-il.

— Maintenant, c'est moi qui te goûte », répondit-elle en tirant la langue, indifférente aux inconnus qui couraient pour entrer dans le tram.

Elle partit des sourcils, puis glissa sur les yeux, descendit sur les pommettes, suça son nez et ses lèvres entrouvertes, son menton, ramenant dans sa bouche une saveur masculine qu'elle ne connaissait pas : jeunesse, pierre, fer.

Claudia en avait plein les narines et la bouche. Elle fut envahie de l'incontrôlable désir de se mêler à sa pureté, de le déniaiser et de s'y contaminer.

Elle le suivit jusqu'aux Plattenbau de Leipziger Straße en pédalant à toutes jambes – les rayons de son vélo rouge reproduisaient le son des grillons au crépuscule, le ciel était violet sur l'ivoire des barres d'immeubles grouillantes d'étudiants et de jeunes immigrés. Niché derrière une lourde porte au fond d'un labyrinthe, l'appartement d'Andria consistait en une cellule de vingt mètres carrés remplie de bricoles en tout genre. Ils atteignirent un petit lit recouvert d'un plaid marron. C'est elle qui le déshabilla, s'arrêtant sur son sexe qui pointait entre les boucles noires. Elle l'embrassa, il n'était pas dur, sa respiration était aussi irrégulière que s'il faisait de l'apnée. « Touche-toi », lui ordonna-t-elle, mais il comprit mal et lui mit la main entre les jambes. L'hésitation l'excita encore plus, elle se cambra, guida sa bite trapue et à présent légèrement incurvée, mais il n'y arrivait pas et elle en avait envie. Elle l'aida à entrer même s'il n'était pas prêt. Il enfouit la tête dans le coussin à côté de sa tête et lui souffla à l'oreille :

« Je ne l'ai jamais fait.

— Tu es vierge ?

— Je ne l'ai jamais fait avec une femme. »

De retour de son voyage au Vietnam, ma mère décida d'aller vivre dans un *trullo* en pleine campagne. Mon père réagit en achetant une nouvelle perceuse et en créant une douzaine de trous dans le mur de leur chambre à coucher, comme s'il avait voulu accrocher des tableaux imaginaires. Pendant toutes les années où sa femme l'avait trompé, il n'avait pas bougé une oreille mais, maintenant qu'elle était partie, il se retrouvait perdu au beau milieu d'un marécage. S'occuper de la maison était la façon la plus simple pour lui de ne pas sombrer. Quand je le questionnai sur les raisons de ce bricolage fantôme, il me dit qu'avec ces trous, les pièces allaient enfin pouvoir respirer.

J'acceptai l'invitation de ma mère à passer quelques jours dans le Gargano. Une amie à elle se joignit au voyage, une certaine Tonia, enseignante spécialisée dans les zones d'éducation prioritaire, silencieuse et jugeante, qu'elle avait rencontrée au Vietnam.

Dans son maillot une-pièce, son dos nu doré par le doux soleil de juillet, une pince domptant son épaisse chevelure, Elisa Fortuna se démarquait parmi les baigneurs. Les hommes lui lançaient des regards.

Nous étions en train de parler d'un couple d'amis à elle.

« Espérons qu'ils se marient bientôt, dit ma mère.

— Maman ! »

Je commençai à me gratter la base du cou, comme si j'étais attaqué par une colonie d'insectes.

« Tu vois bien que ton mariage avec papa a été un échec, ajoutai-je en repensant à l'infranchissable distance qui s'étirait entre les deux bouts du canapé lorsqu'ils regardaient la télévision.

— Le mariage est une photographie, il te reste quelque chose de la personne que tu aimes pour le restant de ta vie. »

Je n'ai pas compris si elle parlait d'Enrico ou de mon père.

Tonia se mit à me fixer pendant que je me grattais avec fureur et maladresse, la main aussi gourde qu'une patte d'animal.

« Il fait toujours ça quand il est nerveux », la rassura ma mère.

Puis elles me laissèrent seul sur la plage. Je les épiais tandis qu'elles s'éloignaient l'une derrière l'autre. Elles s'éclipsèrent derrière la falaise au moment où le soleil s'enfuyait et le ciel passait du bleu clair au bleu foncé. Une forme d'harmonie se dégageait de leur duo, Elisa fine et colorée, Tonia enveloppée dans un paréo blanc, les cheveux courts et gris. Plus jeune que ma mère, un peu trapue, elle appelait Elisa Lise et lui demandait de ne pas marcher trop vite parce que les galets de la plage la blessaient.

J'étais attaché à ces quelques minutes avant la nuit, quand je rentrais de la promenade sur le port de Vieste, le visage humide et l'odeur de braises imprégnant mes vêtements. J'aimais le rite de la dernière douche qui emportait le soleil de la journée, puis je nettoyais l'écran de l'ordinateur portable sur lequel j'avais travaillé pendant l'après-midi, en prévision de l'appel. Tous les soirs, j'avais rendez-vous avec Claudia.

Ma mère la saluait chaleureusement, l'informai-je.

Je remarquai que Claudia s'était coupé les cheveux et son visage me parut démesuré par rapport au reste de son corps, comme si cette part masculine, qu'elle avait toujours possédée et qui m'attirait avec force, avait encore grandi.

« J'ai une galère au boulot mais je vais trouver une solution, lui confiai-je dans l'espoir qu'elle se révèle de bon conseil.

— C'est peut-être l'occasion ou jamais de tout plaquer, dit-elle, douchant mes attentes.

— Mes racines sont ici, répliquai-je, fâché.

— Tu te souviens de l'histoire de l'arbre retourné ?

— Non.

— Platon, l'homme est un arbre retourné, il a ses racines au ciel.

— Moi je me sens comme le citronnier de chez toi, j'ai les racines bien plantées ici.

— Et c'est le contraire, pourtant. S'il y a une personne qui a ses racines au ciel, c'est bien toi. Il faut juste que tu t'en rendes compte.

— Et toi ?

— Frank, moi j'ai coupé mes racines, je suis un tronc prêt à germer. »

Depuis quelque temps, j'avais maille à partir avec Dente le truand. Il avait accosté mon père en le couvrant d'éloges au sujet de la fulgurante carrière de son fils dans l'immobilier. En général, ces flatteries par personne interposée étaient synonymes d'avertissement ou de malédiction. « Penses-tu, il vit encore avec moi », avait répondu mon père pour désamorcer. Jadis, Dente avait été sacristain et il avait fait un séjour derrière les barreaux. Il vivait en prêtant de l'argent à des tarifs prohibitifs.

Quelques jours plus tard – je venais de montrer à une agence anglaise un tas de pierres que je faisais passer pour une ancienne *masseria* du XVIIe siècle –, je fus approché par deux lascars qui avaient l'habitude, quand nous étions enfants, de réclamer un droit de passage aux jeunes assis sur les bancs à côté de chez eux. Ils avaient la peau tannée par le soleil, les bras nus, les lèvres tuméfiées par les bagarres perpétrées en périphérie de la ville.

« Le propriétaire ne veut plus vendre, déclara le plus vieux.

— Je ne vous connais pas », répondis-je avec le courage de l'inconscience.

Je regardais se dessiner sur le sol les deux ombres qui rétrécissaient à mesure que les deux loustics approchaient.

« Vélé, on te connaît depuis que tu n'étais qu'une goutte de foutre dans les couilles de ton père. Tu sais qui nous envoie ? »

M'abaissant à leur familiarité, je lançai sur un ton menaçant : « Je ne sais pas et ça ne m'intéresse pas. » Je jouais aux durs mais je savais que j'avais l'air paniqué.

« C'est Dente qui nous envoie, il est ami avec le propriétaire », dit encore le vieux, auquel manquait une incisive. Je me concentrai sur le vide qui s'ouvrait dans sa bouche avant de riposter : « Et moi je suis le représentant du propriétaire. » Ma voix trembla légèrement, comme chaque fois que je me retrouvais face à une figure d'autorité. Ils le remarquèrent.

« Ce sera bientôt Dente, le propriétaire.

— Quand ce sera le cas, je verrai avec lui. »

Ils repartirent en ricanant, mon client s'était mis dans la panade et je risquais d'y finir moi aussi.

Quand je rentrai à la maison, plus contrarié qu'effrayé, je tombai sur mon père en caleçon dans le couloir, tenant notre téléphone fixe et se plaignant à voix haute auprès d'une interlocutrice dont il voulut – après m'avoir vu pousser la porte – que je pense qu'il s'agissait de sa nouvelle petite amie.

Seulement, nous n'avions plus de ligne fixe depuis des semaines et le téléphone était réduit à l'état de bibelot, vestige d'un temps révolu.

Un jour, mon père entra en classe avec sa désinvolture invétérée mais sans survêtement ni chaussures de gymnastique. À la place, il portait un élégant costume de cérémonie et des richelieux vernis.

« Bah ! alors, Veleno, quelqu'un est mort aujourd'hui ? », lui avait lancé la surveillante. Il n'avait pas daigné répondre à sa boutade, mettant fin à une tradition décennale de complicité et de bons mots.

Les lycéens le regardèrent de travers. Mon père, qui avait toujours fait la guerre aux adolescents venant en cours sans survêtement, était en train d'enfreindre la règle imposée par lui-même.

Il prit place sur l'estrade tandis que les élèves vociféraient, bomba le torse et sortit son Beretta M9 semi-automatique. Le brouhaha se mua en un silence terrifié. Le professeur Vincenzo Veleno pointa l'arme sur sa tempe. Un « Non » hurlé par quelqu'un couvrit le clic métallique de la détente. Tic. Bang. Le professeur Veleno s'effondra sur lui-même.

Le pistolet était déchargé.

Le professeur Veleno releva la tête, sourit et commença l'appel.

Il fut convoqué par le proviseur, dut expliquer s'il s'agissait d'une mauvaise blague ou de quelque chose de plus grave qu'il ne voulait pas nommer. Face aux justifications – fumeuses – et aux circonstances atténuantes – inexistantes –, mon père fut obligé de se mettre en congé. C'était un homme de farce, or les farces puisent toujours dans la grossièreté, et chaque sketch exige des applaudissements. Au lycée, les élèves ne l'acclamaient plus, ils restaient indifférents à ses calembours, à ses doubles sens, personne ne connaissait le dialecte sur lequel se fondait en grande partie son humour.

« Je suis seul, *Franceschino*, admit-il au sujet de sa provocation, avant de regarder ses grandes mains. Je voulais juste les faire rire.

— Ça ne fait rire personne de voir quelqu'un se tirer dessus.

— Je voulais être pris au sérieux, personne ne le fait ici.

— Moi je te prends au sérieux depuis que je suis né, même s'il y a un tas de choses que je n'ai jamais comprises. À propos de toi, et de ma mère.

— On est deux dingues. Ça, je pense que tu l'as compris. »

Il semblait sincère.

« Ensuite, elle a trouvé un homme meilleur que moi.

— Papa... »

Ce n'était pas son genre de pleurer sur son sort.

« Mais il ne devait pas non plus être tellement meilleur que ça, sinon elle ne serait pas restée ici, précisa-t-il.

— Qui te dit qu'elle n'est pas restée pour moi ? »

Et je regrettai instantanément ma phrase.

« Moi aussi j'ai eu des histoires.

— Je n'en doute pas.

— J'aurais pu en avoir plus, je ne l'ai pas fait pour toi.

— Tu es en train de me dire que tu as rangé ton machin pour mon bien ? »

Son paternalisme avait une dimension comique involontaire. Ce changement de ton fut un cadeau inespéré, notre dialogue devenant trop introspectif selon ses standards. « En tout cas, si je n'avais pas baisé, tu ne serais même pas né. » Et il rit. Une fois de plus, la vérité d'Elisa et Vincenzo m'échappait.

Je lui souhaitai bonne nuit et m'apprêtais à rejoindre ma chambre quand il lança entre deux rires :

« Ne roule pas du cul quand tu marches.

— Je ne roule pas du cul », me défendis-je, tandis qu'il m'envoyait une noix à la figure.

Ce ne fut pas un geste violent, mais quelque chose de l'ordre de la complicité potache. Pourtant je me sentis sali, et humilié. Je fus pris d'un vertige. Où suis-je, de qui mon père est-il en train de parler. Faim d'oxygène. Lames de verre sous les ongles.

Je me couchai sans sommeil, la tête remplie de pensées lourdes. Je passai une nuit en apnée, jusqu'à ce que le jour éclaire mes étagères aux livres clairsemés et aux bibelots puérils. J'avais encore de bons os, je pouvais changer de vie. Je réunis mes forces pour lui envoyer un texto, un vrai appel à l'aide : « Il y a un lit, chez toi ? » Et bien que le soleil vienne à peine de se lever, mon téléphone confirma que j'avais une âme complémentaire, de l'autre côté du monde. « Ton heure a sonné, Francesco. »

CINQUIÈME PARTIE

Sehnsucht

(subst. fém. Mot composé de *sehnen*, « désirer », et *Sucht*, « appétit ». Nostalgie d'un désir pas encore réalisé ou irréalisable, de quelque chose d'indéfini dans le futur ou d'un bien inaccessible. Dérive de l'ancien allemand *sensuht*, qui désigne la maladie causée par l'attrait pour un objet inaccessible, et peut se traduire par « chagrin ». Désir du désir, maladie et mélancolie propre à chaque être vivant aspirant à l'impossible ou même à l'infini. Rapporté au concept, né au XIXe siècle, de réalisation d'un duo symétrique masculin et féminin : « La fleur androgyne est le seul être vivant à ne pas connaître la *Sehnsucht* », Johann Wolfgang Goethe, *La Métamorphose des plantes*)

Ça semblait ne jamais devoir s'arrêter, on disait qu'ils étaient un demi-million, peut-être plus, une longue et exténuante file de Syriens franchissant la frontière entre la Hongrie et la Slovaquie, semblable à une colonne de prisonniers de guerre ; ils marchaient, leur maison réduite à un balluchon, leurs enfants sur les épaules, ils traversaient la *puszta* sous le regard vigilant de la police hongroise – personne ne devait s'échapper.

Les jours qui précédèrent mes au revoir – lesquels, comme tout au revoir, contenaient une petite dose d'adieu –, le sort des Syriens occupait la deuxième ou la troisième place dans nos JT ; les caméras filmaient les réfugiés, les micros les interviewaient, un cameraman faisait trébucher un vieux qui courait, pris de panique, avec des enfants dans les bras, c'était un père mais il ressemblait déjà à un grand-père. Pour nous, dans les Pouilles, ce spectacle avait un air de déjà-vu : quand le *Vlora* avait accosté, ce cargo de plus de cent mètres de long sur lequel s'étaient amassés vingt mille Albanais, agrippés au mât et à Dieu, les enfants se confondaient avec les adultes. Ils demandaient du pain mais c'étaient des soldats en armes qui les attendaient au port de Bari. Certains enlevèrent leur ceinture pour les faire reculer et les contraindre à se jeter à la mer, d'autres, au contraire, décidèrent de partager leur sandwich au jambon. L'éternelle histoire de l'humanité. Ce duel n'oppose pas les bons et les méchants mais les faibles et les forts, les forts étant ceux qui n'ont pas peur de tout perdre.

« Regarde-les, tu es comme eux », lança mon père, encore sonné par l'annonce de mon départ, alors que je bouclais ma valise. Il s'amusait à jongler avec les clés de la voiture que je lui laissais. Si ma mère m'avait béni d'un petit mot : « Bonne chance, *uva nera* », lui était incapable de se faire une raison. « Ils fuient les ennuis, comme toi.

— Leurs ennuis à eux, c'est la guerre », m'emportai-je, parce qu'il avait touché un nerf sensible.

Au fond, mon père n'était pas un gentil saltimbanque affublé d'une paire de cornes, mais un vieux loup solitaire aigri.

« Ton problème, c'est qu'une guerre, tu ne sais même pas ce que c'est. S'il y en avait une, tu prendrais tes jambes à ton cou, comme eux, grinça-t-il.

— Toi non plus tu ne sais pas ce que c'est. » De nous deux j'avais toujours été le faible, mais avec un pied hors de la maison, je me sentais pour la première fois en position de force.

« Ne ferme pas l'agence, donne-la en gestion à quelqu'un d'autre, écoute ton père. » Il avait indéniablement raison, mais je coupai court à son argumentaire en assenant ma vérité : « Je ne veux plus rien qui m'oblige à revenir ici. »

À la différence des millions de migrants qui quittaient leur famille, je retournais auprès de ma famille, je retournais auprès de mon amour, là où étaient nées toutes les choses significatives de mon existence. Claudia m'attendait, j'en étais même arrivé à renifler le smartphone sur lequel je recevais ses messages.

Le violet de la mer Ionienne que je venais de quitter réapparut dans le ciel qui m'accueillit à Berlin. Je traversai la campagne s'étalant entre l'aéroport et la ville, une forêt de bois et de pierre, de très hautes maisons dépourvues de balcons et dont certaines fenêtres laissaient échapper le dôme d'un parasol. Je regardais par la vitre tandis que les intonations glacées de l'allemand crissaient à mes oreilles. À chaque station, des annonces grésillaient dans les haut-parleurs et je confiais à ces paroles incompréhensibles le sens obscur de ma nouvelle vie.

La relation entre Claudia et Andria se poursuivait, nourrie du besoin réciproque qu'ils avaient de prendre soin de l'autre. Comme s'ils s'étaient cherchés pendant des années, non pas pour partager passion et sensualité, mais tendresse.

Ils travaillaient au même endroit.

Il lui avait transmis l'annonce d'une société qui formait le personnel des maisons de retraite. Claudia comprit qu'Andria lui indiquait une voie. Si ce n'était pas de l'amour, ça y ressemblait beaucoup.

Son poste à mi-temps dans une maison de retraite n'était pas un choix de décroissance heureuse mais une aubaine : elle gagnait juste assez pour vivre et lire tous les romans qu'elle voulait. Vers treize heures, du lundi au samedi, elle demandait aux pensionnaires de choisir le menu de leur dîner parmi trois options préétablies. Claudia était chargée de la préparation de l'un des trois plats. Soupes allemandes, ramen japonais et udon coréens, elle était devenue experte. Elle aimait se salir les doigts en épluchant les légumes, goûter aux bouillons qui mijotaient.

Son pensionnaire préféré était un très gentil retraité, Torsten ; elle lui disait bonjour en lui caressant la main, sa peau fine semblait se froisser à son passage, il souriait en rougissant.

« Je l'adore, me racontait-elle d'un ton enjoué. Il m'a dit une fois qu'on finirait tous tôt ou tard comme du carrelage. Quand on est jeunes, on est moelleux et chauds. Après, on devient durs et froids. »

Claudia et Andria dormaient rarement ensemble, et quand cela arrivait, Claudia restait éveillée parce qu'elle sentait sur le corps d'Andria le sexe des autres hommes aussi libres que lui. Une odeur acidulée qui lui montait à la tête et l'hypnotisait ; son grand nez se transformait en baguette de sourcier. « Tu dois te sentir en sécurité avec la personne qui t'aime », m'avait-elle écrit un paquet de fois. Un jour, quand un caissier lourdingue du Rewe s'était moqué de l'accent de Claudia, le visage d'Andria s'était paré d'une expression animale qu'elle ne lui avait jamais vue. Si les gens veulent savoir à qui ils ont affaire, à Martina, ils demandent, en claquant les doigts :

« Comment tu te mets ? », le verbe « mettre » recouvrant les questions d'origine familiale, d'appartenance, le statut et les ambitions, la façon de se comporter dans l'espace et dans le temps, comment on se *met* dans la vie, le genou fléchi, prêt à s'enfuir ou à bondir. Mais ses genoux, Andria ne les avait jamais fléchis, et c'est ce qui plaisait à Claudia.

« Tu as pris trop de choses », dit-elle en indiquant la valise à roulettes que je traînais derrière moi.

Nous ne nous embrassâmes pas sur les lèvres, n'eûmes presque aucun contact physique. Je titubais avec mon bagage, serpentant le long des rails jusqu'à l'arrêt du tram.

« Je te montre la maison et je file au boulot. »

Je lisais sur son visage un durcissement que je n'arrivais pas à m'expliquer. Elle n'était plus la « jeune osseuse » qui alimentait les craintes maternelles quant à son état de santé ; ses pommettes restaient saillantes mais ses joues étaient pleines, ses yeux employés à déchiffrer des pensées venues de loin.

La ville bouillait, le pavé tremblait sous mes pieds à chaque passage du métro et un brouhaha incessant s'élevait au-dessus de la foule.

« Comment vont tes grands-parents ? », me demanda-t-elle.

Je ne m'y attendais pas, tant d'années étaient passées depuis que je les lui avais présentés.

« Ils sont en maison de retraite, ils ne pouvaient plus vivre tout seuls à la campagne.

— Un endroit comme celui où je travaille. On finit tous là-bas, au bout du compte, commenta-t-elle avec un rictus.

— Quelque chose du genre, oui. C'est eux qui l'ont décidé, mais ils n'étaient pas ravis de partir.

— Et la campagne ?

— On l'a laissée à l'abandon et un jour quelqu'un a mis le feu à la vigne. Ils ont retrouvé un chien brûlé, il avait été aspergé d'essence. »

Claudia porta les mains à la bouche.

« Les salauds.

— Tout a été détruit.

— Le puits aussi ?

— Quel puits ?

— Celui que m'a montré ta grand-mère quand on lui a rendu visite, tu te souviens ?

— Non.

— Ta grand-mère m'a dit qu'elle voulait me montrer quelque chose, et c'était le puits. Elle m'a raconté qu'une femme y avait été jetée un siècle plus tôt.

— Elle ne me l'a jamais dit.

— Il y a des choses qu'on ne dit pas aux hommes parce qu'ils ne pourraient pas les comprendre. »

J'étais troublé et un peu vexé d'apprendre que ma grand-mère avait révélé un secret à Claudia dix minutes après l'avoir rencontrée.

« J'ai peur de savoir pourquoi elle me l'a dit. Mais je ne l'ai compris que des années plus tard.

— Ma grand-mère est du genre à inventer des histoires flippantes pour effrayer les gens, dis-je pour faire retomber la tension.

— Ta grand-mère me disait que là où il y a un puits, il y a toujours une femme qui finit jetée dedans par… un homme.

— Allons bon !

— Si j'étais restée là-bas, on m'aurait jetée dans un puits.

— Nous ne sommes pas des sauvages.

— À ton avis, Curcio, qu'est-ce qu'il a fait avec moi ? Il ne m'a pas jetée dans un puits, peut-être ?

— Je ne te suis pas.

— Il y a des années, j'ai lu une écrivaine… Alba de Céspedes. Elle dit que les femmes habitent au fond d'un puits, et qu'il faut vivre dans un puits pour connaître la pitié.

— Je ne te comprends pas.

— Ta grand-mère me demandait de l'aide.

— Ma grand-mère va bien.

— Tant mieux pour elle, j'en suis heureuse, mais ça fait longtemps que je voulais te le dire. »

Quand nous montâmes à bord du tram, je craignis d'avoir fait une erreur en rejoignant Claudia. Mon père avait raison, j'étais comme ces millions de Syriens qui débarquaient ici sans personne à retrouver. Nos vies s'étaient trop éloignées depuis l'époque où nous nous étions candidement aimés. Puis Claudia se jeta sur deux places libres et frappant de la main l'un des deux sièges, m'invita à m'asseoir à côté d'elle. Ma tête se cala entre sa nuque et sa clavicule, mon front s'embrasant au contact de la peau de son cou. En interceptant les bribes de conversation des voyageurs, je n'entendais plus grincer la glace, juste un bruit de fond. Je reniflais l'air de cette nouvelle ville filtrée par la peau de Claudia, qui s'était mise à fredonner « Too Much Love Will Kill You », de Queen. Nous ne laissâmes sans doute pas passer plus de trois arrêts mais j'eus l'impression que nous nous étions logés dans une faille temporelle. Claudia chantait sans rien dire et disait pourtant tout ce que j'avais besoin de savoir. Deux vendeurs de journaux entrèrent dans le wagon en tenant à la main des gobelets en carton noircis par le charbon, dans leur dos une femme en burqa noire manœuvrait une poussette avec deux enfants empilés l'un sur l'autre, des jeunes essayaient de faire entrer un sommier, d'un violon s'échappa, reconnaissable entre toutes, la *Symphonie n° 5* de Beethoven.

Nous descendîmes dans le sillage d'une foule d'adolescents blonds à vélo. Nous étions à Pankow, dit Claudia, et en regardant autour de moi je découvris les rues hérissées de platanes, de peupliers et de hêtres. Ça sentait le bois et le grand air. « J'habite là », fit-elle en indiquant un immeuble gris au milieu d'autres immeubles gris, comme le ciel. Tandis que nous traversions la route, elle m'invita à observer les buissons, qui vibraient à la nuit tombée de la furtive hésitation des renards urbains. Comme toujours, elle voulait me dire bien plus que ce que j'étais capable de saisir.

Arrivée chez elle, elle m'ordonna d'enlever mes chaussures, me montra sa chambre, la sienne, dans laquelle ne trônait rien d'autre que son lit, un bureau et une armoire. Le reste de l'appartement était encombré de cartons remplis d'affaires, livres, lampes, bibelots, cartes postales, bocaux en verre, comme dans l'imminence d'un déménagement. Elle m'annonça qu'elle allait tout revendre au *Flohmarkt*, elle ne voulait rien garder qui puisse créer ce qu'elle appelait des « points obscurs ». Elle vivait avec peu, un pâle coquelicot rouge émergeait d'une boîte de conserve remplie de terreau humide, des feuilles asséchées de basilic ornaient la surface d'une jardinière en fer suspendue à la fenêtre. Les objets s'imprègnent d'énergies périlleuses, le matériel alourdit l'âme.

Dans sa chambre, elle me dit qu'elle devait se changer mais ne me demanda pas de la laisser seule. Elle se déshabilla avec le même naturel que si nous avions été frère et sœur, ses vêtements atterrirent sur une chaise tandis que l'armoire libéra l'odeur de sachets de lavande. Nos corps avaient changé. Ses jambes étaient de longues étendues blanches sur lesquelles se lisait l'empreinte bleutée de ses vaisseaux. Mes cheveux dégarnis sur les tempes étaient parsemés de blanc. Mais nos ventres étaient identiques, deux noyaux posés au milieu d'une frêle tige, le ventre gonflé des gens secs.

« Tu sais qu'on apprend plein de choses en lisant les publications à la mairie ? », lui demandai-je. J'entendais le bruit lointain du tram, le ronronnement d'une radio.

« C'était un job de croque-mort, ton travail, je te l'ai toujours dit. Tu as bien fait de laisser tomber. » Claudia avait enfilé un uniforme bordeaux, elle pivota sur les talons dans une demi-pirouette, comme pour dire « regarde-moi ».

« Les croque-morts font un travail respectable.

— Vu la façon dont ils ont traité mon père, accorde-moi cette généralité. »

Un nuage pesait sur moi depuis le début de ce voyage : j'avais quelque chose à lui dire.

« Bref, dans les publications de la mairie… » D'un côté, je sentais que j'allais la blesser, de l'autre, je ne voulais rien lui cacher.

« Je sais, dit-elle en interrompant une nouvelle circonlocution.

— Qu'est-ce que tu sais ?

— Que ma mère va épouser Marco. »

Une fois de plus, elle me surprenait.

« Tu ne trouves pas ça de mauvais goût ?

— S'ils s'aiment. Rien n'est de mauvais goût », ajouta-t-elle après un court silence, la voix dure, sans nuances.

Quelque chose m'échappait.

« Je ne comprends pas, Claudia, tu lui donnes ta bénédiction ?

— Je ne bénis ni ne maudis personne, moi. Tu devrais le savoir, à force.

— C'est le père Agostino qui va les marier, je peux me renseigner pour savoir s'ils ont opté pour la communauté des biens, insistai-je.

— *Ich bin fertig*, Francesco ! dit-elle avec fermeté, même si sa voix s'était fendillée.

— Je ne veux pas qu'il s'en tire aussi facilement.

— Il y a un tas de choses à faire ici, il y a mon travail, il y a la musique, il y a Andria.

— Il y a Andria. » Ce qui n'aurait dû être qu'une douce constatation se teinta d'amertume en quittant mes lèvres.

« Oui, il y a Andria, un garçon qui a connu un million de galères de plus que nous. Un garçon qui m'a appris qu'il faut parfois imiter le métal, prendre la forme des coups que la vie nous donne.

— Trop de philosophie pour moi.

— Ce n'est pas de la philosophie, Frank. On a grandi avec la conviction qu'il fallait tout affronter comme si on était des pierres, comme si on était des putains de pierres, des *mazzacani*[1].

— On a construit nos *trulli* avec les *mazzacani*, nos *masserie*, nos villages.

— Les pierres s'effondrent et les métaux se modèlent. Je préfère donner mon énergie aux personnes de mon présent plutôt qu'à celles de mon passé. »

Je gardai le silence quelque temps, piqué au vif par sa dernière phrase.

« Tu n'as jamais été comme ça, toi.

— Comme ça, comment ?

— Ce que tu m'as dit, de ma mère et Marco, de leur régime matrimonial, bref, tout ça, ça ne change rien à ma

1. Littéralement : des tue-chiens.

vie. C'est comme si tu m'avais répété que quelqu'un avait dit du mal de moi. À quoi bon ? Tu n'es pas le genre de personne qui colporte les malheurs et les racontars.

— Peut-être que si, ou alors peut-être que je voulais te faire comprendre que, même quand tu étais loin, je n'avais jamais cessé de veiller sur tes intérêts.

— On s'en fiche des intérêts, il n'y a rien à protéger. Ce qui compte, c'est d'être là quand on a besoin de l'autre, même si ça ne nous a pas toujours réussi et qu'on ne s'est pas toujours trouvés », dit-elle avec un calme restauré.

« Quand est-ce qu'on ne s'est pas trouvés ? », aurais-je dû lui demander, au lieu de quoi j'étais comme un gamin de neuf ans qui frappait désespérément à sa porte.

« Ma mère m'a aimée à sa façon, et à sa façon elle aimera Marco. »

Elle boutonna sa veste jusqu'au cou.

« Je voudrais connaître Andria, lui dis-je.

— S'il ne va pas draguer dans ses bars gay, on sort au Kitty, ce soir.

— Qu'est-ce que c'est ?

— Le surnom que les Berlinois donnent au KitKatClub.

— Un de ces endroits…

— Bien plus que ça. C'est mon refuge et ça deviendra peut-être le tien.

— Tu veux qu'on devienne amis, lui et moi ?

— Je n'ai pas de programme pour la vie des autres, j'ai juste la sensation très forte qu'il va te plaire.

— Combien de fois on s'est fait avoir par tes sensations ?

— Il n'y a que moi qui me suis fait avoir. Avec toi, je ne me suis jamais trompée. »

Une fois seul chez elle, je constatai sans surprise qu'en plein mois de juin, j'avais le nez qui coulait, les pieds et les mains gelés. J'étais tout à la fois assailli par la tendresse et le dépaysement.

Je m'assis au bord du lit, en face du grand miroir de l'armoire. Enfant, Claudia redoutait les miroirs parce qu'elle avait peur qu'ils enregistrent les choses du passé et que d'un moment à l'autre la grand-mère qu'elle n'avait jamais connue surgisse de la surface en tain, ou bien un autre mort dont l'image aurait été prise au piège. Je restai immobile devant le miroir, le temps qu'il enregistre ma pose et les pensées qui remuaient en moi. J'allais sortir et errer dans la ville jusqu'à tard, apprenant à me fier à ce nouveau monde ; j'allais m'inscrire à un cours d'allemand pour nouveaux arrivants en recherche d'emploi.

Je parlai avec deux serveurs, une employée de l'école de langues, un groupe de touristes, deux vagabonds, recourant au langage plus ou moins universel des mimiques, je souris, tordis mes lèvres, clignai de l'œil droit, affirmai qu'un plat était bon en m'enfonçant l'index dans la joue, à l'italienne, essayai de décrypter les pancartes d'un clochard lituanien qui cherchait de l'argent pour rentrer à Vilnius.

Pendant deux heures, je marchai en ignorant les hauts piliers verts sur lesquels tremblaient les wagons jaunes de la U2, longeai les rails avec la même obstination qu'un engin de chantier obéissant aux commandes. Et mes commandes étaient réduites au minimum, aller vers l'est, à la frontière de la campagne, sur l'itinéraire que le guide préconisait pour les touristes ayant déjà tout vu de la ville. À Lichtenberg, je tombai sur quantité d'hommes en tee-shirts moulants, têtes glabres, j'étais redevenu petit et noiraud, je sentais leurs regards bestiaux peser sur moi comme un cilice, puis le coucher du soleil emplit le ciel de rose et d'orange. J'avais eu tort de venir à Berlin, je ne serais jamais à la hauteur de cette nouvelle vie et Claudia ne redeviendrait jamais la femme que j'avais connue.

J'atteignis Rummelsburg, où le tram effectuait un virage avant d'entrer dans Friedrichshain. Sur le carrefour encombré de circulation, à côté de l'abri jaune des trams, un acteur déclamait son texte sous l'œil indifférent des travailleurs pressés de rentrer chez eux.

Quand j'arrivai à l'appartement, Claudia m'ouvrit la porte, immense, le regard brillant malgré l'absence de maquillage.

J'aperçus une ombre dans le salon tandis que le soir peinait à prendre la place du jour. L'ombre se leva, ses traits se précisèrent, les pommettes carrées, le cou massif, les avant-bras comme deux leviers, sortant d'un tee-shirt aussi moulant qu'un gant. Andria était compact, puissant, les mains grandes et soignées. Il se présenta à moi, avenant, un mince duvet autour des lèvres, ses pattes semblables à deux virgules encadrant son large sourire.

« Francesco.

— Enchanté, Andria.

— Tu parles italien.

— Un petit peu, me dit-il en rapprochant son index de son pouce.

— Il a appris à gesticuler comme nous », lança Claudia, et il la regarda pour s'entendre confirmer ce qu'elle venait de dire.

Claudia traduisit patiemment, Andria s'adressa à elle en allemand et elle lui répondit sans me donner l'impression d'être exclu : il était désolé de ne pas pouvoir me parler en italien.

Je songeai que mes futurs mois à Berlin allaient tous ressembler à cela. L'aphasie à laquelle j'avais essayé d'échapper pendant la journée en brandissant quelques mots en anglais serait mon châtiment. Je ne parviendrais jamais à communiquer ni nostalgie, ni angoisse, ni toute autre émotion complexe, chaque nuance se résumant à des messages essentiels : « J'ai faim », « J'ai soif. »

Claudia m'amena dans sa chambre à coucher. Sur son lit était étendue ma soutane, les longues manches repliées à hauteur de la poitrine.

« Tu as vidé ma valise ? demandai-je, surpris.

— Tu vas rentrer dedans ? s'enquit Claudia, comme si ma question était superflue.

— Je n'ai pas grandi depuis que je l'ai mise la dernière fois, il y a vingt ans. »

Claudia regardait l'habit avec un air amusé et incrédule, comme si elle ne réalisait toujours pas qu'elle m'avait convaincu de les suivre cette nuit-là.

« La soutane doit être serrée à la taille et descendre jusqu'aux talons, précisai-je d'un ton docte, insupportable à mes propres oreilles.

— Mais elle va t'arriver aux genoux, celle-là », commenta-t-elle avant d'éclater de rire.

Andria nous regardait en silence de l'autre côté de la porte, il avait l'œil tranchant, précis.

« Je peux te maquiller, ce soir ? », demanda Claudia. Elle décréta que je n'avais pas besoin de fard sur ma peau sombre. « Il te faut un illuminateur », et elle fouillait déjà dans sa trousse.

« On va utiliser de la terracotta avec les doigts. »

C'était une déclaration d'amour, nous nous regardions dans le miroir comme si nos reflets appartenaient à d'autres personnes. Claudia parla en allemand et je compris qu'elle allait aussi maquiller Andria. L'espace d'un instant, j'avais cru jouir de la primauté de l'explorateur posant le pied sur une terre vierge.

Andria s'assit sur une chaise à côté de moi. Nous resplendissions tous les trois dans le miroir, à présent. J'aurais voulu que la glace enregistre ce moment, il allait me manquer quand je rentrerais à Martina. Plus tard seulement, j'apprendrai le mot qui désignait ce que j'étais en train de vivre : *Sehnsucht.* Ce sentiment composé de désir et de nostalgie, d'excitation et d'un début d'eau à la bouche.

Les doigts de Claudia me trituraient le visage tandis que dans le miroir, ma couleur changeait. Elle prit un crayon, m'ordonna de baisser les paupières. La pression de la pointe me fit pleurer ; quand je rouvris les yeux, je la vis déjà en train de dessiner ceux d'Andria. Avec un pinceau, Claudia étala sur ses joues une couleur différente de celle qu'elle avait appliquée sur les miennes. Le miroir enregistrait notre harmonie chromatique, nous ne formions plus qu'une seule personne.

Nous marchâmes en nous coupant la parole, sans jamais bien comprendre ce que nous nous disions, nous arrêtâmes dans des petits bars qui empestaient la fumée et où tintaient les chopes de bière vides. Claudia et Andria s'asseyaient sur les genoux l'un de l'autre, me laissant profiter du spectacle. Nous avions quinze, seize ans tout au plus. Avant de monter dans le dernier métro qui allait nous conduire au KitKat, il me lança un regard aiguisé, il avait des yeux de loup. Quand j'étais petit, les loups étaient mes animaux préférés, parce qu'ils étaient toujours du côté de la nuit et qu'ils mouraient à la fin de tous les contes, comme les êtres humains de chair et d'os.

À notre station, deux silhouettes noires sortirent du wagon chargées de sac à dos et de valises à roulettes et se dirigèrent vers le même endroit que nous. On se serait cru au beau milieu de l'après-midi alors qu'il était déjà deux heures du matin. Il y avait des crêtes colorées, une femme splendide et plantureuse vêtue d'une tunique transparente et d'une fourrure qui ne lui couvrait que les épaules, un jeune homme vêtu de latex rouge. Une famille avec enfants qui descendait l'escalator nous regarda en souriant.

La file devant la boîte était un serpent noir, manteaux et longues vestes sombres dissimulaient les tenues les plus audacieuses, quand certains étaient au contraire déjà à moitié nus, chemises transparentes, échasses aux pieds, pantalons avec braguette sur les fesses, une fille avait deux lignes tatouées derrière les mollets comme sur les anciens bas en soie.

Claudia et Andria se tenaient par la main, mon sang cuisait, animé de pensées confuses : rares étaient les fois où j'avais marché avec elle main dans la main mais je connaissais son dos tendre et sa paume rugueuse, jamais moite. D'un coup, j'eus sous les yeux une vision estivale de notre adolescence : les feux d'artifice de San Rocco à Locorotondo, les voitures garées le long des murs en pierres sèches de la départementale, les gens pressés de recevoir de la poudre à canon sur la tête, les yeux prêts à se remplir de guirlandes colorées, ce brouhaha diffus dans la pénombre et nous deux, illuminés par les étoiles et la lune, attendant de voir le ciel s'enflammer d'un premier fracas. L'atmosphère était la même ici : en suspens.

Nous traversâmes un vestibule orné d'une boule à facettes et de l'enseigne lumineuse « LIFE IS A CIRCUS ». Un videur à la face inexpressive m'examina en disant quelque chose dont le sens m'échappa. Claudia lui parla et me demanda d'ouvrir mon sac. Je sortis ma soutane, des hommes rirent. Le thème de la soirée, « CarneBall Bizarre », tenue fétichiste ou sensuelle. Je me retrouvai dans un petit couloir où les gens se déshabillaient frénétiquement en extrayant des cintres en bois d'un conteneur métallique avant de confier aux employés du vestiaire leurs sacs et leurs vêtements. Une fois de plus, Claudia avait eu raison, l'habit de prêtre que je n'avais pas porté depuis des années ne m'allait plus. Je l'essayai deux, trois fois, mais ne pouvais pas fermer la boutonnière.

La *mistress* à l'entrée me regarda avec compassion.

« Soit prêtre, soit nu », prononça-t-elle en anglais.

Au fond, j'avais passé ma vie à reculer devant cette alternative, restant inutilement bloqué sur la voie du milieu.

« Déshabille-toi, me dit Claudia en m'attirant à elle et me regardant dans les yeux.

— Tu veux que je me mette à poil ?!

— Comme tu veux, mais déshabille-toi. »

Elle ne m'avait jamais paru aussi adulte. Elle m'ordonnait de me déshabiller. Mon rêve, dans ce qui ressemblait à un cauchemar. La libération commença avec mes vêtements fourrés dans un sac foncé alors que je me retrouvai en boxer noir et chaussures. Claudia me prit dans ses bras et me plaqua un baiser sur les lèvres.

Je rejoignis un antre sombre où la musique secouait les murs et une humanité camouflée – uniformes de police, chemises blanches, fourrures synthétiques avec queue de renard, têtes de chevaux ou museaux de chiens, corps ligotés – dansait sans s'arrêter au milieu d'un nuage de fumée colorée. Dans la piscine, des hommes nus criaient en nageant entre d'énormes dragons gonflables. Sur les matelas qui bordaient le bassin, des corps s'entremêlaient : une femme d'un certain âge, nue et boiteuse, se traîna jusqu'à deux garçons aux bretelles cloutées et pratiqua une fellation à l'un d'eux. Quelqu'un aurait pu agiter ses longues ailes à plume et s'envoler. Cela fut peut-être le cas, mais mes souvenirs sont vagues, passé un certain cap. Dans les toilettes, des Italiens et des Espagnols promettaient le bonheur sous forme de cristaux à dissoudre ou à cuire au briquet, sauf à se faire repérer et jeter dehors par les videurs en tenue camouflage. J'avais le cœur qui battait fort, l'eau que je buvais aux robinets n'éteignait jamais ma soif.

Je gravis les escaliers menant à une mystérieuse mezzanine avec l'insouciante détermination de mes jeux d'enfant. Ma main arrimée à celle de Claudia, la sienne à celle d'Andria. Il y avait une pièce rose, imprégnée d'une essence florale, au centre de laquelle, sur un lit gynécologique, un homme les jambes écartées se faisait sodomiser par un autre, un Noir aux cheveux ras, short rouge ourlé de blanc et chaussettes en tissu éponge qui brillaient sous les spots. Dans un coin, une cage retenait prisonniers un Viking, un Noir et un Peau-Rouge qui se mêlaient en rugissant de plaisir. Nous nous approchâmes de cette sculpture de chair et de sueur derrière les barreaux, j'eus la tentation de caresser le marbre, comme au musée, de palper cette peau tendue et moite. Puis une jeune fille apparut, une brindille en débardeur noir qui commença à donner des coups de fouet aux trois hommes : un jeu que j'avais du mal à comprendre mais dont émanait un mélange de perdition et d'allégresse. Elle rit en nous regardant et lança, tendant son fouet vers nous : « Vous voulez essayer ? »

Claudia nous conduisit dans un coin à part qui devint bientôt le lieu de pèlerinage d'une dizaine de curieux : c'était nous, le spectacle. Je n'avais pas peur, j'aspirais à un baiser de Claudia ; j'y avais aspiré sous les châtaigniers en fleur et parmi les genêts de Martina, mais ici, ce baiser promettait d'être encore plus beau, avec la musique puissante, le regard des hommes et des femmes qui nous encourageaient au lieu de nous juger. Andria desserra son pantalon et sortit son pénis, grand mais encore loin d'une érection acceptable, s'allongea sur le dos et Claudia se pencha sur lui, le prit dans sa bouche en me regardant dans les yeux. J'étais ébahi, secoué, je voulais pleurer et crier en même temps, je sentais les digues sauter en moi, les murs s'écrouler. Pendant une vie entière, j'avais accueilli en silence les sempiternelles questions : « Tu as une copine ? », « Tu as un travail ? », « Tu as une maison ? », « Tu as un avenir ? », « Tu as un plan ? », « Qui es-tu ? », « Comment tu te *mets* ? »

« Viens ici, *uva nera* », dit soudain Claudia. La personne la plus importante de ma vie avait les yeux écarquillés et une bite dans la bouche, la bite d'un homme que j'avais connu quelques heures plus tôt, palpitante et ointe de la salive de Claudia. Cela faisait vingt ans que je la désirais, que je passais mes nuits à imaginer comment ce serait d'entrer en elle sous les cieux de notre campagne, quelle saveur avait sa salive, entre l'amertume des noix et la douceur des amandes. Je ne pus embrasser Claudia qu'une fois son fiancé géorgien contenté. C'était ça, le bonheur ? Qu'aurait dit le monde auquel j'avais tourné le dos ? Nous étions là, sur une planète qui regardait avec compassion la terre des mauvaises langues.

Un baiser intense, mes nerfs lâchèrent, je fondis, la béatitude était synonyme d'absence de pulsions, la joie du sommeil qui engourdit un corps fatigué. Oui, c'était ça, le bonheur. Puis une langue étrangère, dure et ferreuse, s'immisça entre nous : Andria nous embrassait tous les deux, et je sentis la mer, le plaisir qu'on peut avoir à fouler le sable bouillant de ses pieds froids et salés.

Souriant derrière sa longue barbe, un vieux essaya d'approcher son pénis de la bouche de Claudia. Elle lui rendit son sourire, lui fit une caresse et un baiser sur la pointe de son sexe turgide puis secoua la tête en signe de refus. Quand elle se releva, il n'y avait plus personne, la foule de curieux en avait eu assez et encerclait d'autres corps. Nous retournâmes danser en continuant de nous embrasser, Andria et Claudia, Claudia et moi, moi et Andria, nos parfums mélangés.

Nous nous embrassâmes dans le métro et dans le tram pendant que le jour occupait le ciel. Au-dessus du dernier pont qui nous ramenait à la maison, nous marchâmes l'un derrière l'autre, nos bras sur la rampe. J'avais le souffle d'Andria sur la nuque. Je me perdis encore une fois dans la démarche de Claudia, cela faisait si longtemps que je ne l'avais pas vue marcher de dos, on aurait dit un flamant rose blanc. Quelques jours plus tard, j'allais apprendre que les plumes des flamants roses sont blanches quand ils sont malades ou dénutris, qu'ils mangent en équilibre sur une seule jambe mais ne savent pas boiter.

Je me pris d'affection pour les cris des fauvettes dans les tilleuls. Elles avaient des crêtes ébouriffées et des yeux démoniaques mais elles savaient chanter dans le froid. Je les enviais particulièrement les matins où j'avais les mains sciées par les engelures et où marcher dans la rue relevait du supplice. Dès que possible, je me réfugiais dans un tram ou dans un café. Comment faisaient les animaux pour résister à un tel froid ? Et les hommes, dans une ville où dès le mois d'octobre le ciel est d'une pâleur argentée, comment survivaient-ils ?

Ma mère me délivrait de parcimonieuses informations sur sa nouvelle vie et j'en cueillais des bribes dans certains conseils à l'arrière-goût frivole : « Mets des vêtements colorés, le froid se tient à distance des couleurs. » Mon père, quant à lui, envoyait de sombres dépêches maniant le chantage et la victimisation : « Quand tu rentreras, tu trouveras tes grands-parents à l'hospice et ton père à la morgue. »

Six mois s'étaient écoulés depuis mon arrivée à Berlin et je me trompais encore de chemin, je perdais des papiers ou me faisais arnaquer. Je pataugeais dans les sables mouvants du *Vorgangspassiv* et du *Konjunktiv II*, regrettant d'avoir négligé la grammaire pendant trente ans. Je vivais dans des limbes qui avaient autant à voir avec l'enfance qu'avec la vieillesse, cette époque de la vie où la seule option consiste à s'en remettre aux autres.

Ma professeure d'allemand était une énergique jeune fille aux joues rouges dont nous ne comprenions pas un traître mot, pas plus qu'elle ne comprenait les nôtres. Elle nous donnait à apprendre des tubes de pop adolescente, nous présentait des strophes à trous que nous devions combler après avoir écouté le morceau plusieurs fois. Une torture. J'offrais des sourires de circonstance, avalais des cafés turcs en même temps que mes camarades de cours, Syriens, Kurdes, Sud-Américains et Coréens avec lesquels nous enchaînions les malentendus. Pour attirer leur attention, je me transformais en acteur de muet, redoublant de mimiques et de gestes forcés avant de redevenir terriblement triste dans le métro quand je croisais le regard des autres passagers, à l'aise comme dans un spot pour la BVG.

J'allai renifler un temps du côté de l'immobilier local mais m'aperçus vite qu'il s'agissait d'un autre monde, même si l'habitude me faisait encore diviser les façades des immeubles en appartements, et les appartements en chambres, un autre *Tetris*. Dans une petite province d'Italie, l'offre était toujours supérieure à la demande ; ici, c'était l'exact opposé : pour chaque logement, une horde d'aspirants locataires ou d'acheteurs prêts à payer rubis sur l'ongle, à tout vendre pour décrocher un appartement de soixante-dix mètres carrés. La bulle spéculative gonflait depuis une décennie, les immeubles squattés de Berlin-Est et de Kreuzberg avaient été évacués de force, des fonds espagnols et russes revendaient dix fois leur prix des taudis et des greniers qu'ils faisaient passer pour des lofts. L'agent immobilier de Berlin n'était pas un marchand de tapis comme je l'avais toujours été, mais un chasseur de têtes. Un directeur des ressources humaines censé non pas vendre des maisons mais sélectionner des acheteurs.

Je fus embauché dans un bistrot vegan. Je ne gagnais pas beaucoup, mais suffisamment pour vivre dignement. La sobriété s'était muée en opportunité. Mises à part ses étincelantes portes blanches, le bistrot était plongé dans la pénombre. L'architecture des cafés berlinois témoignait d'une forme d'audace, mais les intérieurs affichaient un laisser-aller qui flirtait bien souvent avec la saleté. Dans cette espèce d'aquarium à l'eau trouble, je slalomais entre chaises de récup et petits divans poussiéreux pour servir des tisanes et des parts de tarte. Bronzée et musculeuse, ma collègue française chantonnait en rangeant les théières et en replaçant les quiches sur les plateaux, ne me communiquant que de rares et essentielles instructions : je lui étais reconnaissant de m'épargner une énième conversation truffée d'énigmes et de quiproquos.

Je marchais beaucoup, tirais de cette ville une impression de vie et de mort entremêlées – un destin qui m'appartenait. Je marchais tellement que j'en perdais la notion du temps. La variété des gens m'enivrait : le jeune touriste avec son Club-Mate, l'homme d'âge mûr à l'haleine de vodka et à la voix forte, le couple avec enfants en luge, le Viking et son vélo en bois sur un banc de la U-Bahn. Partout, des *Stolpersteine*, les pierres d'achoppement commémoratives, et quelques restes du vieux Berlin, un bout de mur enroulé dans de la cellophane ou un tas de ruines cerné d'immeubles ultramodernes. La ville la plus joyeuse du monde lorsqu'on est gai et la plus triste lorsqu'on broie du noir.

Claudia n'était jamais revenue sur notre nuit au Kitty. Les jours d'après, étourdi et heureux, j'avais éprouvé l'euphorie des débuts, mais aucun bonheur ne survit à l'absence de partage. Or, malgré notre cohabitation, partager mon bonheur avec Claudia semblait impossible. Je me demandais pourquoi je restais ici, vu le peu de temps que nous passions ensemble. Le soir, elle était toujours épuisée. Se débarrassait de moi en quelques phrases et allait se jeter sur un petit canapé dans le salon. Son éreintement avait la forme d'une vieille couverture qui adhérait aux plis de son corps, pile à sa taille. « *Regnava nel silenzio / alta la notte e bruna…* », entonnait-elle parfois, l'une des envolées aiguës de *Lucia di Lammermoor*, mais ce n'était qu'une réminiscence du répertoire de notre jeunesse.

Il lui arrivait de me parler de ses pensionnaires, bourrus ou galants, silencieux ou intarissables, seuls. Je la voyais prendre soin d'eux, cuisiner en se noircissant les ongles, les cheveux imprégnés d'huile végétale. Le destin ne manquait pas d'ironie : nous qui avions toujours eu des habitudes alimentaires désordonnées nous retrouvions, dans nos nouvelles vies, au service de la faim des autres.

Parfois, le silence du soir suffisait à nous apaiser, la fatigue et l'odeur de cuisine mélangées nous faisant doucement glisser vers la torpeur. Par-dessus les toits s'apercevait une longue rangée de fenêtres éclairées, le signe que la ville était encore éveillée, tandis que le bruit du tram qui conduisait au centre à n'importe quelle heure du jour et de la nuit nous rappelait que, malgré tout, cet endroit était fait pour nous. Une ville dans laquelle chaque illusion de liberté, d'intégration, de solidarité et de démocratie semblait réalisable.

Quand elle le pouvait, Claudia allait courir autour du Weißensee, un lac urbain à deux pas du centre où certaines mères courageuses plongeaient nues pendant les clairs matins de mi-saison. Nous avions grandi dans une ville remplie de campaniles annonçant la messe, mais il y avait surtout cette petite route qui nous conduisait à la mer avant la fin du printemps ou le début de l'hiver. Sans plongeons, nous étions perdus, sales et déprimés, sans cette espèce de purification précédant chaque nouveau et prometteur chapitre de nos vies, le début d'une année scolaire, académique, professionnelle ou sentimentale. Même si nous étions alors loin des flots, j'allais baptiser cette période de ma vie avec Claudia la « période aquatique ».

Un samedi soir, je la surpris au lit en train de lire sur son Kindle et d'écouter de la musique. La chambre était plongée dans le noir.

« Je peux m'allonger à côté de toi ? »

Claudia ne m'entendit pas à cause des écouteurs mais, m'apercevant sur le seuil, frappa deux fois sur le matelas. « Allonge-toi », dit-elle en ôtant ses écouteurs.

« Pourquoi est-ce qu'on n'a plus jamais parlé de ce qui s'est passé au Kitty ?

— Parce que c'est beau comme ça.

— Tu ne m'embrasseras plus jamais ?

— Je ne t'embrassais pas toi.

— Qui alors ?

— J'embrassais tout ce que nous avons été et que nous ne sommes plus. »

J'eus la sensation que cette pensée s'était échappée de sa tête, comme si elle tirait les conclusions d'un raisonnement entamé avec elle-même.

« Andria est une personne importante pour moi, tu le sais ? », dit-elle soudain avec une voix maternelle.

Je craignis que Claudia m'ait observé toutes les fois où je m'étais excité en les imaginant ensemble.

« Je sais, balbutiai-je.

— C'est pour ça que maintenant que c'est fini, je ne voudrais pas que tu lui en veuilles.

— Vous vous êtes séparés ?

— On n'a jamais été ensemble, mais on n'a plus ce rapport qu'on avait avant. »

Claudia m'ouvrait la voie vers une nouvelle forme de futur : ces énergies que certains appellent démons sont faites de la même substance que les aspirations et les peurs, il faut les accueillir sans se brider.

« Je peux sortir avec lui ? lui demandai-je.

— Pourquoi tu ne le lui demandes pas à lui ? »

Ses yeux intelligents me scrutaient, elle approcha sa joue de la mienne pour un baiser.

« Ne t'énerve pas si tu ne comprends pas ce qu'il te dit. »

C'est elle qui écrivit mon message pour Andria. Une proposition neutre et innocente : regarder un film ou une série ensemble.

La première fois que nous nous retrouvâmes chez lui, nous passâmes l'après-midi devant *Orange Is the New Black.* D'autres après-midi suivirent. J'aimais passer du temps sur le lit étroit et mou d'Andria, j'avais enfin atteint la destination d'un pèlerinage entamé des décennies plus tôt. Les obstacles que je devais affronter pour arriver jusqu'à lui avaient quelque chose de symbolique : longer d'immenses barres d'immeubles peuplés d'étudiants et d'immigrés, traverser d'infinis couloirs. Andria me parlait en anglais tandis que j'essayais de mettre en pratique mes rudiments d'allemand. Nous nous confiions sans nous comprendre, « *Ich liebe dich* » était une menace et « *Ich habe dich lieb* », un compromis – des échanges maladroits mais sincères pendant qu'il me maquillait d'une main sûre comme si nous étions encore des adolescents, et c'était peut-être grâce à cela que nous restions légers. Andria se maquillait depuis qu'il fréquentait les clubs, c'était un rite inoffensif qui lui permettait de traverser une porte magique. De retour chez lui, la musique persistait sous forme de bourdonnement dans ses oreilles et des restes d'eye-liner lui sillonnaient les joues comme des larmes sombres. Sur son visage, des éclairs de masculinité archaïque ; sur sa table de chevet, un couteau dans un fourreau en cuir, une boîte en argent contenant son tabac, la notice de son – bientôt notre – lubrifiant anal. Comestible, insipide et inodore.

À treize ans, il était déjà dans la rue avec sa grande sœur et ses parents pour la « révolution des roses », à Tbilissi. À dix-huit ans, il avait été appelé sous les drapeaux. Comme la plupart de ses congénères, il était encore à l'école quelques mois plus tôt, ne s'imaginait pas marchant des kilomètres avec une mitraillette au bras et de lourds godillots de cuir enfouis dans la boue jusqu'aux chevilles. Andria s'était lié d'amitié avec des jeunes provinciaux, parmi lesquels Cristiano, un garçon fauve et loquace qui, un matin, dans les douches, lui avait saisi le poignet pour essayer de l'embrasser. Pris de panique, Andria s'était dégagé. Il était en colère. Cette nuit-là, il n'avait pas réussi à s'endormir ; en repensant à l'événement, il sentait dans un demi-sommeil la pression de Cristiano sur son poignet. Il n'osait pas l'admettre, mais ce geste audacieux lui avait plu. Sa peau était-elle aussi lisse que la main qui l'avait attrapé ? Sans même s'en rendre compte, il avait commencé à se toucher.

En écoutant ce récit, je revécus l'été où je m'étais confié à Claudia au sujet de Domenico. Andria aussi, dans le fond, était arrivé ici en quête d'un endroit où aimer, à la poursuite d'un désir qui vivait en lui depuis des années. Lors de ses débuts berlinois, il s'était laissé draguer par de jeunes touristes gay dans les auberges de jeunesse de

Nollendorfplatz. Aux yeux de ces Occidentaux à la barbe parfumée dessinée au cordeau, un type comme Andria – qui avait fait la guerre – paraissait irrésistible. Et pourtant ce dernier se sentait mal à l'aise quand on le lui faisait remarquer, parce que la guerre n'avait pas duré longtemps, qu'il n'avait pas donné le moindre coup de fusil, qu'il n'avait tué personne pour défendre sa patrie, cette patrie où certaines attitudes devaient être dissimulées. Quand il racontait la cruauté des tortures réservées aux homosexuels dans l'armée, son cœur explosait. Claudia avait été la première à lui accorder réellement son attention. Après l'avoir rencontrée, Andria avait su qu'il existait dans le monde une personne à qui il pouvait tout dire, qui l'aimait sans préjugés.

Notre premier baiser sans Claudia eut lieu pendant une nuit aux airs de Nouvel An. C'était encore l'été, des milliers de Turcs klaxonnaient furieusement dans les rues, lançaient des cotillons et des pétards depuis les fenêtres ; la révolte contre Erdogan avait échoué et ses supporters célébraient leur victoire en essayant de communiquer leur joie aux autres Turcs de la ville – terrés derrière leurs fenêtres, amers –, favorables au coup d'État. Dans le tumulte, Andria posa ses lèvres sur mon cou, je répondis par une caresse, tel le reflet d'un coup évité. Puis il me prit la tête et m'embrassa. Sa barbe me brûla les joues, une allumette qu'on craque. « *Kurze Pause* », fit-il en prenant sa respiration, comme au sortir d'une apnée. Je déglutis air et salive. Quand une bouteille de bière fut lancée depuis l'une des voitures qui klaxonnaient, Andria cria en géorgien, puis il m'enlaça par-derrière en me disant qu'avec lui à mes côtés, rien ne pouvait m'arriver. Je n'avais jamais vu le monde sous cet angle.

Andria répétait toujours qu'il était libre, comme si ce *Ich bin frei* était une sorte d'exorcisme. Il cherchait continuellement des hommes. Un après-midi, je le suivis comme un aveugle accroché à son chien en direction du Lab.Oratory de Friedrichshain, un sous-sol où une centaine d'hommes en rut – tous parfaitement habillés au-dessus de la taille et complètement nus en dessous – dansaient en mêlant leurs humeurs dans une piscine d'aluminium. La musique était un miroir d'eau dans lequel danser. Je suçai la bite d'Andria tandis que ses doigts forts me pressaient la nuque.

Plus tard, je lui demandai : « Pourquoi tu t'es mis avec Claudia ?

— Parce que, avec elle je n'étais ni homme ni femme, j'étais Andria et basta. »

Nous errâmes dans la ville en nous embrassant sans peur. Dans un parc de Prenzlauer Berg, entre les peupliers et les tables de ping-pong, nous nous appuyâmes contre l'écorce humide d'un arbre, la musique du Lab.Oratory pulsant encore à nos oreilles.

Je m'aperçus qu'un homme nous fixait.

« C'est nous qu'il regarde ? », m'enquis-je auprès d'Andria. J'eus tort de le lui faire remarquer. Andria leva les yeux vers l'inconnu aux sourcils broussailleux. L'homme s'éloigna vers un coin du parc, puis il se retourna et hurla quelque chose dans notre direction. « Il a dû aller très loin pour dire ce qu'il pensait de nous, constata Andria, l'expression féroce. Il a perdu le contrôle, pas nous. »

Je ne réagis pas. Le germe d'un obscur et pesant malaise s'était immiscé entre nous. Une mouche marchait sur le cou d'Andria, je l'écrasai par réflexe ; je n'arrivais jamais à les écraser, enfant, mais les mouches d'ici étaient manifestement plus bêtes et plus naïves, elles faisaient confiance aux hommes.

Je n'aime pas les récits d'enfance, mais ceux d'Andria avaient quelque chose de spécial. Par exemple, les jours de vendanges en Géorgie. Tous les Géorgiens étaient familiers de ce monde, il n'en existait pas un seul qui n'ait senti le moût se transformer en vin à l'intérieur de grosses amphores d'argile ou de bassines en terre cuite creusées à même le sol. Ses vendanges, à la différence des miennes – cantonnées à un lopin de terre cultivé en amateur, avec mon grand-père qui m'expliquait comment couper une grappe sans faire souffrir la plante face à des pieds de vigne pas plus hauts que l'enfant de cinq ans que j'étais alors –, constituaient une épopée. Chaque vendange virait à l'attaque céleste, les pieds de vigne étaient des chênes et le vin, un nectar divin. J'aurais voulu qu'il fasse comme mon grand-père et sorte une paire de ciseaux, je lui aurais montré comment sectionner la grappe de *verdeca* aux grains minuscules, aussi petits que des yeux de poisson. Ses grands-parents à lui aussi s'étaient rencontrés un soir d'été, entre les notes plaintives d'un instrument de musique. Nous étions bien plus proches que ce que nous croyions. On aurait dit un ange, avec ses bras enroulés autour d'un coussin en mousse ; je l'embrassais pendant son sommeil, puis je portais des cols roulés pour dissimuler les bleus causés par les morsures sur lesquelles débouchaient nos baisers.

Un soir, il me donna rendez-vous au métro Mariendorf, les rues jonchées de feuilles, le col de nos manteaux relevé, quelques étincelles de neige annonçant la bourrasque. Nous pénétrâmes dans un immeuble aux fenêtres en PVC, dépourvu d'ascenseur ; au dernier étage nous attendait un jeune Turc en caleçon, les sourcils noirs et fournis et les pectoraux glabres. Il nous demanda si c'était la première fois que nous venions, Andria répondit pour nous deux. Le garçon se lança alors dans un long sermon, je compris à son air las qu'il avait dû le prononcer un millier de fois. Nous nous déshabillâmes dans une petite pièce attenante et une femme zélée en uniforme blanc semblable à celui d'une infirmière – exception faite des bordures amarante sur ses épaulettes – nous donna deux serviettes à nous enrouler autour de la taille. Nous nous retrouvâmes parmi une douzaine d'hommes barbus qui fumaient le narguilé. Ils étaient nus et la fumée aromatique qu'ils libéraient me chatouillait les narines. Andria me caressa entre les jambes. Un homme s'approcha depuis le fond de la salle, bouffi, le visage barré par une barbe mal entretenue, les paupières tombantes. « Je peux te sucer ? », me demanda-t-il.

C'était la première fois que je recevais une sollicitation aussi explicite, il y avait toujours eu, auparavant, la médiation de la musique, ou bien un signe, un regard, un sourire. Je répondis par la négative, parce que la réticence aussi doit s'exercer – or pour moi le refus était une nouveauté. Le gargouillis de l'eau parfumée dans les pipes à narguilé m'hypnotisait. Mélasse, fleurs et tabac. Andria me tendit la chicha, forma trois ronds de fumée. Je mordis le bec pour aspirer, le filtre était aussi dur qu'un os, je fermai les yeux, la main d'Andria sur ma tête et l'autre au-dessus de mon genou. Je fus alors projeté dans un lieu vieux de trente ou trente-cinq ans : j'étais à Martina, l'automne avait commencé depuis un bout de temps et nous allions bientôt transvaser en bouteilles le moût fermenté dans les grosses jarres en terre. Ma mère était assise sur une chaise basse, sa jupe relevée au-dessus des genoux, elle remplaçait les bouteilles vides par des bouteilles pleines. Mon père plongeait un tuyau en caoutchouc de vingt centimètres de long dans le récipient qui contenait le vin nouveau, il aspirait en posant ses lèvres à l'extrémité opposée, le vin parcourait le tuyau, mû par la raréfaction de l'air. Quand le vin atteignait ses lèvres, mon père introduisait la canule dans la bouteille, ou dans la dame-jeanne posée en contrebas, pour respecter le principe des vases communicants. Il soulevait la bouteille et me montrait le flux qui ralentissait avant de s'arrêter et de reculer ; l'effet créait de fascinantes petites bulles d'air dans le tuyau. « Viens, Francesco, aspire », disait-il, et après avoir posé la bouche sur le caoutchouc du tube, j'aspirais et sentais le flux, fort et âpre contre mes dents. Je n'arrivais jamais à éviter de boire cette gorgée de vin astringent. La famille Veleno au grand complet participait au rituel des vendanges.

Quand nous fûmes dans la rue, tandis que la neige fondue se transformait en vraie neige, une grappe d'ombres humaines sur le trottoir d'en face nous appela en sifflant, comme des bergers hélant leur troupeau. Pendant tout l'après-midi, Andria avait aspiré la fumée avec une grimace de joie béate, mais au sifflement moqueur, son air se fit grave, ses yeux s'étrécirent. Un objet fendit le rideau de neige en scintillant et atterrit sur la carrosserie d'une des voitures garées près de nous. C'était un briquet. Juste après, on nous lança une cannette de bière, une pierre, puis nos agresseurs prirent la fuite en hurlant « *Schwuuuul* » et en continuant à siffler telle une horde de merles.

Andria traversa la rue et se lança à leurs trousses. Il réapparut peu de temps après avec un sac en tissu et un béret de laine, butin de l'affrontement. Il me sourit tristement. « Rentre chez Claudia, ce soir, je veux rester seul. » C'était un ordre. « Oui », répondis-je mécaniquement.

Les phares des voitures déclinaient, seul un bus jaune de banlieue ronronnait en bringuebalant lentement sur les pavés irréguliers. Andria disparut dans ce bruit et je restai planté là, sans sentir ni le froid ni la peur, juste le soupçon de ne pas pouvoir vraiment compter sur lui.

J'écrivis un message à Claudia, l'appelai, mais elle ne répondit pas. Je fus assailli par une jalousie irrationnelle.

« Qu'est-ce qu'il se passe ? », me demanda-t-elle quand elle finit par me rappeler, alors que j'étais allé m'abriter dans le vestibule d'un club minable, le premier que j'avais trouvé, plein de toxicos et de punks loqueteux.

« Andria m'a dit de rentrer chez toi, il ne veut pas de moi ce soir.

— Qu'est-ce que tu lui as fait ?

— Rien.

— C'est peut-être ça le problème. »

Ce que je pouvais la détester quand elle faisait ça. Elle avait toujours réponse à tout et je m'inclinais aveuglément devant chacune de ses vérités. Mais pas cette fois. Cette fois-ci, je me bornai à garder le silence.

« Frank, je suis sur le point de baiser avec un gars que j'ai rencontré sur Tinder il y a deux heures.

— Tu me demandes de ne pas rentrer, c'est ça ?

— Si, rentre, mais je veux que tu saches ce qui t'attend.

— Beau gosse ?

— Il a la moitié de mon âge.

— Tu ne m'as pas répondu.

— Disons que je vais explorer un territoire inconnu. Ce sera plus une recherche ethnographique qu'une partie de baise.

— Donc Andria m'a largué ?

— Pourquoi tu ne l'as pas suivi pour lui poser la question à lui ? Pourquoi tu n'oses pas l'affronter ?

— Il fait froid, ici, je ne comprends pas un mot de ce que les gens me disent.

— Il faut que j'y aille maintenant. »

Elle était en train de me donner une leçon et j'en étais conscient. Pour cette raison précise, je ne la rappelai pas.

Quelques minutes plus tard, j'eus un rapport non protégé avec un inconnu dans ce club sordide, je le vécus de la pire des manières possibles, avec honte. Je fus rongé par des pensées lugubres. Une partie de moi désirait encore la jouissance des prêtres, que j'imaginais logée sous une mystérieuse couche de masturbations et de pollutions nocturnes, mais ascétique, sans odeur, sans sueur, sans contact, obsessivement onaniste. Exactement comme avait été mon amour pour Claudia, toutes ces années.

Nous étions des citoyens européens libres de nous déplacer à l'intérieur d'une enceinte, sauf que le monde d'Andria se trouvait hors de cette enceinte. Notre Europe débarrassée de ses murs n'était pas celle d'Andria. La Géorgie n'appartenant pas à l'Union européenne, il était obligé de quitter l'Allemagne à la fin de validité de son permis de séjour. Je sentis la pointe d'une pierre glacée me parcourir l'échine – quelqu'un décidait à notre place. Je suis désolé, Claudia, mais on ne peut pas aller au-delà de l'horizon qu'on a devant nous. Ceux qui viennent de plus loin ne resteront à nos côtés que le temps de comprendre que les frontières auront toujours le dernier mot.

Il n'y eut pas d'adieux larmoyants. Le premier homme dont j'étais en train de tomber amoureux était parti après m'avoir brusquement salué sous une tempête de neige, la peau encore parfumée de chicha et de mélasse. Dans l'un de ses derniers messages, il m'écrivit qu'il avait toujours aimé mon chaos linguistique, la façon dont j'avais inventé une langue, notre langue, comprise seulement de lui et de moi. Maintenant qu'il était parti, j'allais devoir me contenter de ces mots. Claudia eut droit à plus de détails. Il avait décidé de couper court aux au revoir car il avait l'espoir de revenir. Ni Claudia ni moi ne croyions à ce projet, si bien qu'un après-midi au ciel couleur argile, nous nous disputâmes. Nous étions debout contre la fenêtre qui donnait sur la cour, elle buvait des gorgées de tisane en serrant la tasse entre ses deux mains, comme si elle voulait s'imprégner de toute sa chaleur. Les interminables hivers nous réduisaient à la même posture, deux grandes phalènes au ventre collé à la vitre cherchant à se nourrir des dernières lueurs du jour. Le froid gelait les branches de l'orme dans la cour.

« Tu aurais dû l'épouser, lâcha-t-elle en soufflant sur sa tisane.

— L'épouser ? »

On disait que l'orme était l'arbre des sabbats.

« Oui, c'est toi qui devais l'épouser vu que c'est toi qui l'as eu en dernier. »

Son ton était parfaitement neutre.

Je me tournai pour cueillir dans ses yeux le sens de ses propos.

« Je ne connais que des mariages malheureux, et tu le sais bien.

— Ça aurait été le premier mariage heureux de notre vie, fit-elle, dépitée.

— Seulement si tu te mariais avec nous toi aussi. »

Une ombre lui parcourut le visage.

« Ma mère s'est remariée.

— On n'arrête jamais de faire des erreurs. »

Enfin, après des mois, Claudia me parlait de sa mère.

« Je ne t'ai jamais dit de quelle façon j'ai su, pour leur mariage. Elle m'a envoyé le faire-part, je ne sais pas comment elle a fait. Mais elle a réussi à me retrouver pour m'humilier.

— Ce n'est pas une humiliation.

— Elle croit qu'elle m'humilie parce qu'elle se marie deux fois alors que moi je suis vieille fille. Dans son monde, ça marche comme ça.

— Voilà, c'est son monde, pas le tien.

— Je me sens humiliée parce qu'elle m'a retrouvée, où que j'aille, elle me retrouvera toujours. Nos origines restent accrochées à nous comme une énorme tache de vin, tu peux mettre tous les vêtements que tu veux, quand tu te déshabilles, tu la vois. »

Nous avions quitté nos familles en emportant avec nous de profondes blessures, mais nos familles, elles, ne nous avaient pas quittés.

Nous ne pouvions pas capituler devant Etta et nos démons, aussi me lançai-je dans un sulfureux monologue, comme si sa mère était là pour nous entendre, comme si je voulais la scandaliser. Je racontai l'une des aventures que nous avions vécues, Andria et moi, dans un de ces infernaux clubs *only men*, ces endroits où les corps finissaient soudés les uns aux autres, indistincts, où la pudeur se pulvérisait et où il nous arrivait de pleurer parce que l'acmé de la douleur coïncidait avec celle du plaisir. Je lui dis que j'avais arrêté d'avoir peur des maladies. Quiconque entrait dans un endroit pareil se libérait du mal en expérimentant un autre type de mal. J'avais vu de mes yeux le dépassement des limites du corps humain, le voyage vers l'extrême.

« Tu vois trop de mort dans le sexe, Frank, dit-elle dans un filet de voix. » Puis elle ajouta : « Je ne comprends pas pourquoi Andria n'a pas lutté. » J'en restai coi. Comme si de tout ce que je lui avais dit, la seule chose qui comptait était le regret d'Andria.

« Toutes les personnes que j'aime s'en vont, Erika, Andria, alors que ma mère…

— Moi, je reste ici.

— Tu t'en iras aussi.

— Je te promets que non. »

Et je le répétai avec toute la solennité dont j'étais capable.

Une légende nordique raconte que la femme à l'origine de l'humanité était un arbre – un orme, plus précisément. Je passai tous les crépuscules des jours suivants à regarder l'arbre dans la cour, cristallisé par la glace, refléter les lumières des immeubles alentour.

Nous n'osions pas nous le dire, mais nous nous sentions dans la U-Bahn un peu comme dans un village. Nous y côtoyions une infinie variété d'humains, de figurants, d'abîmes ou de démesures, mais nous semblions au bout du compte tous nous reconnaître. Sur son compte Instagram, Claudia s'était mise à publier de petits portraits pour accompagner les photos qu'elle prenait avec son téléphone pendant ses pérégrinations urbaines : la hachette d'un homme hurlant contre de mystérieuses présences, une fausse main à peine visible dans un manchon de fourrure, une barque, d'énormes plantes sous lesquelles se cachaient des humains, des fauteuils roulants recouverts de fanfreluches militaires, des violons en plâtre et des déguisements bigarrés. Elle aimait l'enseigne bleue du métro avec la lettre U et la voix enregistrée qui coassait « *Aufsteigen, bitte* », « *Zurückbleiben, bitte* ». Elle était fascinée par cette aliénante invitation à monter ou à rester en arrière, par la possibilité, peut-être, de saisir quelque chose d'un peuple en écoutant simplement les haut-parleurs dans le métro. À

Milan, l'obsession était de ne pas franchir la ligne jaune, à Berlin, de faire en vitesse ce pour quoi on était venu.

La seule fois où elle ne s'exécuta pas, ce fut quand elle tomba sur la chasseuse de têtes rencontrées lors d'un de ses entretiens d'embauche. Elle se rappela la discussion surréaliste sur le soleil et la vitamine D. Claudia la reconnut dans la U-7, vêtue d'une doudoune noire qui lui arrivait jusqu'aux pieds et d'un bonnet en laine, mais sans le visage inquiet et tendu de leur première rencontre. Elle la salua en souriant tandis que les wagons jaunes secouaient les voyageurs agrippés aux poignées.

« *Was für ein Zufall !* lança Claudia.

— Oui, fit la femme en italien. »

Claudia en resta bouche bée. Elle était calabraise, s'apprêtait à redescendre dans le Sud.

« Adieu gélules de vitamine D, je veux le soleil.

— Tu as trouvé un travail ?

— Non, ma mère est en train de mourir. »

Claudia s'arrêta pour regarder cette doudoune noire sortant du wagon jaune, pressant le pas vers une destination aussi lointaine que l'origine de sa respiration.

Claudia passait de moins en moins de temps à la maison de retraite. Elle avait décidé depuis peu de confier la préparation des menus à une entreprise de restauration collective ; en avait assez de devoir porter un uniforme et d'avoir toujours l'air gentil. Elle dit qu'elle allait bientôt pouvoir travailler de chez elle et réfléchir à une application qui mettrait en relation les traiteurs et les maisons de retraite.

« Allons nous baigner », proposa-t-elle un jour.

L'espace sentait l'enduit et la peinture, la cour était jonchée de tas de feuilles gelées : une partie était encore en construction, comme tant d'autres choses dans cette ville où par moments les grues remplissaient le ciel telles des nuées d'oiseaux migrateurs. À l'entrée, un homme en béret de feutre s'excusa pour le piètre aspect de la structure et ajouta que les travaux seraient achevés d'ici à une semaine. Il nous tendit des serviettes moelleuses avant de nous escorter le long d'une allée de pierre qui menait à la piscine, l'air tiède – et le vent qui sifflait à l'extérieur.

La porte coulissante se referma derrière nous. Des corps nus s'amassaient sur les bancs, seul un homme portait un peignoir, et au milieu de cette communauté de nudistes, il paraissait le plus scandaleux de tous.

Ce ne fut pas la serviette qui glissa, mais Claudia qui s'en libéra. Je la rejoignis dans la piscine chaude, sans vêtements moi non plus. « Il faudrait une heure de nudisme pour tout le monde. »

Sa voix était amplifiée par le très haut plafond qui ressemblait davantage à celui d'une église que d'une piscine.

Je prenais conscience de la carnation claire de Claudia. Sur le rectangle de peau entre son pubis et son ventre, l'élastique de son slip avait laissé une marque.

« Mets la tête sous l'eau, m'ordonna-t-elle.

— Oui, maître. »

Immergé dans l'eau vert et blanc, j'écoutai la musique qui s'échappait des enceintes subaquatiques, une écume iridescente accompagnait le corps de Claudia tandis qu'elle se déplaçait vers le centre de la piscine. Je ressortis la tête de l'eau et la vis, ses petits tétons roses, ses coudes écartés posés sur le bord de la piscine.

« Viens ici.

— Oui, maître », fis-je encore.

Elle me défia du regard.

« Tu le ferais avec moi, là ?

— Tout le temps.

— Même si c'était la dernière fois ?

— Je ne sais pas si je serais à la hauteur », avouai-je.

Dans l'eau chaude, je sentis sa main traverser le petit espace qui nous séparait, elle me caressa entre les jambes, émit un petit sanglot étranglé, nous étions loin des autres visiteurs des thermes. Le plaisir a une couleur et le nôtre était blanc, comme le marbre contre lequel je lui pressais les os ; neige, lait, chaux. Je pensai aux pierres de ma ville, aveuglante l'été. La chaux désinfecte les meules, purifie les granges et les cônes des *trulli*. Nous n'étions qu'un seul corps. Personne ne pouvait soupçonner que nous provenions d'un endroit où peindre à la chaux se dit « allaiter », parce que les « allaitants » nourrissent les pierres afin de les fortifier, ils leur donnent du lait comme les mères à leurs petits. Notre amour était la chaux avec laquelle nous avions nourri l'espoir du bonheur, la plus illusoire et mensongère forme de dépendance humaine.

Une crampe, une maudite douleur au mollet me força à me détacher d'elle. Le charme était rompu. Elle disparut sous l'eau.

« Claudia, attends-moi… », implorai-je et, me tournant vers les gens qui nous regardaient depuis les bords de la piscine, à peine surpris par la scène à laquelle ils venaient d'assister, j'ajoutai, en italien : « Ce n'est pas ce que vous croyez. »

« C'est bien pire ! » En même temps que sa voix aiguë, Claudia arriva, giflant l'eau et m'enlaçant.

« Ça n'arrivera plus jamais ? », lui demandai-je tandis que nous rentrions à la maison bras dessus bras dessous, comme deux ex qui se seraient énormément aimés mais ne partageraient plus le sexe, juste une grande, infinie, affection. « Tu me comprends, n'est-ce pas ? »

Nous restâmes ainsi pendant tout le trajet, Claudia recroquevillée contre moi, puis la voix métallique annonça Antonplatz, notre arrêt. Dans la rue minuscule qui conduisait à notre porte, une jeune femme nous souriait. Claudia tendit les mains, comme pour pousser un mur ou un rideau invisible. À mi-voix, elle lâcha, incrédule : « Qu'est-ce que tu fais ici ? » L'inconnue mima un baiser qu'elle lui envoya en soufflant sur la paume de sa main. « Je suis revenue. » Puis elle ouvrit sa doudoune et montra son ventre. « *On* est, en fait. » Dans son dos se trouvait une valise aussi grande qu'un coffre.

Erika était de retour en ville.

SIXIÈME PARTIE

Torschlußpanik

(subst. fém. Peur de ne pas atteindre un objectif pour des raisons d'état civil : un enfant, une famille ou un statut professionnel déterminé. Employé également en politique. Quand le mur de Berlin fut érigé, on put lire dans le *Time* daté du 18 août 1961 : « Une maladie a frappé tous les habitants du secteur Est de la ville et cette maladie porte le nom de *Torschlußpanik.* » L'origine de ce vocable remonte au XIXe siècle, quand les « portes » (*Tore*) des villes ceintes se refermaient (*Schluß*, « fermeture ») au coucher du soleil ; un jour, à Hambourg, le beau temps ayant fait sortir de chez eux de nombreux habitants, la fermeture desdites portes provoqua des mouvements de foule et des scènes de « panique » (*Panik*). *Augsburgische Ordinari Postzeitung*, n° 105, 2 mai 1808).

Tel un gong d'or, le soleil diffusait sa bienheureuse lumière sur le limpide paysage dominical. La rue était recouverte d'un tapis de fleurs jaunes apportées par le vent pendant la nuit. La petite allait bientôt naître et Claudia nous convainquit, Erika et moi, d'aller faire un tour à la brocante du coin, une longue enfilade de stands ployant sous la quincaillerie et les jouets, les chaussures usées et les livres flétris. Les enfants derrière les étals étaient tous radieux mais disciplinés, ne perdant jamais de vue leur objectif : vendre le plus de choses possible. Peut-être allaient-ils faire des échanges entre eux, le petit blond achèterait l'épuisette bleue au petit brun, qui achèterait un gnome en bois au gamin aux pieds géants, et le gamin aux pieds géants achèterait à son tour un éventail à la petite fille aux cheveux coupés à la garçonne. Une compétition faisait rage, sans doute, pourtant aucun des adultes n'aurait voulu l'admettre.

Sur le seuil d'une porte cochère, un enfant solitaire se tenait derrière la table la plus richement garnie. Il avait l'air effroyablement triste. Son stand était séparé de tous les autres d'une cinquantaine de mètres. Le gamin était trapu, une mâchoire de molosse ; sa mère se tenait à côté de lui dans la pénombre du hall, une mâchoire de molosse elle aussi. Je restai à les observer plusieurs minutes : personne ne s'arrêtait pour acheter quoi que ce soit parce que personne ne passait par là, pas un seul des enfants qui parcouraient la piste cyclable avec leurs vélos colorés et leurs casques sur la tête ne lui accorda un regard. De trois sifflements brefs et aigus, Erika m'arracha au spectacle : « Ne te perds pas, Francis. »

Pendant les dernières semaines, j'avais eu l'occasion d'apprécier sa vitalité magnétique. Elle était intelligente et dynamique, le genre de personnes qui ne se résignaient jamais. L'expression qui brillait dans ses yeux disait qu'elle ne prenait rien totalement au sérieux. Dès le début, elle m'avait traité comme un enfant ou, pire, comme un petit animal domestique qu'elle prenait plaisir à tourmenter : ayant perdu mon travail, je restais à la maison en qualité de *Hausmann* (comme on appelle ici les hommes qui s'occupent des tâches domestiques), tandis que Claudia était plongée dans le lancement de son entreprise de traiteur.

Elles firent halte devant un stand surchargé de vêtements, Claudia montra à Erika une grenouillère bleue avec des boutons rouges ; un enfant joufflu les fixait, dans l'expectative. Ni lui ni ses parents ne pouvaient se douter que ces deux femmes parlaient en fait de tout autre chose.

« Tu es sur Tinder ? » avait demandé Erika sur un ton innocent, mais avec un regard qui trahissait à quel point elle était consciente de mettre Claudia mal à l'aise.

« Je m'amuse, c'est tout, lui répondit cette dernière.
— Un repaire de maniaques sexuels et de tocards. »

Elle savait comment la mettre en rogne (un de ses précieux talents).

« Qui te dit que je ne suis pas une maniaque et une tocarde, moi aussi ?

— Tu es une déesse, je ne laisserai aucun tocard te toucher. » Erika avait relevé la tête d'un coup, ses cheveux noirs emprisonnés dans une queue-de-cheval giflés par le mouvement.

« J'ai fréquenté pendant quelque temps un gars très jeune, un petit plaisir coupable », admit Claudia.

Son profil Tinder affichait : « Pas de One-Night Stand, 1.80. Multitasking. J'arrive à marcher et respirer en même temps. » Plus d'un type lui avait demandé : « Ça veut dire quoi *marcher et respirer en même temps* ? »

Claudia aussi avait remarqué le stand devant la porte cochère. Elle replaça d'un doigt ses lunettes de soleil sur son nez, haussa les épaules et traversa la rue pour rejoindre le garçon à la mâchoire de molosse. Il ne fit pas un geste, même si son expression obtuse commença à se détendre. Claudia sourit et demanda quelque chose. L'enfant répondit, sérieux, au garde-à-vous, et montra un ballon coloré. Claudia souleva ses lunettes sur sa tête, échangea quelques politesses avec la mère, puis fit apparaître entre ses doigts noueux un billet de vingt euros. Le visage de l'enfant s'éclaira tandis que la mère, dans la pénombre, cherchait dans ses poches de quoi rendre la monnaie. Claudia fit non de la tête, elle ne voulait rien.

Elle retourna auprès de nous avec un ballon rose et lilas à l'effigie de la Reine des Neiges.

« Vingt euros pour ça ! la houspilla Erika.

— Un enfant n'a jamais envie de vendre son ballon. S'il le fait, il mérite une récompense.

— Et pourquoi tu l'as pris, alors ? intervins-je.

— Parce qu'il est à sa sœur.

— Il vend les affaires de sa sœur ? demandai-je, presque outré.

— Il n'a plus de sœur.

— Super, tu as acheté le ballon d'une morte, fit Erika.

— On a soulagé ce gamin d'un poids.

— Je n'en veux pas.

— On va le donner à Francesco, il saura quoi en faire. »

Puis elle me tendit le ballon lisse et propre, qui sentait le caoutchouc. À cet instant, je me dis que c'était l'objet le plus précieux du monde. Il avait une histoire à raconter.

Quand nous rentrâmes à la maison, Erika vint dans ma chambre pour me regarder serrer le ballon entre mes mains. « Elle l'a vraiment fait, alors. Elle t'a donné le ballon de ce gosse. » Son visage pâle se colora. « À mon avis, Claudia a inventé l'histoire de la frangine morte. » Puis elle ajouta, à mi-voix : « Conserve ce ballon, Francis ! »

Depuis que nous étions trois, nous avions pris l'habitude de chuchoter. De complices alliances se nouaient entre Erika et moi, Erika et Claudia, Claudia et moi ; nous parlions en faisant attention à notre respiration, en nous fiant à la température du corps qui nous faisait face ; nous étions si proches que nous n'avions qu'à tendre l'oreille.

Je gardai le ballon parce que c'était ce qu'elles voulaient, toutes les deux, sans oser l'avouer. Leur rapport reposait sur l'occupation des espaces. Claudia avait fait du tri, s'était débarrassée du superflu : petites boîtes, casseroles, chaussures. Tout avait était empaqueté et laissé dans le hall de l'immeuble avec une pancarte : « *Geschenk zu mitnehmen* ». L'appartement avait été réorganisé en fonction d'Erika, avec diplomatie et sens pratique. Claudia lui avait cédé sa chambre, et dans la mienne – la nôtre, à présent – elle avait installé un futon. Elle avait également trouvé la clinique dans laquelle Erika allait accoucher, en se procurant grâce à ses contacts de la maison de retraite les coordonnées d'une gynécologue réputée.

Erika et elle cuisinaient ensemble, s'endormaient enlacées comme autrefois et méditaient l'une en face de l'autre en écoutant une mélodie interrompue par un gong toutes les dix secondes, tandis que se créait autour d'elles un champ énergétique, leurs mondes intérieurs migrant d'un corps à l'autre, exhalant ressentiments et regrets. Claudia disait percevoir comment sa douleur se muait en un léger fardeau ; Erika nous confiait qu'elle observait sa respiration jusqu'au moment où elle entendait résonner en elle la voix de sa fille adulte.

Trois semaines semblaient trois ans. Avec diligence, nous avions préparé la couche sur laquelle Erika passait ses journées dans l'attente de la naissance. Elle occupait la moitié du canapé, les jambes détendues et les pieds sur un pouf, les cheveux ébouriffés, le visage tourné vers la fenêtre, comme si l'orme était un puissant aimant et qu'il attirait l'attention de nos cœurs métalliques. Nous étions devenus si proches, Claudia et moi, que lorsque nous prenions soin d'Erika, nous arrivions à communiquer sans nous parler. À d'autres moments, Claudia s'exprimait en dialecte, à croire que la confrontation quotidienne avec une nouvelle langue faisait remonter des profondeurs certaines expressions de nos grands-parents. Elle me traitait de *sciulisciato* (bordélique), et, Erika, de *scecuscitata* (paresseuse et insouciante) – et ce mot me faisait penser à *scuciti,* décousus, ce que nous étions, dans le fond : comme si le fil qui nous liait ne retenait pas vraiment l'étoffe dont nous étions faits.

Avec Erika, nous avions des hauts et des bas. Nous étions trop névrosés : deux névrosés ensemble se repoussent mutuellement tels deux ions portant une même charge électrique. Erika se remettait d'une histoire difficile. Mario, le père de l'enfant, était décrit comme un médiocre béatement fier de sa propre médiocrité, un type qui, face à *La Joconde*, lançait : « Moi, cette Joconde, je trouve qu'elle a l'air d'une conne, et en plus, c'est un laideron », en espérant récolter l'assentiment libérateur de ses interlocuteurs. Erika l'avait rencontré pendant une croisière avec ses parents, à son retour de Berlin. Il travaillait sur le bateau, portait un uniforme blanc qui le grandissait, tandis que sa peau tannée par le soleil le vieillissait. En fait, ils avaient le même âge. Ils couchèrent ensemble au bout d'une heure, il se montra féroce, expéditif. Erika l'identifia comme un *crâne vide*, or, à ce moment-là, elle avait justement besoin d'être débarrassée de toute pensée.

Il ne se rendait pas compte de sa chance, lui qui vivait tout le temps en mer ; c'était cet aspect de lui qui plaisait à Erika. *Le vide et la mer*. Ils restèrent ensemble un an. Lui la trompait continuellement, elle le savait, s'en fichait, n'était pas amoureuse et sentait qu'elle allait bientôt se mettre en quête d'un plein après tant de vide.

Sauf qu'elle tomba enceinte, malgré toutes ses précautions. Mario prit la pire des décisions : il n'en prit aucune. Les mois passèrent. Quand j'écoutais son histoire, j'avais l'impression, hélas ! d'en connaître par avance tous les chapitres, comme si cet homme constituait une espèce d'étalon des hommes au milieu desquels j'avais grandi, et même, dans une infime mesure, de moi-même. Erika nous raconta, scandalisée, que quand elle avait envie de faire l'amour, il lui disait : « Il y a mon fils, là-dedans, on ne peut pas » – son fils qui était une fille, finalement, même s'il s'évertuait à en parler comme d'un garçon. Erika avait écrit un message à Claudia : « Je reviens chez toi, je veux faire naître ma fille à côté de la seule personne qui m'ait jamais comprise. » Mais elle ne l'avait pas envoyé, s'était contentée de l'enregistrer dans ses brouillons de mails, un puits d'actes manqués, d'insultes et de repentirs, de déclarations folles et d'appels à la compassion. Erika n'était qu'omissions. Sauf lorsqu'elle s'était pointée devant chez nous, la seule action possible.

Erika était orgueilleusement autonome, m'avait même fait un procès, un jour, parce qu'elle trouvait que je regardais trop son ventre, et que je l'avais caressé en donnant l'impression que c'était une partie distincte de son corps. « Mon ventre n'est pas un chien ! »

Je l'aidai à se relever du canapé et l'accompagnai jusqu'à son lit. Lui demandai si tout allait bien, ce à quoi elle me répondit en essayant de me rassurer : « Je suis juste très fatiguée, on a trop marché. »

Elle s'allongea sur le bord du matelas, en position fœtale ; dans l'obscurité, je sentais la présence de Claudia mais ne parvenais pas à comprendre où elle était. Puis j'entendis un bruit sourd et compris qu'elle nous avait rejoints sur le lit.

« Cette nuit, je reste ici avec toi », lui dit-elle en chuchotant.

Je retournai à mon film. Entendis l'une d'elles tousser mais ne cherchai pas à me demander laquelle. Une pensée scandaleuse avait fait son chemin en moi et je la mis en pratique. Je retournai dans la chambre où Claudia et Erika reposaient comme deux cuillères à dessert, l'une imbriquée dans l'autre, la respiration régulière. Celle de Claudia était à peine perceptible tandis que celle d'Erika était plus ronde. Je tendis la main vers le lit, chaud. Elles étaient toutes les deux étendues par-dessus les couvertures, à croire qu'elles attendaient le sommeil pour se déshabiller et se glisser sous les draps. Je m'allongeai derrière Claudia comme une troisième cuillère, plaçant entre mon ventre et son dos le ballon qu'elle avait acheté à l'enfant, le caoutchouc propre et lisse nous séparait et nous unissait en même temps, d'une façon presque indissoluble. Je sentis son chaud poignet sur mon visage. Andria me manquait et je l'évoquai de toutes mes forces, dans les cheveux de Claudia. Il existe des moments qui ressemblent à ces coquillages dans lesquels les enfants disent entendre la mer. La mer roula dans ma tête pendant une heure au moins, puis la faible lumière de la table de chevet s'alluma comme un battement de phalène, Erika se redressa dans le noir, tel un spectre, le visage déformé par une grimace de terreur. Par réflexe, je serrai le ballon contre mon ventre. La tête de Claudia se souleva et elle murmura, la voix légèrement pâteuse, une phrase qui m'arriva comme un pic à glace dans la poitrine :

« Tu les as perdues ? »

À mes oreilles de naïf usager des Saintes Écritures, le mot manquant évoquait la mer Rouge de Moïse.

Claudia passa son manteau, appela un taxi, escorta Erika sur trois étages en la soutenant par l'avant-bras. Elles traversèrent le long jardin, le ciel noir zébré d'éclairs. Les premières gouttes furent lourdes et froides. Je suivais Claudia et Erika en traînant une valise qu'on m'avait mise dans la main puis, aussitôt après, regardais la ville gommée par la pluie à travers le pare-brise, le chauffeur de taxi turc soliloquant dans sa langue, les flaques explosant sous les pneus.

Erika et Claudia disparurent derrière les lumières bleutées d'un ascenseur. Je restai dans le hall à sécher mes cheveux ; autour de moi, des femmes voilées et des hommes en turban, strictement répartis en fonction de leur genre et de leur nationalité. Il n'y avait plus qu'à attendre. J'attendis un temps vide et indéfini, jusqu'au moment où les lames argentées de l'ascenseur me restituèrent Claudia, le visage tendu.

Elle avait pleuré. Au bord de ses paupières brillaient de minuscules résidus blancs, comme quand la mer sèche sur la peau. Je lui caressai les cheveux.

« Rentrons à la maison, il ne pleut plus, dit Claudia tandis qu'elle tirait brusquement sur la fermeture Éclair de sa veste.

— Et Erika ? demandai-je.

— Elle ne veut pas que je reste avec elle. Elle m'a dit qu'elle voulait être seule ou avec Mario.

— Mais il n'est pas là.

— Voilà. Elle a préféré personne à moi.

— On ne peut pas partir, protestai-je, lui opposant un soupir dépité.

— Bien sûr qu'on ne peut pas, mais moi je me suis coltiné tous ses problèmes, je l'ai empêchée de sombrer, j'ai essayé de lui donner de l'amour, la seule force que j'ai. J'ai été loyale. »

Ses yeux brillaient, il n'y avait plus de sel au bord de ses paupières, de nouvelles larmes l'avaient dissous. Elle enfila son bonnet, un reflet bleu s'alluma sur sa tête. Je perçus la rupture, ce moment où nous ne sommes plus nous-mêmes, mais des fragments.

« Compte sur moi. »

Ce fut la seule chose que je parvins à dire, une phrase toute faite que j'utilisais pour conclure mes transactions à l'époque où j'étais encore agent immobilier.

« J'ai toujours pu compter sur toi. »

Ses lèvres se posèrent ingénument sur les miennes, puis elle recula pour s'assurer que j'avais bien compris : ce baiser scellait un amour spécial et chaste.

« On y va ?

— On y va, répétai-je. »

Elle fit quelques pas, puis s'arrêta soudainement devant l'entrée.

« On est pas en train de faire une connerie ? »

Son expression avait changé, comme si la tension venait d'être balayée par le vent.

« À mon avis, oui. »

Elle laissa échapper un petit rire.

« Je suis aussi nerveuse que si c'était moi qui devais le mettre au monde, cet enfant. »

Un pâle rayon de soleil illumina la salle d'attente. Je m'étais endormi sur un banc, des voix inconnues ou méconnaissables discutaient à mes oreilles, puis celle de Claudia se détacha, limpide.

« Elfo pèse presque trois kilos et va très bien. »

Nous attendîmes la toute fin de l'Avent pour faire notre première sortie familiale. Les semaines qui avaient suivi l'arrivée d'Elfo avaient été frénétiques et sans sommeil. Toute en dentelle blanche et broderies – trousseau de mariage d'une Polonaise retrouvé dans un coffre acheté aux puces par Claudia –, la petite semblait sortie d'une de ces photos granuleuses encadrées de bois, d'un daguerréotype de campagne ; rien à voir avec les tissus colorés avec lesquels Claudia l'arrimait à sa poitrine pour la porter.

Nous n'arrivions pas à nous empêcher de l'appeler Elfo. À quarante ans, l'habitude prend le dessus sur les bonnes résolutions, nous commettions des erreurs que nous nous promettions aussitôt de ne pas répéter. Nous comptions sur le fait que son enfance serait meilleure que la nôtre, que personne ne lui interdirait de lire *Fifi Brindacier*. Sur son acte de naissance apparaissait le nom « Elisa Fortuna » : Claudia l'avait proposé, Erika avait accepté. Mes ancêtres auraient été fiers d'un choix aussi conservateur de la part de la personne la moins conservatrice que j'aie connue, et pourtant, cet hommage me mettait mal à l'aise, comme si un obscur mystère planait sur les relations entre ma mère et Claudia et que je n'étais pas capable de le percer.

Le bébé grossissait bien et ne montrait aucun signe de paresse, contrairement à ce qu'avaient soupçonné les pédiatres dans les tout premiers temps, quand elle s'accrochait au sein d'Erika sans parvenir à téter. La paresse avait disparu dès l'instant où son père biologique avait renoncé à son autorité parentale. Aucun de nous ne crut à un hasard.

Nous jugions Mario mesquin, machiste, nous avions adopté le surnom que lui avait donné Erika : *le vide et la mer.* Cependant, je vis dans son refus de reconnaître sa fille non pas le symptôme de sa lâcheté mais un éclair de lucidité. Erika, elle, en conçut un profond ressentiment, une blessure ouverte.

« Il réapparaîtra quand elle aura grandi, la rassurait Claudia.

— Oui, mais juste pour voir si elle n'est pas devenue un garçon, rétorquait Erika, sarcastique.

— Alors, mon petit Elfo d'amour, on a bien mangé ? s'enquit Claudia d'une voix mielleuse.

— Elle ne peut pas te répondre, il n'y a pas de différence entre un chien et ma fille, pour l'instant ! dit Erika, mais Claudia posa les genoux et les deux paumes de ses mains à terre et se mit à aboyer en tirant la langue, feignant d'agiter la queue, la respiration aussi haletante que celle d'un chien excité.

— Enfin, une fille t'a mise à quatre pattes », se moqua Erika.

La petite avait adouci son ironie, l'avait rendue moins caustique, ce n'était plus la couverture qu'elle remontait sur elle-même quand elle ne voulait pas se montrer apeurée. Cette fille arrivée par hasard était en train de façonner sa nouvelle identité, et seule Claudia était capable d'en saisir toutes les nuances.

Illuminations de Noël, joyeux bric-à-brac de babioles et de friandises, tasses en terre cuite, nougats, capuchons en laine, Glühwein chaud dans des verres en carton, harengs fumés, noisettes caramélisées. Je manœuvrais la poussette en proie à une légère panique, que je cherchais à dissimuler sous des sourires festifs. Dans l'obscurité piquetée de guirlandes scintillantes, je regardais sans cesse mon téléphone avec le désir obsessionnel d'y trouver un message d'Andria. À présent sa disparition avait le goût amer d'une trahison – et elle semblait valider une idée reçue : en amour, celui qui gagne est toujours celui qui s'enfuit. Mais que gagne-t-il, et surtout, à quel prix ? Quelle tristesse que de concevoir l'amour comme un duel auquel il faut se soustraire !

Claudia ne supportait pas de me voir devenir mélancolique. Elle pointa l'index au ciel, comme pour dire « Écoute ».

« Une église, dit-elle. Ça te dit, une messe tous les deux ?

— Je me sens rouillé, lui répondis-je.
— Comme prêtre manqué ou comme fidèle ?
— Je suis une âme perdue. »

Claudia rit. Erika nous laissa seuls en disparaissant dans la brume avec la poussette.

Nous nous retrouvâmes serrés l'un contre l'autre sur le banc de sapin tels un bouton et sa boutonnière, tandis qu'autour de nous s'élevaient les notes de l'orgue et la voix flûtée d'un curé sud-américain. L'église embaumait d'un encens résineux, moins âpre que celui auquel j'étais habitué, la nef était soutenue par des arches élancées ; l'ostensoir étincelant m'hypnotisait ; je calquais chaque mot allemand sur les strophes italiennes que je connaissais par cœur. Le *Credo*, le *Mystère de la foi*, le psaume responsorial, le *Notre Père* et le « Donnez-vous la paix », tous avaient des sons différents mais un rythme inchangé. Et qu'est-ce qu'une célébration sinon la répétition précise, inaltérable, d'un rythme donné ? Un rythme qui nous unissait, Claudia et moi : deux corps, deux langues, deux cerveaux, deux cœurs, un seul Dieu miséricordieux que j'invoquais : « Garde-la toujours près de moi… »

Nous nous serrâmes la main au moment de la Paix du Christ en y mettant l'énergie d'un adieu. Je sentis sa peau froide et sèche. À la communion, les bancs se vidèrent, les personnes affluant en trois files très ordonnées à la tête desquelles présidaient en blanc les ministres de l'Eucharistie.

Participer à cette messe, ce fut comme sonder le cœur de notre enfance, parce que la religion qu'on apprend petit influence la spiritualité de toute une vie. Nous laissâmes vibrer nos cordes secrètes au son des chants et des prières en allemand.

« Tu sais qu'on a l'âge de nos parents quand ils se sont rencontrés ? », me demanda-t-elle à la fin de la messe.

Ce qu'elle venait de dire coïncidait avec les pensées confuses que je n'arrivais pas à mettre en ordre. Tandis que nous sortions de l'église sous les premiers flocons, je songeai que peut-être que, lorsque deux personnes méditent ou prient ensemble, elles s'empruntent mutuellement leur esprit.

« Un âge, c'est un âge, fis-je en relevant mon col et en respirant le givre.

— Le meilleur pour tout changer », répondit-elle.

Quelques jours seulement après la naissance d'Elfo, Claudia avait signé devant un fonctionnaire de mairie un document stipulant qu'en cas de mort prématurée d'Erika, elle serait garante de la petite jusqu'à sa majorité. Un simple morceau de papier à en-tête qui avait le poids d'un acte de mariage ; pour Claudia, Elfo devenait comme une fille. Et à son sujet, Claudia se posait déjà tout un tas de questions d'éducation, à la lumière de son expérience et de ses erreurs passées. Ses camarades italiens, à l'école, allaient-ils accepter qu'elle porte un prénom finissant par « o » ? Derrière ce prénom, il y avait l'espoir que la fillette grandisse à Berlin, où notre vision de la vie adhérait à la réalité.

Claudia avait enfin commencé son activité. Elle préparait personnellement certaines des quiches vegan commandées par la maison de retraite qui l'employait auparavant, et je l'aidais. Pour moi, elle acceptait exceptionnellement de contrevenir à sa rigueur bureaucratique, étant donné que je n'étais même pas inscrit au fichier des Italiens à l'étranger et que je n'avais pas fait mon *Anmeldung*, cet enregistrement obligatoire pour tout étranger souhaitant travailler en Allemagne.

Ce matin-là, Elfo pleurait. Claudia et Erika avaient tout essayé, même la saynète du chien, qui avait eu du succès par le passé. Claudia aboyait à genoux et haletait pour apaiser les larmes du bébé. « Je déteste les chiens et les enfants », disait-elle, des siècles plus tôt, pendant les rendez-vous avec ces types qui rêvaient de fonder une famille avec elle ; qui aurait pu saisir toute l'ironie qu'il y avait dans cette mise en scène ?

Jetant l'éponge, Erika tendit Elfo à Claudia.

« Je suis épuisée, ce petit monstre m'a pompé toutes mes énergies. »

Elle l'appelait comme ça, ou alors macaque, *alien*, fardeau, E.T., mais plus les surnoms semblaient dépréciatifs, plus on sentait que Erika construisait un mur protecteur autour de sa fille afin de la protéger de l'angoisse. En l'observant, je comprenais qu'elle faisait cela aussi par amour pour Claudia, cette femme qui avait grandi dans le bouillon maudit d'une mère anxieuse. Il était indéniable que l'entente entre Claudia et Erika était exceptionnelle, renforcée par la tyrannie du bébé : rien de cela n'était prévu quand j'étais parti pour Berlin. Mon idylle fugace avec la ville et Claudia s'était transformée en une somme de tâches domestiques.

Claudia prit la petite dans ses bras en pliant à peine les genoux, puis elle s'accroupit à côté de mon lit en chantant tout bas « Ninnananna », des Modena City Ramblers. Il manquait les violons et l'accordéon mais la mélodie était caressante. Sa voix s'amenuisait à mesure que la respiration du bébé grossissait, alourdie par le sommeil. Peu de temps après, Claudia et Elfo dormaient dans le même lit.

Erika et moi restâmes seuls, l'un en face de l'autre, le regard rivé sur nos téléphones posés au bord de la table, faisant chacun défiler les notifications, à peine gênés par cette situation spéculaire et silencieuse. Un coup de sonnette interrompit nos activités. Nous échangeâmes un regard interrogateur. Erika enroula autour de son cou une écharpe de laine si grande qu'elle dissimulait toute la partie inférieure de son visage et se dirigea vers l'entrée en demandant qui c'était : une voix étouffée par la porte répondit quelque chose qui sembla la satisfaire. Elle ouvrit à un garçon en veste en jean, boucles noires, moustache fournie, visage figé dans un sourire, comme s'il avait répété son texte et s'apprêtait à le réciter : entre ses bras, serrée contre sa poitrine, une boîte en carton.

« Je m'appelle Shorsh et je suis un ami d'Andria. J'ai un colis pour vous de sa part. »

Il précisa en anglais qu'il était pressé, tendit le paquet et s'en alla.

Le colis n'était pas aussi lourd que sa taille pouvait le laisser penser. Je l'agitai délicatement, comme s'il s'agissait d'Andria en personne, rétréci et enfermé sous une cloche en verre ; aux bruits sourds qui retentirent, je compris qu'il ne contenait rien de fragile.

« Avant de l'ouvrir, je voudrais réveiller Claudia, dis-je.

— Ouvre-le, allez. »

Claudia apparut, le visage encore froissé par ce très bref sommeil, et elle demanda :

« C'est quoi, ça ?

— Ça vient de votre ami », expliqua Erika.

Puis, sans se faire voir, elle me tira la langue entre son index et son majeur.

« Qui ? »

Claudia semblait abasourdie.

« Andria », dis-je.

Elle plia les genoux et poussa le paquet avec les mains vers le centre du salon.

« Ça ne m'a pas l'air très rempli. Je vais l'ouvrir. Si c'est une bombe, vous vous en tirerez et c'est moi qui finirai en tarte flambée.

— Arrêtez un peu ou je m'en occupe », dit Erika.

Je tergiversais encore quand Claudia s'arma de ciseaux, me repoussa doucement et découpa le scotch. La curiosité se mêlait d'excitation et l'excitation confinait à l'appréhension. Au milieu du papier servant d'emballage, un morceau de plastique bleu attira tout de suite notre œil : le Polaroid que Claudia avait offert à Andria. Il y avait également une photo glissée dans une pochette transparente : un autoportrait d'Andria, les lèvres tendues en un baiser. Sur la bande blanche en bas de la photo était écrit : « *Ich liebe euch* ». La boîte contenait également un sèche-cheveux, deux tee-shirts, une édition de *Fifi Brindacier* en géorgien, un cadre avec la photo de moi et Andria sur le pont de Warschauer, les cernes noirs et le visage pâle, post clubbing, quand notre seul salut résidait dans le café noir du turc Hakan.

« Je ne me le rappelais pas aussi beau gosse, commenta Erika.

— Il avait aussi une super bite, dit Claudia.

— Je vois, c'est la connaisseuse qui parle…

— Il n'y avait pas que ça, précisai-je, irrité.

— Mais une grosse bite, c'est déjà un bon début, insista Claudia.

— Presque autant qu'une grosse paire de seins, conclut Erika en déboutonnant sa chemise et en révélant sa poitrine abondante surmontée des deux sceaux pourpres de ses tétons.

— Les miens sont mieux parce qu'ils sont sans lactose », fit Claudia en la rejoignant dans la nudité.

Certains spectacles étaient quotidiens à la maison ; je compris avec le temps qu'ils avaient pour but de me faire sortir de ma coquille.

Claudia fouilla encore un peu dans le carton, tomba sur un bout de tissu marron retenu par trois élastiques bleus. Elle plissa le front. Soupesa ce mystérieux emballage. J'eus une sensation étrange, comme si ce tissu contenait la réponse à la disparition d'Andria. Je suppliai aussitôt Claudia de ralentir, convaincu qu'il était nécessaire de dilater le temps pour nous préparer à la vérité. En quelques mots, Andria prenait congé de nous en nous annonçant sa deuxième ou troisième vie. Il nous avait écrit comme si nous étions une seule personne, *Claudia* et *Francesco* : dans sa calligraphie, les deux prénoms semblaient faits pour être écrits ensemble. À l'intérieur du chiffon se trouvaient son téléphone et son visa périmé. Andria avait été clandestin bien plus longtemps que ce que nous avions imaginé. Je repensai à ce jour où Claudia avait dit que j'aurais dû l'épouser : j'avais cru qu'elle blaguait, à l'époque, mais si nous avions été un peu plus sérieux – songeai-je, alors – Andria n'aurait peut-être pas été obligé de partir.

Deux mois passèrent et les journées commencèrent à s'adoucir ; la boîte du temps était restée là où nous l'avions déballée, nous osions à peine nous en approcher. Claudia reçut ses deux premiers gros paiements, sa petite entreprise était lancée. Elle fit de l'huile extra-vierge des Pouilles la base de ses menus, pile au moment où les oliviers de ma terre mouraient, empoisonnés par un parasite. Avec elle, j'apprenais que le chaos gagnait toujours mais que lui donner une forme le plus longtemps possible permettait, à presque quarante ans, de regarder avec fierté ce qui en était sorti : un enfant ou un arbre planté, un livre, un voyage, une photographie, une digne sépulture pour la personne aimée. Et pourtant, cette boîte contenant les affaires d'Andria restait devant la porte. Elle contenait tous nos actes manqués, des plus importants (ne pas avoir épousé Andria) aux plus superflus (ne pas avoir appris un seul mot de géorgien). Nous nous étions toujours comportés avec lui comme s'il allait de soi qu'il était de passage, qu'il allait retourner où il était né – c'était peut-être ce qu'inconsciemment nous désirions. Nous sortîmes de l'impasse quand Claudia se munit d'une pelle pour aller enterrer la boîte dans le jardin de l'immeuble. Elle comptait planter un gardénia par-dessus. Penchée en avant, sa capuche sur la tête et son écharpe sur le visage, elle étouffait ses larmes. Nous pleurions parce que nous n'avions même pas eu la consolation d'un véritable adieu.

« J'ai la sensation de te connaître moins maintenant, alors que nous vivons ensemble, que quand nous étions éloignés », confessai-je.

Ses lèvres se tordirent en une grimace, elle avait un peu de terre sur l'écharpe et sur le nez.

« J'ai bien moins de secrets que ce que tu crois.

— C'est peut-être à cause d'Elfo, mais je deviens tyrannique et puéril, moi aussi.

— Et donc tu veux tout savoir.

— Oui. »

Ses yeux sévères ressemblaient à deux pièces de monnaie verdies par la mer.

« Francesco, tu sais qu'à cause d'une malédiction d'Aphrodite, Psyché ne pouvait aimer Éros que dans le noir ? »

Ses petites leçons m'avaient manqué pendant ces mois pleins d'Erika et de sa fille. Elles caractérisaient notre intimité.

« Je ne sais rien, j'apprends toujours trop tard.

— Malgré les mauvais auspices et malgré le fait qu'elle ne voyait pas Éros, les deux amants s'aimèrent profondément et joyeusement dans l'obscurité. »

La peau de Claudia bleuissait sous l'effet du froid, ses lèvres roses laissaient s'échapper des nuages de condensation. Elle continua à parler.

« Les sœurs de Psyché, jalouses de son amour, lui suggérèrent d'allumer une bougie pour découvrir le visage de son amant mystérieux. À force de pression, Psyché céda. Quand elle découvrit qu'il n'était autre que le dieu de l'Amour, ce fut le début des ennuis pour tout le monde.

— Il y a une morale ?

— Les morales, laissons-les aux mauvais maîtres.

— Tu es en train de me dire que tu me caches quelque chose pour mon bien ?

— Je suis juste en train de dire que j'accepte l'obscurité des personnes que j'aime parce qu'elle fait partie d'eux. »

Puis elle se pencha de nouveau sur sa plante en caressant la terre qui en recouvrait les racines. Les mains de Claudia avaient changé avec les années, elles étaient devenues encore plus longues et noueuses. Je les lui pris, sentis leur rugosité.

« Il y a quelque chose dans cette boîte que tu as enterrée qu'il aurait fallu que je voie ? », lui demandai-je en serrant ses mains contre ma poitrine.

Elle ne répondit pas. Et ce fut comme si elle l'avait fait.

Je regardai le muret qui séparait le jardin de l'allée sur laquelle poussaient des herbes que personne n'avait plantées : la bourrache, que la copropriété tolérait, et les premiers bourgeons violets d'hysope, que les enfants arrachaient et avec lesquels certaines femmes turques préparaient des décoctions contre le mal de ventre. J'aimais les fleurs et les plantes de cette ville, elles étaient une vérité à laquelle m'agripper. Le nouvel ordre de ma vie avait les frontières rassurantes d'un vieux continent dans lequel bon nombre de personnes ne redoutaient pas la liberté des autres. Claudia appartenait au premier cercle des Européens intégrés, avec les papiers en règle, l'enregistrement à la mairie d'arrondissement, au fichier des Italiens à l'étranger, la Sécurité sociale, la mutuelle. Moi, j'étais l'hysope et la bourrache, j'avais poussé à partir de graines aléatoires : papiers provisoires, aucun enregistrement, jobs au noir ; j'étais une herbe sauvage, ferreuse et têtue, mais qu'aucun règlement ne protégeait et qui aurait pu être arrachée à tout moment. Nous étions des dizaines de milliers dans ce cas, nous aspirions au hasard de l'humidité et de la pluie, ressentions la joie de nous trouver dans la seule patrie possible, celle où nous n'avions à répondre à personne de qui nous étions.

Comme si elle avait été une graine dans le sillon du laboureur, la boîte enterrée donna des fruits. Claudia, un soir, annonça qu'elle avait reçu un mail. Andria écrivait que « l'un dans l'autre » tout allait bien, qu'il était retourné faire les vendanges dans sa Kakhétie natale et que la nuit, il avait vu le ciel étoilé – le plus « saint » et le plus « grandiose » spectacle qu'il ait jamais pu admirer. Ces deux adjectifs nous semblèrent correspondre parfaitement à la coupole noire ourlée de lumières de notre enfance. Ils en étaient la photographie.

Le soir même, nous défiâmes notre peur atavique ; équipés d'une serviette de plage et des torches de nos téléphones portables, nous rejoignîmes le lac, sans nous dire pourquoi mais en le sachant parfaitement. Nous tâtonnâmes sur le sentier pierreux qui partait d'Indira-Gandhi-Straße et conduisait jusqu'à ce miroir d'eau. Dans une obscurité qui nous empêchait de voir à plus d'un mètre devant nous, nous descendîmes les marches d'ardoise et escaladâmes la barrière en bois. Bruissement des tilleuls et doux clapotis des flots. Le lac était invisible, nous pouvions seulement l'écouter, en plaçant les mains autour de nos oreilles. Nous étendîmes la serviette sur le sable humide et levâmes le menton vers le ciel. Nous voyions la même voûte céleste que celle qui avait ému Andria quand il nous avait écrit.

« Petite, j'avais le vertige en regardant les étoiles sur le toit. Elles me semblaient si lointaines, alors que maintenant, Andria, j'ai l'impression qu'il est ici. »

Sa veste produisit un bruit de froissement, elle s'était frappé la poitrine ou le ventre pour donner plus de poids à ses propos.

« Moi aussi » fut la seule chose que je réussis à dire, le froid me coupant la parole et la respiration.

J'entendais murmurer le lac et ma mémoire, aiguisée comme un couteau. Notre boîte du temps reposait sous un gardénia, et si quelqu'un la retrouvait dans vingt ans, il en apprendrait un peu sur Andria et beaucoup sur nous. Dans le meilleur des cas, nous serions deux amis retournés se mouiller les chevilles dans la mer Adriatique, sans aucun souvenir des longs hivers du Nord. Dans un passage de l'Évangile selon saint Luc, un homme demande à enterrer son père avant de suivre Jésus, mais Jésus lui répond : « Laisse les morts enterrer leurs morts. » Si la loi des frontières nous avait séparés d'Andria, la loi de notre espoir nous faisait croire que, tôt ou tard, nous allions nous retrouver dans un monde nouveau.

J'avais promis à Claudia de me secouer, de ne pas me laisser aller. Aussi commençai-je à veiller sur l'ordre de la maison. La cuisine était un royaume de compartiments étanches : salière, poivrier, bocaux d'épices, sucriers, Thermos, boîtes en fer, bois et verre alignées selon un critère qui satisfaisait davantage l'œil que la commodité. J'étais l'ennemi de la commodité, qualité que j'attribuais aux hommes avec lesquels j'avais grandi. Seul un mètre carré dans toute la maison était épargné par ma fureur ordonnatrice : le territoire des jeux de la petite, une zone franche entre l'évier et le frigo, dont je ne m'approchais que pour y remettre les fragments qui s'en étaient échappés jusqu'au monde des adultes.

Par mon allure, je commençais à ressembler aux vieux fous qui errent avec un cubi de vin dans la U-Bahn en se parlant tout seuls : tonsure sur le sommet du crâne, beaucoup de poils blancs dans la barbe. C'était ma façon d'être solidaire avec Claudia, vu qu'elle avait cessé de se teindre les cheveux et qu'ils s'étaient éclaircis, comme si le roux avait viré à l'argenté par manque de luminosité.

Je n'avais aucune idée des personnes que j'allais chercher à l'aéroport ce dimanche de printemps (« J'ai besoin que tu t'en occupes »). Je m'y rendis par respect pour le pacte qui régissait notre cohabitation, à savoir exécuter mes missions sans poser trop de questions.

Au terminal de Tegel (le vol en provenance de Milan pour lequel je me trouvais là avait du retard), je traînai longtemps en grignotant des barres énergétiques et en sirotant un jus protéiné dans une bouteille en verre et plastique, le tout sans cesser de caresser les perles du chapelet que je portais au poignet et que j'utilisais, alors, pour réciter mes dizaines. Un *Notre Père*, dix *Je vous salue Marie*, un *Gloire au Père* et, quand j'arrivais à m'en souvenir, un *Salve Regina*. Les mystérieux hôtes que j'étais supposé accueillir étaient conviés à la fête que donnait Claudia cet après-midi-là pour l'inauguration de sa société de restauration.

La fête aurait lieu dans l'un de ces groupements de logements qu'on appelle les « *Kolonien* » – maisonnettes en bois semblables à des moulages en chocolat –, dans les quartiers périphériques de l'ancien Berlin-Ouest, où les Berlinois passaient jadis leurs très brèves vacances de la mi-saison sans avoir besoin de quitter leur ville, ni même parfois leur quartier.

Je vis enfin s'ouvrir la porte automatique. Le flux de passagers se déversa dans le hall, une poignée de familles moyen-orientales vociféraient, au bord de la dispute, tandis que les proches venus les attendre cherchaient à attirer leur attention en agitant les bras. J'enviai leur vitalité et le bonheur qu'ils éprouvaient à être tous réunis. Juste derrière eux, j'aperçus deux dames au visage abrité derrière de grosses lunettes de soleil, qui tiraient leurs valises à roulettes. Chacune portait un trench à la coupe semblable mais à la couleur différente – bleu pastel pour la plus petite, terre de Sienne pour la plus grande – et, le plus tranquillement du monde, le même brushing bouffant vert pétant. Elles venaient vers moi en souriant. La plus grande, celle en trench ocre, souleva ses lunettes de soleil sur son front et lança : « Mon fils, tu n'auras bientôt plus un cheveu sur le caillou ! »

Pétrifié par la surprise, je balbutiai quelques phrases de circonstance, l'esprit embrumé. « Respire », me dit ma mère en m'attrapant le poignet. Puis quand elle vit ma grimace de surprise se transformer en sourire, elle ajouta : « Tu te souviens de Tonia ? » Sa vieille amie riait déjà de moi.

La fête se trouvait à deux pas d'énormes usines chimiques désaffectées et de l'ancien aéroport de Tempelhof, transformé en une immense étendue d'herbe survolée par des cerfs-volants et des montgolfières. Des familles bivouaquaient autour des barbecues, trinquant gaiement tandis que les cris de leurs enfants s'élevaient vers le ciel. Notre cabane siégeait au milieu d'un labyrinthe de murs aveugles, de très hautes haies de buis, de toits en pente sur des maisons basses – on aurait dit les gâteaux en massepain que les adultes offraient aux enfants à Pâques –, derrière un écheveau de petites grues, treuils, pompes à eau et couronnes de fleurs.

Sur un bout de pelouse, une vingtaine de jeunes gens dansaient avec des perruques et des bérets verts, acclamant Claudia, moulée dans un tee-shirt couleur petit pois, une moumoute vert citron sur la tête. À notre arrivée, la maîtresse de cérémonie se détacha de ses hôtes et vint à notre rencontre en roulant des hanches, un verre plein d'Aperol à la main. Ma mère et elle se dirent bonjour comme si elles s'étaient quittées la veille. Je revécus ce matin d'il y a tant d'années, quand je les avais retrouvées s'affairant en cuisine après avoir parlé d'Enrico toute la nuit. Je les avais enviées alors, aimées, détestées, j'aurais voulu les mordre puis les embrasser avec la rage des trompés, leur demander d'être admis, de pouvoir écouter sans ouvrir la bouche.

La musique augmenta, nous écoutâmes les voix d'une chanson balkanique, puis Celentano, Cutugno, le DJ s'amusait à mélanger la musique italienne aux tubes allemands connus de tous. Deux femmes enlevèrent leurs chaussures et se mirent à faire des pirouettes dans l'herbe. Claudia prit un micro et, après un bonjour en italien et en allemand, dit qu'elle était heureuse de cette journée passée ensemble et que la nouvelle société qu'elle avait fondée n'était qu'une excuse pour faire la fête. Un très jeune homme s'approcha d'elle et lui glissa un mot à l'oreille ; Claudia sourit, puis, s'adressant à ses anciens collègues de la maison de retraite, évoqua le souvenir de ses patients, dit qu'ils lui avaient appris tout un tas de blagues sur les

Italiens. Elle en raconta une en me regardant, comme si elle n'était destinée qu'à moi : « Vous savez pourquoi Jésus est italien ? Il travaille dans l'entreprise de son père, pense que sa mère est vierge et sa mère le prend pour Dieu ! » Tout le monde rit, sauf Tonia et ma mère, la blague ayant été racontée en allemand.

La musique repartit de plus belle, Claudia enlaça Erika en l'embrassant sur les lèvres, les gens frappaient dans leurs mains ou brandissaient un verre de rouge dans l'atmosphère rosée de l'après-midi. Une partie de moi mourait d'envie de montrer à ma mère ce qu'il se serait passé si nous nous étions trouvés non pas sur une pelouse, entourés de familles, mais dans les toilettes du Berghain ou sur la mezzanine du Kitty ; une autre partie de moi était terrorisée à l'idée de lui révéler ce à quoi je pouvais m'abaisser dans de telles circonstances. D'un coup, je laissai éclater la mauvaise humeur que je tentais de réprimer depuis le début de la fête. « Tu es venue pour Claudia et pas pour moi », lui dis-je.

Elle semblait s'attendre à ce reproche. Elle secoua la tête et, les yeux tournés vers le jeune DJ, répondit :

« Tu ne m'as jamais invitée. J'aurais accouru.

— Tu es ma mère, tu n'as pas besoin d'invitation.

— Mère, fils… maintenant je suis Elisa, point. Et toi, Francesco, point. C'est en tant que Elisa que je suis venue rendre visite à mon amie Claudia. »

Elle but la moitié de son verre en deux gorgées.

« C'est elle qui m'a invitée, ou plutôt qui *nous* a invitées », ajouta-t-elle.

Tonia, de l'autre côté de la pelouse, nous renvoya un sourire loyal.

Ma mère posa les lèvres sur le bord de son verre, s'assit et me passa une main sur la jambe pour que je l'imite.

« Il faut que je t'avoue quelque chose, dit-elle en s'éclaircissant la voix et en s'approchant de mon oreille, comme par crainte d'être entendue. Il y a vingt ans, Enrico m'a offert une *masseria*.

— Une *masseria* ?

— Je sais à quoi tu es en train de penser. »

En effet, j'avais déjà transformé cette nouvelle en une annonce immobilière manquée.

« Dans quel coin ? Il y a beaucoup de travaux à faire ?

— Je l'ai vendue.

— Tu l'as vendue ? Qui s'est chargé de la vente ?

— Ne t'inquiète pas, elle est bien partie. »

Je me sentis bafoué, j'étais redoutable pour vendre des *masserie*, j'avais même été menacé de mort à l'époque de Dente, c'était un fait et j'exigeais qu'il soit reconnu par ma mère.

« Avec cet argent, on va s'offrir quelques voyages », précisa-t-elle, glaciale.

Je regardai l'ombre du duvet qui lui courait le long des tempes avant de disparaître sous le buisson vert de ses cheveux.

« C'était important pour toi ? lui demandai-je.

— Ça l'est davantage maintenant, parce que ça m'a permis d'aider Claudia. Avant, c'était juste la chambre mortuaire de mes souvenirs. »

Je repensai à la nuit où je l'avais croisée à la gare avec Enrico, à ses jambes, ses cheveux en pétard, ses chevilles nues, ses chaussures tenues à la main.

Puis elle but la dernière gorgée de son verre, me regarda dans les yeux, montra l'un des types qui dansaient à côté de Claudia avec une expression qui n'avait pas besoin de traduction.

« Il a vingt ans, lui dis-je.

— Je ne peux pas le regarder ? »

Erika nous interrompit.

« Claudia m'a beaucoup parlé de vous, nous sommes aussi folles l'une que l'autre ! »

Ma mère accepta en souriant ce compliment qui paraissait sincère.

« Quand l'air sera plus frais, on a envie de monter sur la montgolfière.

— Sans moi, sifflai-je.

— Parfait, tu garderas la petite, dit Erika.

— Elle a une beauté sauvage, commenta ma mère quand cette dernière fut loin.

— C'est une sauvage, tout court. »

La pelouse tremblait au son de la musique. J'observais le visage concentré du DJ et le dos des danseurs.

« Parle-moi d'Andria, demanda ma mère à brûle-pourpoint tandis que je regardais les escarmouches amoureuses auxquelles se livraient Erika et Claudia.

— Qu'est-ce que tu sais ?

— Je ne sais rien, juste son nom. Claudia m'a dit que tu avais une histoire avec une personne et que cette personne s'appelait Andria. Je n'ai jamais rien demandé de plus et elle ne m'a rien dit.

— Tu sais que c'est un homme ?

— Je ne savais pas. »

Pour la première fois, ma mère eut l'air déstabilisée.

« Mais je m'y attendais.

— Il n'avait pas de papiers, ici. Il est retourné en Géorgie, me limitai-je à dire en haussant les épaules.

— Il ne reviendra pas. »

Je regardai ses mains couvertes de rides et de taches, le temps passé, cette époque révolue où ses mains me soulevaient au-dessus d'un berceau.

« Je le sens encore tout contre moi, comme s'il n'était jamais parti de Berlin.

— Vous avez été heureux ?

— On s'est beaucoup amusés. »

Comme si elle n'avait pas entendu, je répétai le mot : « beaucoup ».

« Recommence sans lui. »

Tonia s'approcha de nous en nous tendant un brin de menthe. Avait-elle compris que nous étions en train de traverser un moment délicat ?

« Sentez-moi ça, c'est très différent de la menthe italienne, dit-elle.

— Tout est différent, ici, répondis-je. Vous aussi vous m'avez l'air différentes.

— En quoi sommes-nous différentes ? »

Tonia ne paraissait pas ravie.

« Vous avez l'air beaucoup plus jeunes. »

Le visage rond de Tonia se fendit d'un large sourire. Ma mère me serra dans ses bras. La musique s'arrêta, Claudia dit quelque chose en allemand et nous quittâmes presque en transe le petit enclos devant la cabane en bois pour rejoindre la verte étendue de Tempelhof. La musique nous accompagna, emprisonnée dans une enceinte Bluetooth qui suivait le cortège d'amis. Nous marchâmes en file indienne entre des ormes géants. J'avais pris la petite dans le porte-bébé, je regardais par-derrière la longue silhouette de Claudia avoisinant celle de ma mère. L'une, légèrement courbée, écoutait ce que la plus petite avait à lui dire. Je fus saisi d'angoisse.

« Tiens, quand on parle du loup, fit Claudia. Tu es le seul à ne rien porter de vert. C'était le thème du pique-nique.

— Je n'aime pas le vert, répondis-je, mais ma mère et elle recommencèrent à comploter entre elles.

— Je suis en train de convaincre ta mère de venir vivre ici. »

Claudia me posa le coude sur l'épaule, dit que la vie était trop brève pour se soucier des conventions, que nous allions passer des milliers de dimanches comme ça, à attendre le bon moment pour rentrer à Martina et regarder la mer depuis l'avion, puis enfoncer nos chevilles dans le sable bleuté du Lido Bizzarro avant de retrouver les longs crépuscules du Brandebourg.

Des enfants pédalaient parmi des adultes en short et couvre-chefs carnavalesques qui levaient les bras vers le soleil ; des losanges jaune, rouge, vert remplissaient l'air.

Le ballon aérostatique nous survolait, recouvert d'hexagones colorés, en file, des personnes attendaient leur tour en s'éventant le visage avec des petits cartons bleus. Claudia étendit une serviette et s'allongea dessus, les jambes croisées. Nous l'imitâmes tous avec la docile obéissance des enfants qui adhèrent aux toquades de leur maîtresse. Elle sortit de son sac un petit livre aux pages jaunies, *Racconto d'amore*, de Biagia Marniti. Elle s'éclaircit la gorge et ouvrit le volume à l'endroit où la page avait été cornée. « Reposer je voudrais / Où les arbres sont quiets ». Ainsi commençait cette poésie sur la forme des nuages qui évoquent les personnes les plus chères à notre cœur. Je ne cesserai jamais d'aimer ces êtres-là, ceux qui ont tant confiance dans l'humanité qu'ils peuvent s'asseoir au milieu d'un aéroport abandonné pour y déclamer à haute voix les vers d'une poétesse apulienne.

Claudia, tu ne t'es trompée sur rien, précisément parce que tu t'es trompée sur tout, tu as toujours échoué et les fois où je t'ai suivie ont été les moments les plus heureux, les seuls vraiment heureux de mon existence.

Ma mère me chatouilla la nuque.

« Alors, tu montes avec nous ?

— Non, je vais vous regarder d'en bas. Ce sera aussi beau. »

Une heure au moins passa et pourtant le temps fila à toute vitesse, je gardais serrée contre moi la petite Elfo qui mordillait un hochet. Une bonne odeur de peau et de pomme rebondissait entre mes narines brûlantes. Ma mère, Erika, Claudia, Tonia et d'autres figures familières prirent place dans la nacelle en dessous du brûleur qui avait commencé à cracher des langues de flammes dans la gueule ouverte du ballon. Le coucher de soleil était imminent, le moment idéal pour les montgolfières, les gens se pressaient à l'intérieur tandis que résonnaient de lointains violons et des roulements de tambour. Accoudées au parapet, Claudia et Elisa me souriaient, bien que cette dernière ait les dents serrées d'appréhension.

Un appel s'insinua dans la poche de mon pantalon. Je répondis en continuant à regarder ma mère et Claudia, deux silhouettes sombres et vertes dans le ciel bleuâtre parcouru d'étincelles, j'interprétais les mouvements de leurs bras comme des saluts à moi et au monde, dont elles prenaient un fugace congé. Elles n'auraient jamais pu interpréter, elles, ce qui gela mon sourire. J'avais répondu au téléphone avec une inertie mécanique, une voix de l'autre côté de l'Europe m'annonçait que le chien avait été tiré en arrière, que la détente avait été pressée et que le canon avait libéré un projectile. Cette fois, l'arme de mon père avait tiré.

ÉPILOGUE

Amore

(subst. masc. Se dit de la nourriture, des saveurs).

Les saints viennent toujours de la mer, les mains vides mais débordant de miracles, un esprit saint dans un corps mort. Ils gisent dans des reliquaires, sont attendus sur le rivage pour conjurer grandes famines, sécheresses ou implacables pestes. Saint Nicolas et saint Théodore atteignirent les ports de Bari et Brindisi dans d'humbles urnes embarquées sur des galères de bois. Saint Martin aussi serait apparu à Maramaldo depuis la mer. Quand la pluie se fait désirer pendant des mois, nos paysans prient sainte Comasia le menton tourné vers l'Adriatique, dans l'espoir que le mistral apporte enfin des nuages chargés d'eau.

Au coucher du soleil, avant la procession, je regarde moi aussi la mer par-delà les collines : une plaque de plomb encadrée par ces oliviers touffus, en guerre depuis des années, rouillant comme du fil de fer. Le ciel gris se pare d'auréoles orange qui s'estompent à mesure qu'elles s'approchent de la ligne d'horizon ; le Jeudi saint est toujours une journée froide, quelle que soit la date à laquelle il tombe. Après une frugale collation dans les couloirs de l'ancien asile attaché au presbytère, les statues sont réparties au sein de la sacristie de San Rocco ; les hurlements des fous sont encore piégés dans l'obscurité ; on dit que certaines cellules renferment toujours les tresses des femmes attachées aux lits superposés et les dentiers des derniers déséquilibrés enfermés à double tour.

Nous sommes quatre-vingts hommes environ, nous nous connaissons tous, je sais de beaucoup « comment ils se mettent », et beaucoup pensent savoir « comment je me mets », moi. Mon époque berlinoise m'a étiqueté pour toujours comme « l'Allemand », prononcé avec un air sarcastique. Je sais bien qu'aux yeux de la plupart d'entre eux, je n'ai pas réussi, j'ai dû rentrer. Mais ce sont les mêmes qui disaient de moi que j'avais fui. Un émigré sera toujours marqué du sceau de la lâcheté.

« Rentré mais toujours *spatriato*, irrésolu », disent-ils, allusion au fait que je n'ai ni femme, ni enfant, ni travail fixe, mais juste une valise toujours prête. Je suis un dispersé. Un interrompu, selon leur vision du monde. Quelques rares amis me définissent avec plus d'égards comme *scapulètə*, terme un peu moins péjoratif que *spatrièta* et qu'on emploie pour qualifier les bœufs échappés de l'attelage.

Je ne m'étais pas retrouvé dans un endroit aussi rempli d'hommes depuis le Lab, quand je fréquentais les bars à chicha pour y mendier un gramme du bonheur ressenti avec Andria pendant nos folles nuits.

Je ne peux pas m'approcher de la table où les satrapes distribuent les mystères du Vendredi saint et assignent les rôles pour la procession de l'Addolorata qui sillonnera la ville de part en part pendant toute la nuit. Aligné sur un banc, notre ravitaillement : dame-jeanne de vin rouge et plateaux recouverts de petits sandwiches garnis de tranches de *capocollo*. Un homme moustachu au visage rubicond casse deux œufs à l'intérieur d'une des bouteilles puis la secoue. Une écume se forme au bord du goulot. « Rien de tel que du vin à l'œuf pour se booster », dit-il en essayant, en vain, de nous encourager à goûter sa potion magique.

Nous nous apprêtons à marcher des kilomètres avec ces statues de plâtre sur les épaules, en récitant le rosaire et en chantant à la gloire de notre Mater dolorosa. Personne n'ose le faire remarquer mais la statue qui précède le cortège affiche sur son visage brillant un je-ne-sais-quoi de terrien et d'irréfléchi, avec ses yeux levés et non baissés, comme la douleur l'exigerait ; elle serre un mouchoir blanc brodé entre ses mains fines, la tenue dont elle a été revêtue, couche après couche, embaume la lavande. Des dizaines d'hommes torse nu se passent du talc sur les épaules et le cou, entrecroisent leurs doigts et étirent les muscles de leurs avant-bras, allongent leurs tendons, plient leurs coudes. Les vieux ont des corps rougis et poilus, les jeunes des tatouages tribaux et le torse glabre, de minuscules gouttes de sueur glissent le long de leur cou, comme s'ils avaient déjà accompli un effort considérable. La température est élevée, l'air vicié. On parle fort en attendant les instructions. Enfin, un vieux curé apparaît, accompagné d'un clerc en aube blanche, avec des lunettes à monture transparente et une liste de noms à la main.

« Tiens, voilà l'illégitime », fait un type sans chemise, ses tablettes de chocolat recouvertes d'une tête de dragon.

Dans son langage, « illégitime » veut dire « pédé » : si l'un de mes vieux compagnons du Berghain entrait dans la pièce à cet instant, ce petit prêtre à lunettes serait bien le seul de toute l'assemblée qu'il ne trouverait pas illégitime.

« Et voilà l'artificier ! », s'écrie un autre homme. Une écharpe autour du cou et un cartable sous le bras, mon père vient de faire son entrée derrière le prêtre et le diacre « illégitime ». Tout le monde le prend dans les bras et lui donne des tapes complices sur l'épaule.

« Tu peux être fier de ton gosse », lui dit quelqu'un en me montrant du doigt tandis que j'observe la scène dans un coin, un brin amusé. Je sais ce qu'il pense, je sais qu'il exècre les processions et les gens qui y participent ; mais il doit se les mettre dans la poche, maintenant, parce qu'il s'est lancé en politique, qu'il a commencé à porter des cravates, à dire que les habitants de Martina doivent avoir la préséance avant ceux de Locorotondo, la ville voisine, plus riche que la nôtre. Il l'ignore, mais je suis revenu pour saboter sa candidature, ma présence en ville est une source de commérages déplaisants qu'il éloigne comme un chien errant une armée de moucherons. On dit que j'ai fermé mon agence et que je suis allé à Berlin pour demander sa main à la fille du docteur Fanelli, mais qu'elle me l'a refusée parce que je devais de l'argent à Dente. « Il s'est fait du blé », « Ça doit être un espion », « chtarbé », « *Scapulètə* », « *spatriato !* » Peu de gens sont capables de soupçonner – aucun, peut-être – ce que j'ai fait, ce que j'ai vécu, qui j'aime.

Des mois ont passé depuis que mon père a tiré sur le voleur qui lui avait volé sa voiture (ma voiture). Il l'a surpris à l'arrêt au feu rouge, a réussi à attraper son arme de la boîte à gants, visé, tiré : pas sur le voleur, sur ses pneus. Tandis que les passants se retournaient et que les curieux affluaient aux fenêtres, la voiture a poursuivi sa route sur deux cents mètres avec les pneus crevés, puis elle s'est immobilisée à côté de la maison communale. S'est ensuivie une brève bagarre, encouragée par les harangues d'une nuée de bons à rien. Mon père a téléphoné à tout son répertoire pour raconter l'événement – enrichissant l'anecdote de détails inventés – et recueillir les applaudissements. Le député de sa circonscription l'a personnellement invité à s'inscrire sur une liste aux prochaines élections locales. Il a accepté l'offre et annoncé la nouvelle à ses proches pendant un dîner, en brandissant comme une massue une bouteille de primitivo, s'élançant ainsi vers sa nouvelle vie.

Ma mère, après son escapade à Berlin, s'était opportunément envolée pour Tenerife avec Tonia, le temps d'un long séjour qui allait lui permettre d'échapper à l'ascension politique de son ex-mari, érigé en nouveau héros populaire. À son âge, je voudrais être comme elle, me réveiller avec la nature, être entourée des personnes qui m'aiment.

Tout au long de la procession, je prie avec l'intensité acquise au cours de nos exercices méditatifs berlinois. Je n'ai pas froid. Les gens silencieux nous observent d'un air grave tandis que nous ployons l'échine sous les statues, vacillons quand le cortège s'arrête, frappons du talon quand nous recommençons à avancer. Tout de noir vêtus, un bouton retenant notre manteau de velours, nous offrons notre visage découvert au Christ en croix qui ferme la marche et à notre grande Madone.

Cette procession hérissée de tant de statues prouve qu'un seul dieu ne peut suffire à tout le monde. Mais l'Évangile nous a enseigné que l'amour est infini, il suffit de le reconnaître, c'est un fluide qui traverse les continents. Je me laisse transporter par ses vagues entre le Tigre et l'Euphrate, là où les étoiles brillent bien plus qu'ici ; une lune ronde et blanche veille sur l'endroit où tout est né. Je commence à prier, je le fais à mi-voix, je prie pour que Andria soit vraiment bien, en Géorgie. Je prie même si l'un des porteurs à côté de moi me regarde avec perplexité. Je sais ce qu'il pense, je l'ai entendu discuter avec son acolyte : prier, c'est pour les bonnes femmes, les rosaires, un truc de vieilles bigotes, aux hommes incombe simplement de déplacer les statues et d'ôter leur chapeau. Mais sous la statue de Judas dont j'ai écopé, la statue traditionnellement réservée aux porteurs les moins experts, qui ont pourtant longtemps risqué leur peau – jadis, les gens jetaient des pierres à la statue alors qu'ils se contentent aujourd'hui de la lorgner d'un air dépréciateur –, nous sommes tous égaux, *tutti in petto a Cristo*, « tous torse à torse avec le Christ », comme on dit dans la vieille ville quand on est à l'abri.

Et puis ça y est, je la remarque. Une créature menue et spectrale, voûtée dans une pèlerine blanche, un couvre-chef en laine sur la tête. Etta Bianchi. Le regard aigu et livide qui oscille de droite et de gauche comme la lucarne d'un périscope sous-marin affleurant à la surface. Elle m'étudie, puis détourne le regard. Je devrais laisser la statue et la rejoindre, abandonner la procession juste pour lui dire que le temps ne revient pas ; mais ses yeux ont déjà glissé dans mon dos. On se croit beaucoup plus important qu'on ne l'est véritablement pour les autres.

Dans le brouillard, je continue à avancer vers le point du jour, guidé par les lointains chants de la procession. Quand le matin sera levé, j'aurai besoin d'être seul dans un endroit silencieux. *La nuit lave l'esprit*, disait la poésie de Mario Luzi que Claudia aimait.

Nous descendons les marches de la collégiale où s'est achevée la procession aussi péniblement que si quelqu'un nous traînait avec une corde. Certains restent en ville, d'autres retournent en banlieue ou à la campagne, tous ramènent une couverture sur leur tête, les épaules endolories. Le sommeil lutte contre l'envie d'une douche chaude, l'odeur du café à peine brûlé dans la cafetière de mon père, déjà debout, qui m'attend.

« Je suis fier de toi », me dit-il. Il se tient devant moi, habillé comme la veille au soir, son visage plus petit que dans mes souvenirs. « Mais ce n'est pas toi qui aurais dû la porter, la statue de Judas », ajoute-t-il.

« Tu crois vraiment en Dieu ? », me demande-t-il plus tard, alors que nous nous dirigeons ensemble vers les toilettes.

Il faut que je déjoue les frissons qui m'assaillent, ne serait-ce qu'avec le bruit de l'eau chaude qui coule du robinet. La caresse de la vapeur sur ma chair de poule est semblable au fil du rasoir.

« Je crois chaque jour un peu plus. »

J'ai répondu sans le regarder, alors qu'il est déjà parti. J'ai entendu la porte claquer.

J'ai commencé à m'occuper d'une très jeune oliveraie – un mouvement suivi par beaucoup de gens d'ici depuis que la bactérie Xylella a contaminé des hectares d'oliviers séculaires.

Je cultive une dizaine de plants, je me prends pour un alchimiste en mélangeant le potassium, le phosphore et les sels d'azote. Et comme tous les alchimistes, je cherche un mystère à percer tandis que je répands au sol ces granules rougeâtres qui alimenteront les jeunes racines. À sa façon, cette nouvelle vie ressemble à la vie que j'ai menée à Berlin avec Claudia, quand nous nous chargions de la nourriture des autres. Aujourd'hui, j'allaite les pierres à la chaux et nourris la terre au fumier.

Quand j'ai décidé de me consacrer à ce bout de campagne que mes grands-parents m'ont légué, j'ai choisi la variété ancienne des *ogliarole*, ces oliviers à huile qui ne donneront pas de fruit avant vingt ans. Je l'ai fait contre l'avis de tous. Les pépiniéristes vendent des oliviers génétiquement modifiés qui fructifient en moins de trois ans. Moi, je préfère garder l'ancienne espèce, ceux qui mettront plus de temps à s'adapter à la nature qui change. Les arbres aussi peuvent être clairvoyants. Elfo assurera les premières récoltes quand elle viendra, adulte, passer ses vacances en Italie. Il faut être fou pour planter des arbres dont on sait qu'on sera vieux quand ils donneront leurs premiers fruits. Ou bien la patience est-elle une forme d'humanité, celle dont firent preuve mes ancêtres quand ils plantèrent leurs *ogliarole* entre la mer Ionienne et l'Adriatique. Je l'ai compris, enfin.

À la belle saison, je me suis installé dans les *trulli* de mes grands-parents. Ils sont humides et silencieux, un chantier riche de promesses. Aux élections, mon père a obtenu trois voix, la sienne comprise. Il est venu à la campagne m'annoncer la nouvelle avec un visage rempli de rides qui n'existaient pas avant.

« Entre les grands-parents et toi, il manque au moins une voix. L'un de vous m'a jeté à la mer. » Il a les yeux fous, il n'a pas frappé à la bonne porte pour réclamer des comptes.

Je n'ai pas le courage de lui dire que je n'ai pas voté. En contrepartie, je rends visite à mes grands-parents tous les samedis, dans la villa blanche où ils passent leurs journées endormis sur leurs deux chaises roulantes ; ils me demandent des nouvelles du raisin alors qu'il est bien trop tôt pour le cueillir, et cette distraction m'ébranle plus encore que leur vieillesse. Nous disons le rosaire même si mon grand-père n'est pas croyant ; je prie avec eux et pour eux, sans qu'ils le sachent.

La nuit, j'entends le chant des grillons, des froissements derrière les murs, les grincements du lit, le bruit de la plaine alentour, j'ouvre les yeux, l'aurore affleure par une meurtrière. Je n'ai presque pas de réseau et je dois m'enfoncer au cœur de la vigne pour recevoir mes messages. Les ouvriers qui travaillent à la rénovation du lieu arrivent toujours en retard, ils me trouvent dans la vigne, me croient déjà au travail alors que je ne fais qu'attendre : chaque lundi, j'envoie un texto sur l'ancien numéro d'Andria, qui se révèle inexistant. Chaque message se transforme en bits pour composer un code, un signal digital binaire. 0 et 1, 0 et 1. Bien et Mal, Cause et Conséquence, Blanc et Noir, Terre et Mer. Il est fort probable que personne n'intercepte ce billet de bits amoureusement glissé dans le col d'une bouteille imaginaire : « Tu te souviens quand on était au parc du Gleisdreieck, assis dans l'herbe, la chaleur de l'air mélangée à l'odeur de l'herbe, comme si elle transpirait… »

J'ai besoin de donner de la matière à l'amour. Le dialecte de ma ville nous enseigne que l'amour n'existe pas. Quand deux personnes s'aiment, elles se disent, au mieux, qu'elles se veulent du « *bbun* », du bien. Et pourtant le mot *amore*, « amour », apparaît dans le vieux dictionnaire du prêtre dialectologue Giuseppe Grassi, comme un synonyme de « saveur ». Si un fruit n'a pas d'*amour*, cela signifie qu'il est insipide, acerbe. À l'époque où le psychologue de l'armée me demandait si j'avais eu une enfance privée d'amour, je répondais toujours non : mes grands-parents et mes parents me préparaient des mets remplis d'« amour ».

Andria revient dans un coucher de soleil couleur cuivre, ou bien en reniflant un brin de romarin, cette plante que nos ancêtres surnommaient l'herbe de la mémoire. Nous nous sommes tant de fois mordus au cours de nos orgies ; dans les moments d'extase, il épongeait ma sueur avec un mouchoir et le serrait entre ses mâchoires quand j'étais loin. C'est moi qui le lui avais offert : les mouchoirs blancs aux coins brodés étaient une constante sur les étals du marché aux puces de Ostbahnhof où nous passions nos dimanches matin, au retour de nos aventures.

La nuit, je me réveille à quatre heures au beau milieu d'un rêve, une prémonition : je vois Andria flotter au-dessus d'un essaim d'âmes dansantes, dans une cave ou une usine abandonnée. Tout autour, des torches s'allument tandis que le ciel devient indigo. Mon pouls s'accélère, la culpabilité s'insinue, un vide occupe l'espace obscur entre la veille et le sommeil, je ne suis pas capable de m'occuper des personnes que j'aime.

Quand le capot couleur dune de la voiture de location apparaît devant le portail, mon cœur fait une embardée. Par la vitre, je reconnais tout de suite sa chevelure carmin qui scintille sous le soleil de midi. Je suis plus surpris par l'absence d'Erika que par la tenue de Claudia : au volant en maillot de bain.

« Vous vous êtes disputées ?

— Tu la connais. »

Elle secoue la tête. Nous nous prenons dans les bras en faisant glisser nos joues l'une contre l'autre. Puis je lui demande :

« Qu'est-ce que tu as fait à ton visage ?

— J'ai découvert que j'étais allergique à la terre, la mienne. »

Depuis peu, son corps s'est mis à lui parler. L'allergie a commencé par faire une discrète apparition sur son front, puis ses jambes se sont couvertes de taches rouges et un érythème en forme de papillon a pris possession de son visage, étendant ses ailes jusqu'à ses yeux.

Elle est enfin de retour en Italie par un radieux mois de juin, mais c'est comme si son corps s'était déshabitué de cet air, de ce soleil.

« Moi aussi, depuis que je suis revenu, je contracte tout un tas d'infections. Et je perds mes cheveux. » L'âge mûr transforme la peau en un enchevêtrement de rues de plus en plus dense. « En tout cas, j'aime bien ta nouvelle coupe », dis-je en caressant le côté rasé de son crâne.

Elle s'éloigne et défile entre les dalles de calcaire. Les cigales chantent au fond des buissons de marjolaine, Claudia les imite : « cri cri cra cra ».

Mais elle est loin d'être insouciante, on dirait qu'elle veut me divertir pour que je ne remarque pas l'ombre qu'elle transporte en elle. Sous la tonnelle, elle exécute une pirouette. La table est mise, une nappe bleu ciel et deux carafes, d'eau et de vin.

Je la prépare au pire concernant le vin. Je l'ai trouvé dans une dame-jeanne, il est issu d'une vieille récolte et arbore à présent une teinte rouillée. Peut-être ai-je personnellement piétiné ce raisin, enfant.

Claudia saute de part et d'autre de la minuscule cour devant les *casedde*.

« Aujourd'hui, je vais faire quelque chose qui pourrait t'énerver.

— *Dein Wunsch mein Befehl.* » Tes désirs sont des ordres.

« J'ai faim », dit-elle.

J'entre dans le *palmento*, le *trullo* principal, l'eau bout et j'y jette les spaghetti, l'odeur du coulis de tomates est formidable. Cinq minutes, le temps de la cuisson *al dente*, puis deux minutes de plus pour parsemer le plat de trois feuilles de basilic.

Nous nous asseyons l'un en face de l'autre, je lui tends la main. « J'ai envie de prier », lui dis-je. Claudia accède à ma requête en posant sa paume sur la mienne. « Seigneur, bénis ce repas et procure du pain à ceux qui n'en ont pas. »

L'ombre de la tonnelle lui dessine des formes grises sur le visage.

« C'était une erreur de revenir dans les Pouilles, même pour quelques jours. »

Je sens monter mes larmes. Rares sont ceux à qui il est donné de pleurer pour un amour qui reste plutôt que pour un amour perdu. Le danger évité, la sensation d'avoir échappé au gouffre. Rares sont les élus à pouvoir le faire ensemble : après un orgasme, après des pages de roman lues à voix haute, après avoir écouté l'*Intermezzo* de la *Cavalleria Rusticana*. Je ne suis pas l'un de ces élus. Face à Claudia triomphe la torpeur de l'insatisfaction.

« Je ne reconnais rien, je ne vois que de vieux hommes partout, des routes détruites, des voitures enragées, des gens courbés sur leur portable, des oliviers brûlés, des ordures, de l'agressivité à tous les coins de rue, la mer qui pue. Les habitants d'ici détestent tout ce qu'ils ne sont pas et qu'ils ne pourront jamais être : les étrangers, les personnes libres, les gens qui ont étudié, les jeunes femmes et ceux comme nous qui sont partis. J'ai vécu des journées affreuses, j'ai cru qu'elles ne passeraient jamais. »

Claudia montre sa faiblesse, pourtant elle n'admettrait jamais qu'elle vient de se livrer à la « complainte des expats », comme nous l'avons appelée toute notre vie.

« Tu es intransigeante.

— Le seul endroit au monde où je peux me permettre d'être intransigeante c'est celui où je suis née, non ? C'est un endroit que j'ai aimé. »

Elle tourne sa fourchette dans le plat pour former une pelote de pâtes trop grosse pour être avalée.

« On n'est pas si mal ici, à la campagne, lui dis-je.

— Je me suis enfermée un après-midi entier dans une *bagnarola*, juste pour me réhabituer à la mer. »

Les *bagnarole* sont des tourelles octogonales en pierre construites sur le rivage, dans lesquelles, jadis, les riches occupantes des villas roses du front de mer passaient leurs journées pour échapper aux regards des hommes (ou pour se faire clandestinement aimer par de jeunes pêcheurs). L'image de Claudia cachée dans une tourelle sur la plage de Leuca me fit tressaillir.

« Tu avais besoin que personne ne te voie. » Je lui caresse les jointures de la main, ses os sont pointus, je voudrais m'y agripper comme à une corde, conscient que nous serons bientôt de nouveau séparés.

« Francesco, tu peux me rendre un service ? »

Son ton est devenu solennel, elle a renoncé à manger.

« Ce que tu veux. »

Je suis un soldat au garde-à-vous.

« Ne m'en veux pas quand tu ne comprends pas les choses que je fais.

— C'est pour ça que je t'aime, depuis le tout début.

— J'ai peur de perdre Erika, elle est pleine de vie, enrichissante, elle a l'air de m'aimer, et puis elle me sort de ces vacheries… »

Elle s'arrête, ne veut pas raconter. J'insiste, Claudia cède.

« Juste un truc alors, ça te donnera un aperçu de la situation. Elle dit que quand je lis des poésies à la petite, je deviens lugubre.

— Tu es tout sauf lugubre.

— Je lui lis des comptines, des vers, mais Erika dit que je ne me rends pas compte, que ce sont des poésies pleines de morts et de fantômes. Elle dit que je vais faire d'Elfo une *broken girl*.

— Et tu lui réponds quoi ?

— Qu'il y a les saveurs, les odeurs, la vie. Parfois elle a l'air de passer à côté des choses essentielles de ma personnalité.

— Tu as toujours été fanatique de poésie.

— Erika ressemble un peu à l'époque que nous vivons, elle sous-estime la fécondité de la poésie, elle sous-estime l'enchevêtrement de nos racines, elle sous-estime son monde intérieur et celui de notre fille. »

Remplie d'amertume, Claudia baisse les yeux, ploie l'échine.

« Je serai toujours là, moi, promets-je.

— Moi aussi, même si je ne reviens plus jamais à Martina. Je serai là-bas à t'attendre.

— Là-bas, c'est notre bonheur. »

Là-bas, c'est Berlin, mais nous apprécions peut-être le flou de cette expression.

« Tu as des glaçons ? », me demande-t-elle avec l'amorce d'un sourire.

Je rentre dans le *trullo* quelques instants, vide quatre cubes de glace dans une coupe en argile puis ressors, le soleil dans les yeux. Claudia n'est plus là. Je me retourne vers le portail, la vigne, lève les yeux sur le toit. Son téléphone tient en équilibre sur le bord de sa chaise, comme s'il avait glissé. Ma voix qui l'appelle se perd dans la chaleur du jour.

Je m'enfonce dans la vigne, dépasse le coin des mauvaises herbes, le bout de potager et le verger débordant d'amandes, de griottes et de figues d'été. Les ouvriers ont entreposé les barres de fer rouillé avec lesquelles ils bâtiront les échafaudages pour la partie finale des travaux. Je l'appelle, ne reçois que l'écho de la plaine. Non loin s'ouvre le bois ; un grégal tiède agite doucement l'hibiscus.

« Claudia… »

Soudain, un pressentiment : je retourne sur mes pas, là où les ouvriers ont commencé à clôturer le puits. Une gueule dont émerge le cylindre de pierre ébréché, sous une toiture en fer forgé d'où pendait autrefois la chaîne du seau. L'ouverture du puits est scellée par un filet métallique ; tout autour, sur le gravier, s'étale un arsenal de construction. Je le traverse le cœur battant, découvre que le filet a été ôté ; je glisse ma tête dans le noir : n'aperçois que le sombre abysse propre à tous les puits de campagne.

« Claudia. Claudia. Tu es là ? »

À ce moment, un serpent noir se faufile le long des buissons d'origan et de sauge qui ont poussé entre la vigne et le muret à sec. Il a l'air perdu, tourne la tête à droite et à gauche. On dirait une anguille. Une anguille qui chercherait l'ombre humide de la pierre.

« Tu me crois assez désespérée pour me jeter dans un puits de Martina Franca ? »

La revoilà, enfin.

« Non, je voulais te mettre en garde contre la vipère, dis-je en mentant.

— Ce n'était pas une vipère, hein.

— Ah bon ! et c'était quoi ? Un dragon ?

— Une couleuvre inoffensive.

— Comment tu le sais ?

— Je l'ai vu dans ses yeux. Les vipères ont les pupilles verticales, les couleuvres, horizontales.

— C'est que tu as une bonne vue, dis donc. »

Je la taquine mais c'est la première chose qu'on apprend en vivant à la campagne : quand un animal rampant s'approche de vous, ce n'est qu'en le regardant dans les yeux que vous pouvez prendre la mesure du danger qu'il représente.

Claudia marche à travers la vigne, je la suis jusqu'au petit verger, elle grimpe à un arbre, ses jambes se balançant dans le vide.

« Je voulais être seule avec toi et lui, dit-elle.

— Lui ?

— Le cerisier. Ici, à cet endroit, tu m'as parlé de ton premier baiser avec un garçon.

— C'était un amandier.

— Peu importe. »

C'est encore elle qui a raison. Puis elle se redresse, fléchit les genoux, s'enroule autour de la grande branche et, portée par la gravité, se laisse glisser avant d'atterrir sur ses pieds dans un nuage de terre rougeâtre.

« J'ai toujours voulu te mordre, me dit-elle.

— Quoi ?

— Te mordre », répète-t-elle, et elle m'intime de rester immobile tandis qu'elle s'approche de mon cou. Ses dents s'enfoncent dans ma chair, suscitant en moi un bref éclair de plaisir suivi d'une douleur intense.

Je hurle : « Imbécile ! »

Claudia rit, un filet de bave pendu aux lèvres. Dans cette étoile filante se trouve ma vie, le lien indissoluble qui nous unit.

Claudia est à nouveau sur moi, je m'écarte mais elle est plus forte, elle me domine et ça y est, une autre morsure : je réussis à m'extraire et cours vers la tonnelle ; elle me rattrape et me passe un bras autour du cou. Je tombe à terre, le visage dans la poussière, elle est sur moi, ses genoux dans mon dos. C'est un jeu entre nous dont le reste du monde est exclu. Un silence parfait s'abat sur la campagne, mais la paix ne dure qu'un soupir. Un vacarme assourdissant arrive en provenance de Farinata et Finimondo, au nord-ouest. Après être restés des années cloués au sol, les Tornado et les F14 ont quitté la base militaire de Gioia del Colle, et ce n'est pas bon signe de les voir raser la campagne pour foncer vers l'Orient. Claudia et moi échangeons un regard agacé, comme si ce bruit avait rompu un charme.

Le reste de l'après-midi, nous restons assis sous la tonnelle, à lire des poésies, avec le secret désir que chaque vers dans lequel nous nous reconnaissons ait été écrit pour nous.

Nous regardons le bois. Des deux côtés de la route et au pied des murs à sec, des touffes de cyclamens décorent de rose notre alcôve. Hors de leur période de floraison, il n'y a que nous qui puissions les voir et en parler, mais c'est un de nos secrets.

Nous chantons des chansons et récitons des vers plus vieux que nous, nous sommes hors du temps et avons l'illusion d'être saufs.

Berlin, Weißensee, 30 juillet 2019.

NOTES DE L'ÉCRITOIRE OU CHAMBRE DES ESPRITS

Les événements et les personnages des *Irrésolus* sont évidemment le fruit de mon imagination, et toute référence à des personnes ou des faits réels doit être considérée comme fortuite. Pour satisfaire aux exigences dramaturgiques, de petites modifications ont été apportées çà et là à la topographie et à la chronologie des événements historiques, ainsi qu'aux anecdotes et aux coutumes présentées.

Spatriato est le participe passé du verbe *spatriare*, quitter sa patrie ou, comme le dit l'encyclopédie *Treccani*, chasser de la patrie. Dans certains dialectes méridionaux, parmi lesquels le martinais, le participe arbore d'autres nuances, comme « incertain », « désorienté », « errant », « étourdi », « dépourvu de bien et de savoir », « incapable de rien faire de ses dix doigts », dans certains cas, même, « orphelin » : *patria* dérive du latin et signifie « terre des pères », donc le *spatriato* peut également désigner celui ou celle qui a perdu son père, ou qui n'en a jamais eu.

Pour les mots en dialecte martinais qui donnent leur titre aux parties, j'ai fait référence, pour des raisons sentimentales, au vieux *Dizionario martines-italiono* de Giuseppe Grassi

(Schena, 1984), vu que c'est le premier dictionnaire dans lequel j'ai appris le peu de dialecte que je parle aujourd'hui. Pour le terme *spatrièta,* qui apparaît dans sa phonétique correcte en exergue de la deuxième partie, j'ai consulté le dictionnaire *La parlata dei martinesi e altri ricordi*, de Giuseppe Gaetano Marangi (Nuova Editrice Apulia, 2010).

Dans le roman figurent des citations, des hommages et des références à des œuvres littéraires, à des lieux et des événements historiques : je tenterai ici de lister certaines informations et certains emprunts, depuis cet endroit que Robert Walser, dans sa *Promenade*, appelle l'écritoire ou la chambre des esprits.

Le texte en exergue est extrait d'une lettre que Giacomo Leopardi écrivit en 1827 à son ami Pietro Giordani après l'une de ses nombreuses fuites de Recanati, dans laquelle il expose la théorie de la remémoration, si chère aux gens inquiets et instables comme lui : « Changeant souvent le lieu de ma demeure et m'arrêtant tantôt des mois, tantôt des années, je m'aperçus que je ne me trouvais jamais content, jamais dans mon centre, jamais naturalisé dans nul lieu, considéré pourtant excellent par d'aucuns, tant que je n'avais pas de souvenirs à y rattacher. » J'ai trouvé le texte dans la *Letteratura italiana* d'Enzo Siciliano, (Mondadori, 1986).

Première partie. *Crestiene*

La citation dans la définition de *Crestiene* provient de l'incipit du *Christ s'est arrêté à Éboli*, de Carlo Levi, publié pour la première fois en 1945 chez Einaudi [Éditions Gallimard, 1948, pour la traduction française de Jeanne Modigliani].

Giochi senza frontiere – également appelé JSF, acronyme de *Jeux sans frontières* – fut une manifestation promue par Charles de Gaulle au milieu des années 1960 pour favoriser l'amitié franco-allemande. En peu de temps, les *Jeux* devinrent un grand rendez-vous estival au cours duquel s'affrontaient les jeunes de nombreuses villes européennes. Martina Franca représenta l'Italie et accueillit l'émission le 11 juillet 1980, remportant même la compétition. Dans le film *Fantozzi subisce ancora,* de 1983, un fragment de l'émission apparaît à l'écran.

Dans cette partie du roman, Claudia lit Banana Yoshimoto, une grande écrivaine japonaise qui connut un succès public retentissant dans les années 1990, grâce à son roman *Kitchen*, sorti en 1988 [Éditions Gallimard, 1994, pour la traduction française]. Toujours au Japon, Osamu Tezuka est un auteur de mangas et le créateur de nombreux dessins animés tandis que Rumiko Takahashi est considérée à bien des égards comme la reine des mangas. Dans les années 1990, les éditions Granata Press publièrent, parmi tant de ses œuvres, *La Saga de la Sirène* [*Mermaid Saga*, Glénat, 2021].

Street Fighter est un jeu vidéo sorti en 1987, mais les camarades de classe de Francesco jouent à la deuxième édition, diffusée en Italie à partir de 1991. Le joueur interprète l'un des huit lutteurs entraînés par différentes écoles de combat à travers le monde et son objectif est de défaire les sept autres concurrents.

« Come As You Are » est un morceau de Nirvana tiré de l'album *Nevermind*, de 1991. « Starman » est une chanson de David Bowie publiée sous la forme d'un 45-tours en avril 1972. « Sentimiento nuevo », écrite et interprétée par Franco Battiato, est le dernier titre de l'album *La voce del padrone*, sorti en 1981. « Vacanze romane » est une chanson de Matia Bazar, un groupe italien de musique légère, présent sur l'album *Tango*, de 1983.

Domenico Carella fut un peintre élève de Francesco Solimena et disciple de Luca Giordano. Ses œuvres les plus remarquables se trouvent dans le Palais ducal de Martina Franca et dans la basilique de San Martino.

Les citations bibliques tirées de l'Exode et de l'Évangile ont été empruntées à *La Bible de Jérusalem*.

Les lettres entre Sibilla Aleramo et Dino Campana furent recueillies dans le volume *Un viaggio chiamato amore* (Feltrinelli, en 2000) [*Ce voyage nous l'appelions amour*, Éditions du Rocher, 2003]. En 2002, une adaptation de l'ouvrage fut proposée au cinéma par Michele Placido.

Caro Michele (Einaudi, 1976) est un roman de Natalia Ginzburg, [Éditions Flammarion, 1992, pour la traduction française, sous le titre *Je t'écris pour te dire...*].

Elsa Morante figure parmi les écrivains les plus importants de la littérature italienne, mais rares sont ceux qui l'ont étudiée au lycée. Dario Bellezza était un poète très renommé dans les années 1980 et 1990 : à sa mort, certaines de ses poésies parurent dans la collection « I Miti » de Mondadori, qui distribuait avec beaucoup de succès des volumes de poésie à 3 900 lires dans les kiosques à journaux.

Le passage de Lucien de Samosate (env. 120-180), cité à la fin de la partie, provient de l'œuvre *La Double Accusation* et constitua le sujet de l'examen du bac classique de 1999.

Deuxième partie. *Spatrièta*

Martina Franca est une commune de 47 000 habitants dans la province de Tarente, à mi-chemin entre le Salento et la terre de Bari. Elle est voisine des villes d'Ostuni, Ceglie Messapica, Cisternino, Locorotondo, Noci, Alberobello. Cette grappe de localités forme la vallée d'Itria, récemment surnommée le « Trullishire » par de nombreux vendeurs de poudre aux yeux. Les petits ensembles de *trulli* sont appelés *casedde* dans le dialecte martinais.

Le refrain de Gessyca Gelati fournit le gimmick d'une fameuse publicité avec Andy Luotto à la fin des années 1980.

Artificial Intelligence est un album de musique électronique précurseur, publié par Warp Records en 1992 ; il renferme certains des morceaux les plus importants de la techno moderne. La Spiral Tribe est un groupe formé au Royaume-Uni en 1992, un des plus grands inspirateurs de la culture rave.

L'usine sidérurgique de Tarente fut inaugurée en 1965 et, pendant ses plus fortes périodes d'activité, elle employa jusqu'à 60 000 travailleurs. Sa première dénomination fut Italsider, puis Nuova Italsider. Après la privatisation, elle devint Ilva ; aujourd'hui, elle s'appelle ArcelorMittal. Depuis le grand bois des Pianelle de Martina Franca, à environ 500 mètres d'altitude, on peut observer l'usine gigantesque qui occupe les trois quarts du territoire métropolitain de Tarente, avec ses nuages couleur rouille et la mer derrière. Pour qui veut approfondir l'histoire de cette industrie, je conseille *Fumo sulla città*, d'Alessandro Leogrande (Fandango, 2013), dont je cite ici un extrait de la dernière page, parce qu'elle fournit un splendide contrepoint au regard de Claudia et Francesco : « Je regarde depuis la terrasse de la maison où j'ai grandi les cheminées de l'Ilva qui se détachent contre la mer, les grues immobiles du port, les navires amarrés en attente de décharger le minerai ou de charger les laminés, le golfe qui s'élargit à l'horizon, les îles de San Pietro et San Paolo, et puis encore la vieille ville, les embouteillages du soir, les grands immeubles qui se succèdent quartier après quartier souvent identiques les uns aux autres, le début de la campagne et la route qui s'élance toute droite vers la colline de Martina Franca. »

Au début des années 1980, Martina Franca fit parler d'elle à cause de son lien avec le crash aérien d'Ustica : elle était le siège d'un immense centre radar de l'Otan dont les énormes antennes pouvaient être vues à des dizaines de kilomètres à la ronde. Aujourd'hui, il ne reste que les petites maisons en forme de champignon dans lesquelles habitaient les soldats américains.

La scène où Claudia est emprisonnée dans un carré dessiné à la craie par Etta est un emprunt. Un rustre ouvrier enferme une fillette au milieu d'un cercle de peinture dans le magnifique *Titanio*, [*Titane*], de Primo Levi, au sein de son *Sistema periodico* (Einaudi, 1975) [Albin Michel, 1987, pour la traduction française sous le titre *Le Système périodique*].

L'image des ciels apuliens qui laissent des griffures m'a été inspirée par une lettre de Franz Kafka à Oskar Pollak datée de 1902, dans laquelle Prague est comparée à une marâtre avec des griffes.

Le groupe Oesais, parodie d'Oasis, était composé de deux jeunes acteurs originaires de Bari, Emilio Solfrizzi et Antonio

Stornaiolo, encore très populaires aujourd'hui, qui occupèrent la scène locale à leurs débuts sous le nom de Toti e Tata. Avec leur auteur Gennaro Nunziante, ils tournaient en dérision les vices et les vertus de la société du spectacle et offrirent quelques parodies géniales, dont celle du dramaturge Carmelo Bene, rebaptisé Carmelo Meglio[1], moquant les envolées lyriques engagées et hermétiques des poètes italiens à travers le personnage de Mino Pausa, aspirant poète maudit – surtout maudit des autres.

« La cura » est un célèbre morceau de Franco Battiato présent dans l'album *L'Imboscata*, de 1996.

Sorti en 1996 chez l'éditeur Laterza [éditions de l'Aube, 1998, pour la traduction française], *La Pensée méridienne*, l'essai du sociologue Franco Cassano, a marqué de nombreux étudiants ou simples lecteurs apuliens par sa réflexion sur la valeur du temps, de la lenteur, de la province. Cet ouvrage est considéré comme l'un des textes fondateurs du nouveau méridionalisme.

En 1998, le leader du Parti des travailleurs du Kurdistan (PKK), Abdullah Öcalan, déjà recherché par le gouvernement turc, resta en Italie soixante-cinq jours avec l'espoir d'obtenir l'asile politique – lequel ne lui fut jamais octroyé malgré de très nombreuses manifestations de soutien, organisées pour la plupart par des organisations étudiantes. Giuseppe Tatarella était un homme politique de centre-droite très respecté pour son habileté diplomatique, à tel point qu'il fut surnommé « ministre de l'harmonie ».

1. Jeu de mots s'appuyant sur le sens de *Bene*, « bien », et de *Meglio*, « mieux ».

Jay Gatsby est le protagoniste du roman *Gatsby le magnifique*, de Francis Scott Fitzgerald ; Holden Caulfield, de *L'Attrape-cœurs*, de J. D. Salinger ; Fitzwilliam Darcy, de *Orgueil et Préjugés*, de Jane Austen ; Atticus Finch, de *Ne tirez pas sur l'oiseau moqueur*, de Harper Lee. *Le Vicomte pourfendu* est un roman d'Italo Calvino publié en 1952.

Troisième partie. *Malenvirne*

Vittorio Bodini est probablement le poète apulien le plus célèbre et estimé de tous. La poésie que Claudia lit sous le citronnier provient du recueil *La luna dei Borboni*, publié pour la première fois en 1952 et reprise, comme toute l'œuvre de Bodini, par Besa muci.

La bibliothèque de Claudia est une mine si l'on désire approfondir sa connaissance de la narration apulienne du XXe siècle et notamment l'héritage de quelques autrices capitales. Les romans cités sont *L'Ora di tutti* de Maria Corti [*L'Heure du destin*, Mercure de France, 1964, pour la traduction française], publié en 1962 et édité aujourd'hui par Bompiani ; *Analisi in famiglia* [*Analyse en famille*, Payot, 1979, pour la traduction française] de Maria Marcone, publié par Feltrinelli en 1977 ; *Passaggio in ombra* [*Passage dans l'ombre*, Albin Michel, 1996, pour la traduction française], de Mariateresa Di Lascia, publié en 1995 et édité aujourd'hui par Feltrinelli, et *La Malapianta* de Rina Durante, publié en 1964 et édité aujourd'hui par AnimaMundi Edizioni. Du roman de Marcone, j'ai récupéré le concept de « grandir forêt » ; de celui de Durante, l'idée de « s'écrouler en restant debout ».

Nichi Vendola a été président des Pouilles entre 2005 et 2015. Ses actions politiques se concentrèrent, surtout pendant le premier de ses deux mandats, sur la promotion touristique du territoire et sur l'entrepreneuriat des jeunes. C'est sous sa présidence que l'expression « Printemps apulien » prit son essor. « *La Puglia migliore* » était son slogan politique. Dans son essai *Perché la Puglia non è la California* (Baldini&Castoldi, 2000), [Pourquoi les Pouilles ne sont pas la Californie], le manager Franco Tatò présente des solutions et des propositions pour améliorer l'offre touristique et l'innovation sociale dans la région.

L'âne de Martina Franca est la plus imposante race asinienne d'Italie : robe noire, museau gris, large croupe, garrot dépassant 1,60 mètre. Depuis tout petits, nous avons été élevés avec l'histoire de l'ânesse de Balaam qui parlait au nom de Dieu, le seul animal à qui est accordé ce privilège dans toute la Bible (chap. 22-24, Livre des Nombres). Le proverbial entêtement des Martinais leur a valu, de la part des habitants des communes voisines, le surnom de « *Ciucci* », mules : sans surprise, beaucoup sont convaincus que l'âne qui amena Jésus à Jérusalem – âne dont la légende voudrait qu'il ait ensuite rejoint l'Italie – est passé par Martina.

Camere separate (Bompiani) [*Chambres séparées*, Seuil, 1992, pour la traduction française] de Pier Vittorio Tondelli est un roman de 1989.

L'entretien de Gustav Janouch avec Franz Kafka a été publié par Guanda en 2005 [*Conversations avec Kafka*, éditions Maurice Nadeau, 1998].

Dans *The Big Lebowski*, un film de 1998 réalisé par Joel et Ethan Coen, Jeff Bridges incarne le « Dude » Lebowski, un bon à rien fantasque et paresseux, la plupart du temps en robe de chambre.

Tetris est un jeu vidéo inventé en 1984 par le programmateur russe Alekseï Pajitnov.

Quatrième partie. *Ruinenlust*

La culture berlinoise du clubbing a servi de grand laboratoire pour les avant-gardes musicales, surtout dans le domaine de la musique électronique, en plus d'avoir harmonisé les deux âmes de la ville après la chute du Mur et d'avoir fait se sentir chez eux les nombreux étrangers accourus au cours des trente dernières années. Fondé en 2004 au sein d'une grande centrale électrique abandonnée dans le quartier de Friedrichshain, le Berghain est le club de musique techno le plus célèbre au monde, et également l'un des plus sélectifs : tous les passionnés connaissent son videur, également photographe, Sven Marquardt, qui n'autorise l'accès qu'à une petite partie des milliers de personnes essayant chaque week-end d'intégrer le « Temple ». Le Golden Gate est un petit club berlinois fondé en 2000 dans un vieil entrepôt du réseau métropolitain. Dans son dos s'étend un parc d'attractions dont la grande roue se perd dans les nuages, même lors des hivers les plus rudes : quand les clubbers sortent prendre un bol d'air, ils montent sur la roue et arrivent à un pas du ciel ; puis ils redescendent à terre tout saupoudrés de neige.

« O Superman » de Laurie Anderson est une chanson sortie en single en 1981. Elle est souvent jouée au Panorama Bar du Berghain à huit heures précises le dimanche soir. Paul

Oakenfold est un DJ de renommée mondiale, précurseur de la musique trance, figure de proue de la scène musicale rave.

L'ouvrage d'Eric Ries consacré aux start-up que lit Claudia s'appelle *Lean Startup* [Éditions Crown Business, 2011].

La East Side Gallery est un segment de 1 300 mètres du vieux mur de Berlin longeant la Sprée, repeint par de nombreux artistes internationaux. Elle est aujourd'hui considérée comme la plus longue galerie d'art au monde.

Le recueil de poésies *Il verme e il frutto* [Le ver et le fruit] de Raffaele Carrieri ne peut plus s'écouter qu'en ligne, interprété par l'acteur Riccardo Cucciolla dans une vidéo vieille d'au moins trente ans. Quiconque voudrait acquérir l'introuvable édition de ses *Poesie scelte* [Poésies choisies] (Mondadori, 1976) devrait s'en remettre à la chance.

Pendant son séjour berlinois, Mark Twain essaya d'étudier l'allemand, n'obtenant qu'un résultat médiocre. Il se vengea en écrivant un petit pamphlet intitulé *The Awful German Language* (1880).

Fifi Brindacier est un roman d'Astrid Lindgren publié pour la première fois en Italie en 1958. L'incipit que lit Claudia à Erika pour l'endormir est tiré [de l'édition Hachette Romans de 2007].

Lisa Morpurgo (1923-1998), écrivaine italienne, figure parmi les astrologues les plus réputées du pays. Ses *Lezioni di astrologia* (1983) [Leçons d'astrologie] sont aujourd'hui publiées par Tea.

Wonder Woman est un personnage de l'univers DC Comics, inventé par William Moulton Marston, psychologue et féministe, théoricien du polyamour. Avec son lasso de vérité qui obligeait les méchants à avouer leurs méfaits, elle fut la première héroïne féminine de DC Comics.

Matrix est un film de 1999 écrit et réalisé par les sœurs Lana et Lilly Wachowski.

Cinquième partie. *Sehnsucht*

La citation dans la définition de *Sehnsucht* provient de *La Métamorphose des plantes*, de Johann Wolfgang Goethe [Éditions Triades, 2013].

Le *Vlora* est le navire albanais qui mouilla dans le port de Bari le 8 août 1991, avec plus de 20 000 personnes à bord. Ces hommes et femmes cherchaient une nouvelle vie en Italie après la chute du régime communiste. Pour nous, Apuliens, ces jours d'été ressemblèrent terriblement aux jours d'automne 1989, quand l'Est et l'Ouest de Berlin s'étreignirent à nouveau : avec le *Vlora*, Apuliens et Albanais renouaient les fils de leur histoire.

Sur un numéro de 1948 de la revue *Mercure*, un débat opposa les écrivaines Natalia Ginzburg et Alba de Céspedes. La première écrivit : *Les femmes pleurent parce qu'elles sont tombées dans le puits et qu'elles comprennent qu'elles y tomberont souvent dans leur vie et que cela rendra difficile d'entreprendre quoi que ce soit de sérieux.* La seconde lui répondit : *J'ai une très longue pratique des puits : il m'arrive souvent d'y tomber et j'y tombe vraiment d'un coup, justement parce que tout le monde me croit forte, et moi la première, quand je suis hors du puits, j'y crois. Imagine donc comme j'ai apprécié chaque mot de ton écrit. Mais*

– au contraire de toi – je crois que ces puits sont notre plus grande force. Parce que, chaque fois que nous tombons dans le puits, nous descendons aux racines les plus profondes de notre nature humaine, et en réémergeant, nous ramenons en nous des expériences qui nous permettent de comprendre tout ce que les hommes – eux qui ne tombent jamais dans le puits – ne comprendront jamais. Ces deux interventions peuvent se lire sur le site web de la « Società delle Letterate ».

« Too Much Love Will Kill You », écrite par Brian May, est une chanson de Queen publiée en 1992, après la mort de Freddie Mercury, mais enregistrée en 1988, du temps de l'album *The Miracle.*

Fondé par Kirsten Krüger et Simon Thaur en 1994, le KitKatClub est le club berlinois le plus extrême et le plus transgressif. Chaque samedi soir, il accueille le « CarneBall Bizarre », une super fête sur le thème du fétiche qui dure jusqu'au matin, à laquelle on accède en se pliant à un dress code très sévère. Lieu cosmopolite où se croisent les esprits libres du monde entier, le KitKat est également réputé pour les performances pittoresques de certains de ses artistes, acrobates, maîtres de corde et hypnotiseurs. Dans les longues files de personnes qui attendent leur tour à l'extérieur du bâtiment, beaucoup se transforment, se dénudent ou endossent des plumes. Une nuit, deux hommes se sont poursuivis avec des haches, sans pour autant déclencher le moindre sentiment de terreur, sans faire se disperser les gens. Le Lab.Oratory est un club réservé aux hommes, très extrême lui aussi, situé dans la même structure que le Berghain. De nombreuses soirées dans les boîtes gay de la ville portent des noms faisant référence à l'activité laborantine, peut-être à cause de la proximité entre les concepts d'expérimentation chimique et d'expérimentation sexuelle. Les clubs chicha comme celui où se rendent Andria et Francesco sont des lieux cachés, bien différents des bars à chicha ouverts à tous. On ne peut y accéder que par le bouche-à-oreille, sur invitation ou en prononçant un mot de passe. À l'intérieur, les clients fument des mélasses spéciales non commercialisées et pratiquent le nudisme.

Le Club-Mate est la boisson officielle de Berlin, reconnaissable à son logo représentant un homme en sombrero. Aromatisé au mate et enrichi en caféine, ce soda est vendu partout, même dans les kiosques à journaux.

Lucia di Lammermoor est un opéra en trois actes de Gaetano Donizetti. Écrit par Salvadore Cammarano, le livret est tiré du roman de Walter Scott, *La Fiancée de Lammermoor*.

À Berlin, un tiers de la population est d'origine turque, et dans la nuit du 15 au 16 juillet 2016, la ville fut traversée par des manifestations spontanées organisées aussi bien par les partisans que par les opposants au président Erdoğan.

Le *palmento*, dans sa signification originelle, indique la vasque où fermentait le moût, mais dans les *casedde* apuliennes, on appelle souvent ainsi la pièce où l'on fait le vin, une sorte de grand salon.

Sixième partie. *Torschlußpanik*

La Reine des neiges est un film d'animation réalisé par Chris Buck et Jennifer Lee et sorti en 2013. Anna, la princesse protagoniste de l'histoire, est devenue une icône pour les petites filles et les petits garçons du monde entier.

« Ninnananna » des Modena City Ramblers est une chanson de 1994 tirée de l'album *Riportando tutto a casa.*

Le Glühwein est une boisson chaude à base de vin, sucre et épices, semblable à notre vin chaud, servie pendant la période de l'Avent sur les étals des marchés de Noël allemands.

La Kakhétie est une région de la Géorgie orientale très connue pour sa tradition vinicole. Grâce à l'excellent climat dont elle jouit, une centaine de variétés de raisins autochtones y poussent. De nombreux historiens affirment que la Géorgie a constitué le berceau de la culture viticole.

Sise sur la commune de Fasano, Torre Canne est la plage la plus proche de Martina Franca. La majeure partie des jeunes Martinais lui préfèrent cependant les plages plus au sud, telles que Lido Bizzarro et Lido Buzzone.

Les Italiens, comme les Polonais et les Turcs, sont les protagonistes de nombreuses blagues allemandes qui manient les clichés sans hésiter à verser dans les préjugés. Généralement, dans les blagues les plus légères, l'Italien est dépeint comme un fils à maman ; dans les plus lourdes, comme un truand ou un bon à rien : « Qui de l'Italien ou l'Allemand se sauve quand l'immeuble prend feu ? L'Allemand, parce qu'il est au travail. »

Les *Kolonien* berlinoises sont des lopins de terre occupés par des cabanons de bois et des petits potagers au beau milieu de la ville, très fréquentés pendant les journées ensoleillées et les dimanches, idéals pour la petite villégiature métropolitaine à destination de ceux qui n'ont ni le temps ni l'envie de quitter la ville. Tempelhof a été l'aéroport de Berlin jusqu'au mois d'octobre 2008. Après un référendum à la participation massive, la grande zone aéroportuaire est devenue parc métropolitain.

Racconto d'amore (Greco e Greco, 1994) [Récit d'amour] est un recueil de la poétesse apulienne Biagia Marniti.

Épilogue. *Amore*

L'histoire de saint Martin, apparu sur les murs de Martina Franca avec une imposante cavalerie pour défendre la ville de l'assaut des Cappelletti menés par Fabrizio Maramaldo en 1529 – conséquence locale de la guerre entre Espagnols et Français au sein du royaume de Naples –, a été racontée par Cito de' Citi en 1596 dans sa *Vie de saint Martin*. Selon la légende, la porte sur laquelle il apparut est tournée vers l'Adriatique. Au cours des dernières années, certains historiens du coin, parmi lesquels Giovanni Liuzzi, ont préféré distinguer la croyance populaire du contexte de l'époque, caractérisé par guerres, pestes et famines.

Pendant la nuit qui sépare le Jeudi du Vendredi saint, Martina Franca accueille la traditionnelle procession dédiée à l'*Addolorata*. On m'a raconté l'histoire de la statue de Judas insultée sur le parcours de la procession ; pour le reste, ce que j'ai écrit est le fruit de mon imagination, même si je me suis inspiré des spectaculaires enchères à l'issue desquelles, à Tarente, on assigne les statues aux porteurs pour la procession des Mystères, un événement que j'ai suivi des dizaines de fois et sur lequel, en 2008, j'ai écrit un reportage pour le supplément de Bari de la *Repubblica*. Le mystère qui entoure les rites de la tarentelle a fait l'objet de quantité de publications : en 1984, sortait un livre à la couverture mémorable, *L'Anima incappucciata* [L'Âme encapuchonnée], écrit par Nicola Caputo pour la maison d'édition Mandese. Aujourd'hui encore, cet ouvrage est essentiel pour peu qu'on cherche à comprendre les coutumes et les arcanes de la Semaine sainte. La statue de *l'Addolorata* est en bois, à la différence des statues des Mystères, en papier mâché. Elle est conservée dans l'église homonyme, dans le centre historique de Martina, où elle peut être démontée et recomposée, déshabillée et rhabillée uniquement par les frères les plus dévots.

« La notte lava la mente » [« La nuit lave l'esprit »] est l'une des poésies les plus célèbres de Mario Luzi, tirée de son recueil *Onore del vero* (1957) [*Honneur du vrai*, Éditions de la Différence, 1994, pour la traduction française].

Cavalleria rusticana est un opéra mis en musique par Pietro Mascagni – sur un livret de Targioni-Tozzetti et Guido Menasci, inspiré par la nouvelle homonyme de Giovanni Verga – et créé en 1890. Elle est célèbre pour son très doux *Intermezzo*, pendant lequel la musique semble accompagner le ressac quand le soleil se couche sur la mer, et la caresse des violons exprime la sereine solitude face à la beauté des choses.

Martina Franca, 17 février 2021.

Ce roman est dédié à la mémoire des écrivains de ma terre, parce que, sans eux, mon imaginaire n'existerait pas. Certains d'entre eux sont cités dans le livre et rappelés dans la chambre des esprits, d'autres y flottent silencieusement, comme la poétesse Claudia Ruggeri, d'autres encore sont implicites dans ma vie d'écrivain et de lecteur, et ils affleurent petit à petit avec le temps. Le hasard farceur a voulu que l'un d'eux, le penseur et sociologue Franco Cassano, nous quitte pendant les heures où nous finalisions les épreuves. J'espérais que Cassano lirait ce livre, en particulier le petit paragraphe où je le citais. De lui, j'ai appris à aller lentement pour donner un nom aux arbres, comme il l'écrivit dans sa *Pensée méridienne*. Au fond, ce roman parle de gens comme ça, qu'il avait déjà racontés il y a presque trente ans. Et c'est face à lui que je m'incline jusqu'à la terre.

Rome, 25 février 2021.

Cet ouvrage a été achevé d'imprimer
par CPI Brodard et Taupin à La Flèche
pour le compte des éditions Grasset
en mars 2024.

Composition et mise en pages
Nord Compo à Villeneuve-d'Ascq

PAPIER CERTIFIÉ

Grasset s'engage pour
l'environnement en réduisant
l'empreinte carbone de ses livres.
Celle de cet exemplaire est de :
950 g éq. CO_2
Rendez-vous sur
www.grasset-durable.fr

N° d'édition : 23144 – N° d'impression : 3056160
Dépt légal : avril 2024
Imprimé en France